INTER SEÇÃO

VANESSA REIS

INTERSEÇÃO

1ª edição
Rio de Janeiro-RJ / São Paulo-SP, 2024

VERUS
EDITORA

ISBN: 978-65-5924-307-5

Copyright © Verus Editora, 2024
Todos os direitos reservados.

Direitos reservados em língua portuguesa, no Brasil, por Verus Editora. Nenhuma parte desta obra pode ser reproduzida ou transmitida por qualquer forma e/ou quaisquer meios (eletrônico ou mecânico, incluindo fotocópia e gravação) ou arquivada em qualquer sistema ou banco de dados sem permissão escrita da editora.

Verus Editora Ltda.
Rua Argentina, 171, São Cristóvão, Rio de Janeiro/RJ, 20921-380
www.veruseditora.com.br

CIP-BRASIL. CATALOGAÇÃO NA FONTE
SINDICATO NACIONAL DOS EDITORES DE LIVROS, RJ

R313i

Reis, Vanessa
    Interseção / Vanessa Reis. - 1. ed. - Rio de Janeiro : Verus, 2024.

ISBN 978-65-5924-307-5

1. Romance brasileiro. I. Título.

24-88399   CDD: 869.3
                 CDU: 82-31(81)

Gabriela Faray Ferreira Lopes - Bibliotecária - CRB-7/6643

Revisado conforme o novo acordo ortográfico.

Seja um leitor preferencial Record.
Cadastre-se no site www.record.com.br e receba informações sobre nossos lançamentos e nossas promoções.

Atendimento e venda direta ao leitor:
sac@record.com.br

A todos os recordistas de "quase"

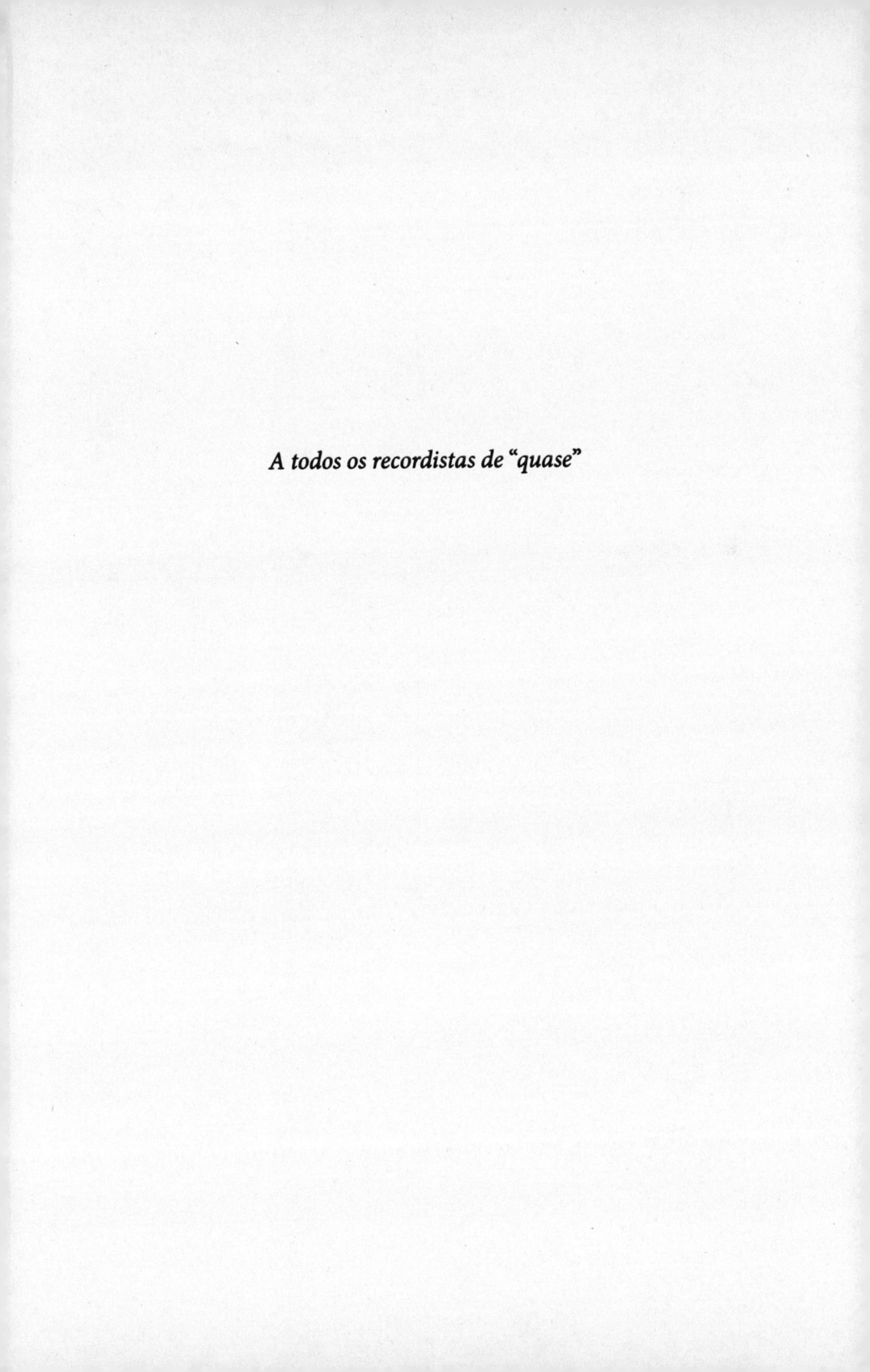

1

João da Silva é tudo, menos comum. A petulância de dizer que sua assinatura vale quatro dígitos, a arrogância de dissertar sobre um trabalho em equipe como se fosse apenas dele, a soberba de acreditar que seu telefone toca sem parar porque ele é muito importante. Será que ele não percebe que o telefone toca sem parar porque ele deixa acumular todos os problemas? Será que ele não percebe que os colegas já estão cansados de não participar dos royalties das conquistas? Será que ele não percebe *mesmo* que ninguém está interessado em saber o valor de seu carimbo no rodapé de uma folha de ofício tamanho A4? Se ele fosse comum, entenderia. Mas, como eu disse, ele é tudo, menos comum.

E lá vou eu adicionar mais um motivo à lista de "coisas que fazem o João Pedro da Silva ser insuportável": Ele é tão insuportável que sempre antes de dormir penso nas insuportabilidades dele, só para garantir que eu tenha pesadelos. Como se eu já não tivesse material suficiente na vida real.

Viro na cama, tentando arrumar a almofada cilíndrica na lombar, mas percebo que meu incômodo não tem a ver com a escoliose. O problema é não poder controlar o tempo, é ver o dia acabando e saber que amanhã, independentemente da minha vontade, terei de passar o dia inteiro entre reuniões de trabalho e horas de planejamento numa sala pequena demais para mim, ele e seu ego gigantesco.

O visor do celular me lembra de que tenho apenas cinco horas de sono. Pior, que somente sete horas me separam da minha provação diária. Eu realmente devo ter colado chiclete no sovaco de Jesus, por isso reluto em pedir ajuda a ele... nem eu me ajudaria. Eu também me deixaria sofrer com todas as piadas sem graça e a falsa modéstia do meu colega de sala. Dá trabalho demais tirar chiclete de qualquer coisa!

Quando eu estava no jardim de infância e a Laís grudou chiclete no meu cabelo porque o Marquinhos vivia grudado em mim, e não nela, acabei ganhando um novo corte de cabelo e criei tendência, antes mesmo de a turma toda ser atacada por piolhos e um festival de cabelos curtinhos pipocar na escola. Sei como foi difícil conviver, ainda que por algumas horas, com aquela gosma rosa pendurada nos fios. Eu entendo os sentimentos de Jesus. Mas ele também deveria me entender, né? Deveria saber que lhe fiz um favor! Imagina o calor em Jerusalém, naquele verão quente e seco... raspar as axilas, no caso dele, deve ter sido libertador. Por isso, antes de fechar os olhos, imploro em voz alta:

— Oi, Jesus, sou eu. De novo. Sim, não tenho vergonha na cara. Vivo repetindo que colei chiclete em sua axila quando algo não sai como gostaria e gasto tempo de mais pensando em como você se sentiu. Minha mãe me chama de herege sempre que repito isso, e você deve perceber por que faço com frequência. Me desculpa, mas é porque eu vivo com a sensação de estar sendo castigada. É pedir muito ter um colega de trabalho que seja minimamente aceitável? Nem estou falando em alguém bonito, solteiro, bem-vestido, cheiroso, alto e dono de um sorriso matador. Reconheço minha humildade aqui, eu só queria alguém... legal; alguém com quem eu pudesse conversar de verdade, sem ser interrompida a cada três minutos por uma ligação qualquer ou por um áudio engraçadinho no aplicativo de mensagem instantânea. Só queria trabalhar diretamente com as outras pessoas do setor. Não com... ele. Você me entende, né? Aliás, essa é outra dúvida que eu tenho: minha mãe também me chama de herege quando não te chamo de Senhor, mas acho um absurdo chamar alguém que tem trinta e três anos assim, porque isso abre precedente para as pessoas me chamarem de senhora daqui a quatro anos, e se existe uma coisa para a qual não estou pronta é ser chamada de senhora. Ou para trabalhar com o jps. Você sabe, incompatibilidade. Sei que meu pedido pode parecer não tão urgente, mas ele é, porque, se concedido, me faria obedecer aos mandamentos, olha só! Seria tão mais fácil amar ao próximo se ele trabalhasse a dois mil e setecentos quilômetros de mim.

E assim, tentando mais uma barganha com o divino, adormeço.

2

— Ele realmente acha que o tempo dele é mais importante que...
— Não acho, eu só não conseguia achar a chave do carro.
A voz de João da Silva me faz cancelar o áudio que eu estava gravando.
— E você consegue achar alguma coisa nessa bagunça? — Mexo na pilha de ofícios sobre a mesa, esfregando as mãos uma na outra como se as estivesse limpando. — Bom dia pra você também. — Viro a cabeça em sua direção.
— Vai ter coragem de negar que o áudio não era sobre mim? — Ele joga a mochila no chão, fechando a porta da sala em seguida.
— Por favor, mantenha a porta aberta. — Viro minha cadeira à medida que aumento o tom de voz. — Sempre mantenha a porta aberta!
— Tá frio pra porra hoje, Catarina! — Sua mão continua na maçaneta, nossos olhares estão grudados como dois ímãs de polos opostos, meu desejo é passar o pneu em cima de seus pés.
— Eu gosto do frio.
— Você é fria — ele rebate.
— E você está atrasado!
Como sempre.

Após abrir a porta, João da Silva passa por mim e se senta em sua cadeira preta de rodinhas. Sua pequena sala é quase claustrofóbica, mas é nossa única opção. A minha é compartilhada com mais três pessoas; uma delas, *a que desconhece fones de ouvido*, ama colocar Marília Mendonça como som ambiente; a outra, *a que se irrita com tudo*, vive reclamando não apenas da escolha musical da primeira, mas também de quem reclama de suas reclamações; o que nos leva à terceira companheira de sala, *a funcionária mais antiga que já viu de tudo*, aquela que nunca é pega desprevenida, porque sempre que algo acontece ela responde, "Isso não é novidade, em 1998...", e percebemos que não vivemos, apenas repetimos padrões.

As outras salas são divididas entre administrativo, coordenação e estagiários, todas abarrotadas de mesas, armários e pessoas. E essa é a maior ironia da vida, porque a sala da pessoa mais desagradável do universo é justamente o único cômodo habitável onde passamos quarenta horas semanais discutindo projetos comunitários que impactam positivamente a cidade; apesar de impactarem negativamente em mim.

Eu não odeio o João Pedro da Silva, que fique bem claro. Ele é um profissional bastante competente, apesar de não ser pontual, organizado, humilde ou generoso...

— Ô, Elsa! — Sua voz estoura a minha bolha de pensamento. — Não lembro se avisei, mas consegui convidar aquela empresa que faltava.

— Tenho certeza que enviei todos os convites. — Retiro da bolsa um caderno com estampa de flamingos, procurando a página com o número dos protocolos de entrega.

— Não enviou, não — ele diz, despejando na boca quase todo o conteúdo do pacote de amendoim. — Eles ficaram bem animados com minha ligação — continua ao passar o indicador na parte interna do pacote vazio, tentando fazer as migalhas grudarem no dedo —, confirmando presença e tal. — Lambe a ponta do indicador enquanto amassa o papel e o arremessa na lixeira no canto direito da sala.

Inclino o corpo sobre a mesa e empurro o caderno em sua direção, confirmando com ele todos os nomes elegíveis para a licitação do projeto mais recente até que percebo de qual empresa ele sentiu falta. Não é possível. Fecho o caderno rapidamente e começo a destravar minha cadeira de rodas. Tenho que sair dessa sala com urgência, preciso fazer uma ligação para Nathália. Preciso não parecer uma completa descompassada na frente do meu colega de trabalho, porque não posso dar munição para ele usar contra mim.

— Áurea, lembrou?

— Lembrei. — Minha voz sai quase inaudível. — E preciso fazer umas ligações urgentes — digo, partindo para a área descoberta nos fundos do setor.

Nunca pensei que meu coração fosse sair pela boca ao ouvir uma palavra inofensiva de cinco letras. Eu havia deixado a Projetos Áurea de fora por uma razão. Sou a responsável por enviar as cartas-convites às empresas por motivos bem específicos, e esse é um deles.

Jonas e eu fizemos um pacto noturno, numa quarta-feira, enquanto estávamos na traseira de uma ambulância do SAMU, indo em direção à emergência de um hospital. Jonas me prometeu que nossos caminhos profissionais não se cruzariam por pelo menos três anos. Jonas descumpriu sua promessa, e eu, mais uma vez, fui a última a saber.

Jonas é o dono da Áurea. E meu ex-namorado.

3

A falta do alaranjado no basculante denuncia que estou sentada em minha cadeira de banho encarando o teto do banheiro por mais tempo que o habitual. Agora, a luz que entra pelo vidro é apenas o reflexo dos faróis de carros apressados para chegarem ao seu destino. Eu gostaria de ser como eles, gostaria de ter um destino aonde chegar. Um destino para chamar de meu e comprovar por A mais B que sei o que estou fazendo. Mas a verdade é que eu não faço ideia do que estou fazendo, e o leve formigamento em meu pescoço me lembra de que preciso sair dessa posição o quanto antes.

A textura da toalha branca me abraça, e essa sensação é a que me dá mais saudade de ter alguém. Eu sinto falta de contato, de toque, de dedos quentes passeando pela minha pele eriçada depois de passar bastante tempo no banho, a ponto de o cabelo lavado quase não pingar e os dedos das mãos estarem completamente enrugados.

Já de volta a minha cadeira, sigo em direção à cozinha e coloco a lasanha descongelada no micro-ondas. O vai e vem do prato, numa eterna dança cíclica, parece os círculos em que me coloco todas as vezes que penso no Jonas ou nas competições que fazíamos sempre que utilizávamos eletrodomésticos com aviso sonoro e tínhamos de falar o nome de alguma coisa específica iniciada com determinada letra do alfabeto. O último jogo pedia atrizes com a letra K. Era minha vez. Fui sedenta para ganhar a rodada, mas acabei com um coração partido

Bipe. Bipe. Bipe.

O prato, depois de tanto perfazer o mesmo caminho, estaciona. Começo a agradecer ao eletrodoméstico por me resgatar de mim mesma, e isso me faz rir da minha completa inaptidão em reconhecer que sinto mais falta da companhia do Jonas do que pensava.

— Obrigada, Deus, pelo alimento que estou prestes a com... — começo a orar, mas travo. — Não dá, Jesus, precisava mesmo ter enviado uma baleia para resgatar aquele maldito? Sério, o que a gente poderia esperar de alguém que se recusa a dar um recado dos céus e decide cochilar num barco? E eu sei que esse é o outro Jonas, tá? Estamos traçando paralelos aqui, mesmo assim... estou me sentindo como Deus se sentiu: traída! — Abro os olhos rapidamente e corto a lasanha ao meio para ajudar a esfriar a massa por dentro. — Só que ao invés de tempestade ele ganha o quê? Uma carta-convite pra um projeto que vai deixá-lo cheio da grana! Eu sou uma piada pra você? E a dor dessa filha aqui? Tenha compaixão de mim igual Deus teve de Nínive, mas trace o caminho desse Jonas para a cidade oposta, que eu não sei o nome, mas você sabe de todas as coisas, então finge aí que eu falei, combinado? — Respiro fundo, abrindo os olhos. — Em nome de Jesus, amém.

O toque do celular impede que eu dê a primeira garfada. Estou esperando notícias da Nathália a tarde inteira, então corro para o quarto, esbarrando no batente da porta antes de entrar no cômodo, mas alcançando o aparelho antes de ele parar de tocar.

— Porra, Nath, você me prometeu! — Há um misto de falta de ar e revolta em minha voz.

— Alô? Catarina? — diz a voz masculina do outro lado da linha.

Num movimento rápido, retiro o celular da orelha e checo o número na tela. Eu reconheceria essa voz mesmo se viesse criptografada em forma de mensagem subliminar. Se eu pudesse evaporar nesse exato minuto, teria virado a única nuvem com ordem explícita de não virar chuva para evitar ser palpável novamente.

— Ah, oi. — Murcho.

— Nossa, que recepção calorosa.

— Fala o que você quer, eu tô ocupada.

— Me desculpa, eu queria te agradecer.

— Pelo quê?

— Por você ter considerado a Áurea no proje...

— Não — interrompo —, quero saber pelo que você pediu desculpa.

— Porque você disse que estava ocupada e...

— Ah! — corto sua fala novamente. — Isso.

— Mas assim — ele recomeça —, valeu de verdade pelo convite, minha equipe ficou animadíssima quando eu...

— Eu não estava — interfiro de novo. — Eu *estou* ocupada. Presente do indicativo, sabe? Preciso desligar, Jonas.

Mas não desligo. E ele também não. Permanecemos em silêncio por tempo de mais até nos acostumarmos com a respiração um do outro.

— Então vai ser assim? — ele diz, depois de alguns segundos.

— Três anos, lembra? — Minha voz sai miúda, como se eu tivesse acabado de proferir as palavras mais difíceis do mundo. — Esse era o trato.

— Eu não entendo. Você que me procurou! — ele protesta.

— Tudo não passou de um grande erro, como a gente. — Sinto a garganta queimar, mas tento frear as lágrimas. — Você deveria saber que eu não esqueceria os meus próprios acordos!

Mais linhas suspensas de diálogos não ditos, de frases inacabadas, de sentimentos amordaçados.

— Então é isso. — Ele parece cansado. — Só me resta dizer até amanhã

— Já que não sou importante o suficiente pra te desconvidar... — Suspiro. — Até.

— Sinto muito, Catinha.

Ele encerra a ligação antes que eu possa gritar que odeio esse apelido idiota, que odeio seus pedidos de desculpa pela metade e sem um detalhamento histórico anexado, que odeio a sensação de fracasso que sinto todas as vezes que vejo Jonas existindo sem maiores problemas enquanto eu tenho de brigar por todos os espaços possíveis, inclusive por aqueles dentro de mim. Principalmente por aqueles dentro de mim.

4

Jonas Oliveira Vasconcelos matriculou-se na minha escola durante o sexto ano, mas fomos devidamente apresentados apenas na aula de educação física, quando ele foi sacar uma bola para o outro lado da quadra e acabou acertando em cheio a lateral da minha cabeça. A pancada quase me fez engolir o apito, mas agradeci aos céus por já estar sentada; do contrário, a cena teria sido muito pior e teria envolvido alguns ralados em diversas partes do corpo.

Ao contrário do que se possa imaginar, esse não foi o início de uma grande amizade. Eu o fuzilava mentalmente todas as vezes que nossos olhares se cruzavam e causava miniatropelamentos sempre que estávamos na fila da cantina e ele se preparava para dar o primeiro gole em seu copo de refrigerante, fazendo-o derramar a bebida na camisa branca do uniforme. Intimidado com minha presença, tudo o que restava a Jonas era manter distância... até nossos caminhos se cruzarem novamente.

Onze anos depois, quando terminamos a faculdade de ciências sociais e completamos dois anos de namoro, decidimos morar juntos e continuar dividindo o material de estudo, mas, agora, em busca de caminhos profissionais diferentes: eu saí à procura da estabilidade de um concurso público, enquanto ele iniciava seu próprio negócio ao montar uma empresa voltada à execução de projetos sociais.

Tudo parecia estar indo bem, mas nós nunca tivemos um Dia dos Namorados comum. Era como um sinal do divino, como se Deus quisesse me avisar que nós éramos tudo, menos feitos um para o outro. Em nosso primeiro 12 de junho, Jonas quebrou o dente comendo o pralinê de nozes do sorvete; no segundo, eu vomitei no carro ao voltarmos do cinema e passei o resto da semana morrendo de vergonha; no terceiro, a gente esqueceu completamente por causa da vida de casal adulto; no quarto, o pai dele foi submetido a uma cirurgia cardíaca e tudo o que a gente conseguiu fazer foi apagar no sofá esperando o celular tocar com notícias; no quinto, nós brigamos porque a mãe dele não parava de repetir o quanto eu era bem-sucedida por ser concursada, traçando comparações com as escolhas do filho; e, no sexto, eu queimei o risoto enquanto ele queimava em febre e procurava alguma foto de casal bonitinha demais para postar nas redes sociais.

Uma postagem que nunca existiu, porque a febre dele aumentou e, como nosso carro estava na oficina, terminamos o namoro na traseira da ambulância do SAMU. Nas palavras dele: "Não dá mais certo, na verdade nunca deu, né?" E eu, quase dois anos depois, ainda me incomodo com essa certeza dele de que, para mim, também não estava dando certo. Como que alguém termina um namoro e usa "né" no final da frase? É como se um assassino virasse para você e dissesse: "Eu vou te matar agora, mas tudo bem, né?" Não, não estava tudo bem.

Entre todas as coisas em que eu poderia pensar, a imagem que veio à minha mente não era dos sorrisos a dois ou dos perrengues que enfrentamos nos seis anos juntos. Diante dos meus olhos, como se eu estivesse sendo abduzida, Charlotte York, personagem de *Sex and the City*, veio me falar seu grande ensinamento: precisamos sofrer o luto do relacionamento pela metade do tempo em que ele existiu. Eu estava convencida disso, e, assim, nosso trato foi firmado. Fiz Jonas me prometer que nossos caminhos profissionais não se cruzariam por exatos três anos. O paramédico riu, cogitou até medir minha temperatura, porque, em sua opinião, quem delirava era eu, mas meu agora ex-namorado sabia ler meu rosto e reconhecia aquele olhar sem precisar de mais explicações: era o mesmo olhar que eu lhe lançava no sexto ano. Ele sabia que eu não estava brincando.

Após um ano e dez meses construindo muros mais seguros que os de Jericó, me lembrar de Jonas, horas antes de vê-lo, ainda me deixa apreensiva. E se eu não conseguir agir normalmente? E se o João Pedro inventar algum improviso que me faça gaguejar? Por que o João Pedro tinha de se meter nas minhas organizações? Bem que minha mãe avisou para ficar longe de homem com nome bíblico. No elevador do prédio, enquanto desço os cinco andares, começo minha prece silenciosa: *Ai, Jesus, você é o único homem na minha vida cujo nome começa com J e não pisa na bola. Me ajuda a não cometer dois crimes de ódio hoje, por favor. Por favor, por favor.*

As muralhas de Jericó caíram em sete dias. Eu me recuso a cair.

Ledo engano acreditar que o dia não seria *tão ruim assim*, só porque, dessa vez, o motorista do Uber não perguntou se a minha cadeira de rodas ia também. Da janela do Peugeot 408 com cheiro de folhas secas, enquanto seguimos para o Centro de Convenções da cidade, posso ver o estrago que a chuva da noite anterior causou nas ruas.

— Tá com frio não, moça? — O questionamento do motorista vem acompanhado de um leve ajustar de temperatura no ar-condicionado.

— Não, tranquilo.

— Costuma sair assim tão cedo todo dia?

— Quase.

— Já vi que a moça não é de falar. — Ele pigarreia. — Desculpa, moça.

— Ai, não, Seu Ismael! — Minha voz sai mais alta que o normal. — É Ismael, né? — Ele assente com a cabeça. — É que eu tenho uma reunião muito importante daqui a pouco e estou tentando repassar mentalmente todas as informações...

— Quer treinar comigo? Eu sou bom ouvinte, tenho uma netinha de quatro anos que me liga toda noite pra contar a mesma história. — Posso ver seu sorriso surgir embaixo do bigode grisalho.

— Tem certeza de que eu não vou incomodar?

— Filha, nós temos... — Ele aperta os olhos próximo à tela do celular no painel do carro. — Mais vinte e três minutos até lá, deixe esse velhinho mais inteligente!

A fila de carros estacionados próximos à entrada do Centro de Convenções é um lembrete de que tenho de começar a me despedir do espectador mais gentil que já tive. A confiança que seu Ismael despertou em mim parece ter evaporado, e eu trocaria tudo para continuar na bolha de segurança que só um desconhecido pode proporcionar em momentos de fuga existencial.

Arrumo meu corpo na cadeira, ajeito o vestido nas coxas e tento disfarçar todo o esforço empregado nessa manhã para parecer uma versão melhorada de mim mesma. Me sinto uma impostora. Vai ver é disso que eu preciso: fingir que não sou eu para poder aguentar a montanha-russa de emoções para a qual eu não comprei ingresso, mas onde insistiram em me colocar.

— Amiga do céu, o que é isso? — Nathália me agarra por trás, mergulhando seus cachinhos no vão entre meu pescoço e o ombro direito.

— Acho que não fui informada do código de vestimenta!

— Eu não tô falando com você, esqueceu? — brinco, dando um beijo em seu braço.

— Cat, eu não sabia! Juro! — ela fala baixinho ao meu ouvido.

— Eu sei, eu sei. — Dou duas batidinhas em sua mão, sinalizando que esse abraço extrapolou o limite de tempo permitido em via pública.

— Eu estava num cu de mundo por causa do projeto do saneamento. — Caminhamos lado a lado, adentrando o portão do local da reunião. — Então só tive área no celular bem tarde, amiga — ela fala, alongando a palavra "bem" para dar ênfase. — Fiquei sabendo de tudo praticamente hoje!

— Vocês tinham de ser tão bons assim nessa área? — Faço beicinho.

Desculpa, Cat, mas vai ser difícil bater a Áurea nesse quesito.

— O pior é que eu sei! — protesto, esbarrando a cadeira na porta de acesso.

Faço sinal para que Nathália entre enquanto espero o agente de portaria encontrar a chave para abrir a outra metade da porta de vidro fumê. Posiciono minha cadeira ao lado direito, de costas para a entrada, e decido fazer da espera um momento de corpo a corpo com os representantes das empresas convidadas que estão chegando.

Vestindo o meu melhor sorriso, recepciono-os, afirmando que começaremos em alguns minutos e que eles podem acomodar-se no auditório localizado à primeira esquerda. O vento bagunça meu cabelo, e, a cada tentativa que faço de arrumá-lo, acabo perdendo tufos preciosos que enroscam em minhas pulseiras de pedraria. Faltando dez minutos para as oito horas, ao perceber que não há mais ninguém para chegar, adentro o espaço, e fico confusa com o silêncio quase total, não fosse pelas vozes do João Pedro e do Jonas.

Era só o que faltava.

— Cadê todo mundo? — pergunto ao meu colega e arrumo o vestido que insiste em subir.

— Então, é que aconteceu um negócio chato aí. — A expressão do João consegue ser mais confusa do que a minha. Percebo que algo está errado *mesmo*. — Mas, antes, deixa eu te apresentar a esse cara. — Ele se coloca entre mim e meu ex-namorado, com empolgação na sua voz. — Esse é o Jonas Vasconcelos! Da Áurea!

— A gente já se conhece — Jonas responde, indeciso entre me estender a mão ou abaixar-se para me cumprimentar com três beijinhos. Por fim, decide permanecer parado.

Ainda bem

— Bom dia — digo sem olhar na direção dele. — O que aconteceu, João Pedro? Por que estou vendo a Tereza Cristina no segundo andar fazendo sinal pra gente?

— Minha colega é uma caixinha de surpresas. — Ele tenta manter o personagem de parceiro do escritório. — Não imaginei que vocês já tivessem trabalhado juntos.

— João Pedro, por que a Tereza Cristina tá lá em cima? — pergunto aumentando o tom de voz.

— Não trabalhamos — Jonas responde. — Se bem que podemos considerar que sim. Eu conheço a Cati...

— Jonas, não ouse finalizar essa frase. — Minha voz sai trêmula, sinto minhas narinas dilatarem.

João Pedro vira o corpo em minha direção, e percebo sua expressão aflita. Ele não entende a situação constrangedora em que me colocou e ainda ousa recriminar meus sentimentos.

Esse dia não poderia ficar pior.

— Eu só vou perguntar mais uma vez: por que a Tereza...

— Catarina. — João Pedro abaixa-se, apoiando a mão no pneu da minha cadeira. — A chuva dessa noite foi intensa e deu uma infiltração cabulosa no teto do auditório, sabe?

— Se você quiser, eu te levo em casa — Jonas diz, encostando no corrimão da escada à nossa frente. — A Nathália já foi lá pra cima, ela pode representar a Áurea sozinha.

— Quem disse que eu vou pra casa? — Sinto minhas palavras tremulando. — Quem disse que não vou participar da *minha* reunião?

— *Nossa* — João Pedro corrige.

— Que seja, João Pedro — respondo irritada, levando as mãos ao rosto e iniciando uma massagem nas têmporas.

Sinto lágrimas chegando à superfície dos olhos. Levanto a cabeça, encarando um pedaço do céu nublado pelo vidro das grandes janelas nas laterais do prédio e faço uma pequena prece mental: *Se esse é o momento em que você me ensina sobre perdoar as tais setenta vezes sete, eu tenho certeza de que sou mesmo a sua imagem e semelhança, porque quanto sarcasmo, hein, Jesus? Só me ajuda a não cometer aqueles tais dois crimes de ódio hoje, por favor.*

— O que você quer fazer? — a voz do meu ex-namorado interrompe minha conexão com o céu.

Eu me endireito na cadeira, junto meu cabelo num coque alto, engulo qualquer resquício de choro e profiro as palavras mais difíceis de toda a minha vida:

— Me ajuda, por favor.

Jonas aproxima-se de mim, mas aperto o braço do meu colega de trabalho com força, dando um sinal que não imaginei que ele fosse entender com tamanha rapidez. Quando percebo, estou no colo de João Pedro, tentando manter minha cabeça distante de seu peito, mas falhando miseravelmente. Ele percebe que estou brigando com o tecido da minha roupa quando tenta me arrumar em seus braços, encostando no corrimão da escada para poder manter o antebraço rente à minha bunda e segurar meu vestido. Não tenho palavras para lhe agradecer. E prefiro guardar os agradecimentos, porque pretendo apagar esse dia da memória na primeira oportunidade possível.

— Se você quiser, eu posso carregar a...

— Você leva a Adriana. — Minha voz escapa pela mandíbula tensionada, afastando o braço dele dos braços do João Pedro.

— Quem? — João Pedro interroga, subindo o primeiro degrau de madeira e ferro tingido de preto.

— A cadeira dela — Jonas responde.

— Espera aí, sua cadeira tem nome? — Ele ri e despeja um hálito de chiclete de menta em meu rosto.

O bafo dele deve estar horrível pra precisar mascar chiclete assim tão cedo.

— Não te devo explicação — digo.

— Por que ela se chama Adriana? — ele insiste.

— Por causa da Adriana Esteves, que — meu ex-namorado replica.

— Jonas, cala a boca, ele está falando comigo!

— Então me fala. — Ele abaixa a cabeça para me olhar nos olhos, sua sobrancelha está arqueada. — Por que você deu esse nome a sua cadeira?

— É uma longa história. — Finjo desinteresse.

— Eu tenho tempo.

— Não tem, estamos quase no último degrau. — Aponto para os dois degraus à nossa frente.

— Não se eu decidir parar. — Sua voz me propõe um desafio.

— Eu me jogo daqui de cima! — ameaço.

— Ela se joga mesmo. — Jonas suspende minha cadeira acima da cabeça, nos ultrapassando nos degraus, e a trava, posicionando-a para que eu me sente. — Teve uma vez que a gente estava na tirolesa, e a Catinha...

— Eu já pedi pra você calar a boca — digo irritada. — Que inferno, Jonas!

— Catinha? — João Pedro disfarça um sorriso de deboche no canto dos lábios. — Deixa eu adivinhar, outra longa história?

Eram quinze degraus, mas pareceu o Everest. E o saldo do dia foi uma extensa carta de repúdio à direção do prédio, quando, na verdade, eu gostaria de ter endereçado uma ao roteirista da minha vida.

5

— Se eu fosse você, não comeria isso não, hein? — João Pedro senta-se ao meu lado, colocando uma lata de Coca-Cola e uma vasilha rosa com seis empadas em cima da mesa.

— Foi aquele velhinho quem trouxe pra ela — uma das estagiárias explica.

— Essa é uma fruta capciosa, Catarina. — Ele dá um gole em seu refrigerante.

Dou uma grande mordida na maçã, virando a cabeça para encará-lo enquanto mastigo de forma exagerada, contorcendo a boca em movimentos intensos como se, a cada vez que meus dentes trituram uma parte da fruta, eu estivesse mastigando a cabeça do meu colega.

— Ele traz toda semana, João, acho tão bonitinho! — a estagiária continua.

— Tô ligado — ele responde e enfia uma empada inteira na boca, derrubando uma parte em sua camisa jeans de mangas três quartos.

Minha repulsa é tão grande que me dá medo de revirar os olhos e eles desistirem de voltar para o lugar só para continuarem não vendo o JPS. Algo tentador, não posso arriscar.

— Eu gosto tanto da Branca de Neve — ele diz de boca cheia — que amanhã vou trazer outra maçã.

— Passo. — Vou em direção à composteira depositar o que sobrou da fruta.

— Pessoal, vou aproveitar que todos estão aqui fora para fazer um breve comunicado — diz nossa chefe, entrando na área externa em que nos encontramos.

Decido retornar ao meu lugar antes que os estagiários se aglomerem em frente a Tereza Cristina e eu perca o campo de visão privilegiado.

— Por quê? — João Pedro me pergunta baixinho.

— Por que o quê, menino? — devolvo a pergunta, também sussurrando.

— O quê? — Ele abaixa a cabeça, aproximando seu rosto do meu. — Fala de novo.

— Eu perguntei *o quê* você me perguntou! — Minha paciência no limite.

Ele ri.

— Por que você não quer minha maçã, Branca de Neve? Prometo que não tem veneno. — Soa debochado. — Talvez só um pouquinho.

— Sabe quem também distribuía maçã? — Ele me olha de canto de olho. — A serpente do Éden.

Ele solta uma risada descontrolada, chamando a atenção dos presentes.

— Eu também compartilho da alegria do nosso colega Pedro. — Tereza Cristina tem a mania de chamar a atenção para o que não gosta em forma de elogio. — Fizemos um ótimo trabalho semana retrasada, e essa equipe mostrou-se bastante unida e motivada! Pedro e Catarina, enquanto dou mais uns avisos, gostaria que vocês viessem aqui à frente, por gentileza.

Meu colega devora sua última empada, fazendo mais sujeira que antes. Fico em dúvida entre avisá-lo ou deixá-lo fazer papel de ridículo na frente de tantas pessoas, mas resolvo demonstrar misericórdia, tal qual Jesus Cristo.

Puxo a manga de sua camisa assim que ele passa ao meu lado, chamando a atenção dele para o canto da boca, apontando os farelos. Mas ele não entende e, mais uma vez, praticamente cola o rosto no meu porque sabe que me irrita.

— Você é uma péssima mímica — ele zomba.

— Eu deveria deixar você passar vergonha na frente de todo mundo, isso sim! — Empurro seu ombro ao pedir passagem. — Tem empada no seu rosto inteiro! — falo baixinho, indo para perto de Tereza.

Posso ouvir os passos dele atrás de mim. Quando estaciono ao lado da chefe, ele coloca uma cadeira plástica ao meu lado, sussurrando, mais uma vez, ao meu ouvido:

— Tava encarando a minha boca, Catarina?

Sinto meu rosto queimar de raiva.

— Não fode, João Pedro. — Cruzo os braços, impaciente.

— Ele não vai *fugir*, Catarina. — Tereza Cristina me lança um olhar nada amigável, me levando a perceber que falei alto demais.

Meu rosto, outrora tingido de raiva, ganha um novo tom: vergonha absoluta. Seria um ótimo nome de esmalte. O que me lembra de manter uma distância considerável da pessoa ao meu lado para evitar que eu finque minhas unhas em seu pescoço.

— O Pedro foi um reforço incrível para o nosso time de projetos, sorte a nossa que ele escolheu trabalhar com a gente! — ela continua, costurando palavras a sua prosa a fim de remediar os constrangimentos da minha fala. — E, quando junta com a Catarina, então...

— É uma explosão! — ele cochicha usando um tom de voz irônico. Sua mão esquerda, fechada em punho, é levantada disfarçadamente e abre-se devagar, como fogos de artifício explodindo no céu.

Empurro seu antebraço direito para longe da minha cadeira. Meus olhos permanecem fitando o pedacinho de tinta descascada na parte superior da parede cinza atrás de cabeças inquietas que não aguentam mais as palestras não requisitadas da nossa chefe. Minha mente passeia pela letra de "Trem das cores" do Caetano, tentando decifrar todo o plano sinestésico-cinematográfico pelo matiz de sensações ao longo da viagem de trem, ora interna, ora externa, até chegar ao céu "celeste, celestial".

— ... não é, Catarina?

— Perfeitamente. — Meus lábios expulsam a primeira palavra que encontram.

E, assim, como obra de uma conspiração internacional, assino meu atestado de óbito: além do João Pedro, o Jonas vai somar-se ao *nosso time*, porque a Áurea foi a empresa escolhida durante o processo licitatório. O que eu já imaginava, mas mantinha aquele fio de esperança até o último segundo.

No secreto, meus ossos gritam:

— Jesus, se você pode me ouvir, sua filha tá pronta. Pode me levar.

6

A ansiedade pelo dia de hoje não me deixou dormir. Ou comer. Ou pensar em qualquer outra coisa que não fosse uma manhã inteira pisando em ovos. Tudo o que não posso esquecer é de me comportar como a adulta responsável que sonha, um dia não muito distante, ser reconhecida pelo gestor da cidade a ponto de comandar a equipe de projetos sociais e ser respeitada por ela. Algo que tento fazer desde que vi a minha melhor ideia em anos ser creditada a outro setor enquanto me pediam para me "resignar em nome do time"; como se fosse fácil. E eu prometi a mim mesma que não deixaria mais que passassem por cima de mim daquela maneira, mas cá estou, prestes a encarar o meu pior pesadelo.

Você consegue, Catarina.

O baixo fluxo de carros na rua estreita onde meu setor está localizado indica que estou bastante adiantada. Ao menos trafego com menos medo do que o habitual, já que as calçadas são praticamente inexistentes e o asfalto é meu companheiro até chegar ao portão branco em alumínio gradeado.

Ponho os fones nos ouvidos, subo a rampa, encosto minha cadeira na entrada o máximo que dá, evitando permanecer no caminho de motoristas irresponsáveis que insistem em não me enxergar na maioria das vezes, e travo as rodas. Tento me atualizar no meu podcast preferido, mas meus pensamentos continuam andando em círculo, e eu pareço ter me tornado a pessoa de um assunto só.

Enxergar Tamires chegando ao longe, com seus longos fios loiros presos num rabo de cavalo, me faz sorrir. Ela fora aprovada no mesmo concurso que eu, tomamos posse no mesmo dia e desde então fazemos companhia uma para a outra durante o horário de almoço.

— Caiu da cama, foi? — Ela chega fazendo sinal para que eu me afaste e ela possa abrir o portão.

— Quase, Tami! — Desço a rampa, parando para dar-lhe um beijo na bochecha e segurar sua bolsa de linho com estampa de coruja.

— Por que tá cheia de pano hoje? — Ela retira a corrente do cadeado, abrindo o portão apenas o necessário para que passemos, fechando-o em seguida.

Eu poderia responder que essa escolha de vestuário é o resultado de muita reflexão depois da tentativa frustrada de ontem, quando tentei parecer sexy ao reencontrar meu ex-namorado pela primeira vez após quase dois anos, mas acabei entregando uma versão desajeitada e quase fui detida por atentado ao pudor por ter minha bunda praticamente exposta, não fosse a destreza do meu colega. Mas prefiro resumir:

— Pois é, tô viciada em quimonos! — falo despretensiosa, como se essa não fosse a única peça do gênero em meu armário.

— Fique à vontade, viu? — ela brinca, ao abrir a outra porta.

— Pode deixar, vou fingir que a casa é minha. — Pisco para ela.

Tamires leva minha marmita junto com suas coisas para a cozinha enquanto entro em minha sala para guardar a bolsa no armário. Ao retornar para a recepção, abro a grande janela de correr em madeira branca e vidro e paro minha cadeira próxima ao sofá azul.

— Mas já vai deitar? — ela indaga, apoiando o braço na vassoura de piaçava.

— Vou pegar uma vitamina D rapidinho aqui, amiga
— Deixa pelo menos eu aspirar esse sofá antes! Chispa!
— A senhora é quem manda! — Abro caminho
— Pois é, antes das oito esse reino é todo meu! — Ela ensaia uma dancinha desajeitada.

Uma aspiração e três afofadas de almofadas depois, estou deitada no sofá que parece feito especialmente para mim. A voz da Tamires cantarolando sucessos do Silvano Salles, enquanto a vinheta que introduz as canções repete que ele é "o cantor apaixonado", me oferece doses de conforto suficientes para me fazer pegar no sono. Porque apenas isso explica Tamires impaciente me cutucando com a vassoura.

Ainda atordoada, demoro um tempo maior que o normal para me sentar de volta na Adriana e arrumar o quimono a fim de que ele não pareça o robe de uma senhora de oitenta e três anos que acabou de desistir do banho. Alguns estagiários entram, espalhando-se pelos cômodos — os mais disputados são aqueles com o maior número de tomadas — e eu parto para o lavatório próximo à porta do banheiro para checar o cabelo.

— Tem jeito mais não. — O reflexo do João Pedro aparece no espelho. — É melhor você desistir de melhorar alguma coisa.

— Eu perguntei alguma coisa pra você? — Persigo seus olhos na imagem refletida.

— Essa dica foi de graça. — Ele pisca. — Mas não se acostuma porque minha assinatura custa mil duzentos e oitenta reais.

Isso dá o quê? Menos de dez dólares com o preço atual do dólar. Patético!
Invocando meu mantra para atrair serenidade, começo a repetir baixinho que hoje ninguém vai estragar meu dia, só vou gastar energia...

— Ei! — Ele volta, apoiando as mãos no encosto da minha cadeira.
— Tu ainda tá nisso? Desiste!

— ... pra matar o João Pedro! — O Chorão que me desculpe, mas preciso alterar um pouco a letra de "Céu azul".

— Você pode fazer o favor de sumir da minha vida? — falo séria, lavando as mãos.

— Não, você sentiria saudades de mim. — Ele saboreia cada palavra como quem come manga doce sem fiapo.

— Eu estava ótima antes de você chegar aqui!

— Estava nada, duvido que você tivesse alguém com quem implicar. — Os dedos dele encostam em meu pescoço.

— Exatamente por isso. Eu não PRECISAVA implicar porque ninguém era tão irritante. — Aumento o tom de voz.

— Viu? Eu iria fazer falta.

Eu odeio o olhar sarcástico que ele me dá.

— João Pedro, para de interpretar errado todas as coisas que eu falo! — digo irritada. — Não foi isso que eu disse!

— Mas é isso o que sente! Você gosta de brigar. — Ele me entrega três folhas de papel-toalha.

— Eu não gosto é de você. — Enxugo as mãos, devolvendo um olhar de vitória.

— Viu? Tô certo de novo — ele conclui. — Você tá sempre pronta pro ataque.

— Como diz a pensadora contemporânea Carrie Bradshaw, isso é "apenas o trailer".

— E eu tenho ingressos pra todas as sessões.

— Vai sonhando...

— Ah, o pessoal da Áurea está aí já. Vim avisar, mas você me distraiu. — Ele retira as mãos da cadeira, colocando-as nos bolsos da calça jeans.

— Na sala da Tereza Cristina? — Jogo fora os papéis molhados e começo a virar a cadeira.

— Claro que não, na minha!

— Aquilo é um cubículo, João Pedro! — protesto.

— Coração de mãe, Mulan... — ele diz, afastando-se. — Demore não!

Busco meu celular, o caderno de anotações e o estojo em minha sala, partindo para a penitência diária. Agora entendo todos os conflitos internos de Jesus no jardim do Getsêmani.

Antes do João Pedro, todas as reuniões aconteciam na sala da coordenação porque, se tem uma coisa que a Tereza Cristina tem, além de uma infinidade de histórias pelas quais ninguém se interessa, é apreço por locais amplos e arejados. O que justifica o maior cômodo do setor funcionar como a sala dela. O espaço acomoda bem umas dez pessoas, minha cadeira fica livre para circular enquanto eu falo ou caso precise distribuir algum tipo de informativo, a bandeja com sequilhos e café permanece ao alcance de todos... É uma sucessão de prós.

Mas desde que *ele* chegou e ganhou uma sala com seu nome na porta, passou a acreditar que todas as decisões seriam tomadas por ele. E eu, que sempre toquei o barco na área de projetos, me vi tendo de disputar espaço com um novato que se acha mais importante que o jegue que carregou Jesus na entrada de Jerusalém. Pior, que sequer considera a opinião de alguém que desempenha a função há mais tempo e, portanto, sabe do que está falando.

Agora, estamos espremidos nessa caixa de fósforos que o meu colega chama de sala e tendo de fazer uma dança das cadeiras completamente desnecessária porque a bexiga minúscula do Jonas não consegue aguentar meia hora sem ir ao banheiro.

— Catarina, se você inclinar a cadeira um pouquinho pra esquerda — Jonas diz — eu consigo pular pelas pernas da Nathália.

— Ou eu posso me levantar e encostar na parede igual fiz pra você sair — Nath sugere.

— Não, isso quase derramou o café inteiro em cima de mim! — Reprovo João Pedro com o olhar.

— Eu levanto e seguro a bandeja, daí o Jonas pode...

— Não! — grito, agitando as mãos no ar. — Vamos ser práticos. O que a gente tem pra resolver é juridicamente. O Maurício vai entrar em contato com os advogados de vocês e o restante a gente resolve por e-mail. Fim da reunião.

— Pode ser por grupo de *zap* também — meu colega sugere

— É uma ideia interessante — Jonas começa —, porque a gente tá sempre com o celular na mão e

Lanço um olhar de socorro para Nathália. Eu me recuso a participar de mais um grupo de WhatsApp. Ainda mais um grupo que reúna as duas maiores pedras de tropeço da minha breve existência nesse plano terrestre.

— Como a responsável pelo comercial, prefiro que toda a comunicação seja oficializada por e-mail porque facilita nosso trabalho e evita complicações em futuras auditorias.

— Exatamente! Ouçam a voz da experiência! — Empurro essa última palavra na direção do João Pedro, que faz um sinal de negativo com a cabeça.

— Cati... — Jonas trava no meio da palavra. Graças a Deus. — Alguém pode pegar meu laptop em cima da poltrona?

— Eu levo, brother.

Brother, debocho mentalmente enquanto saímos um a um do cubículo em que estávamos. Alguns estagiários aproximam-se da recepção a passos tímidos, seus olhos parecem escanear o Jonas inteiro. Sempre me esqueço de que ele é uma inspiração para os jovens que sonham em fazer carreira na área de projetos sociais com ênfase em meio ambiente e saneamento básico.

João Pedro ciceroneia seu *brother*, distribuindo simpatia, enquanto o objeto de admiração não consegue conter o sorriso por ter seu ego inflado antes do meio-dia. Sinto meu celular vibrar:

> **Nath 10:57**
> Começou o showzinho

> **Catarina 10:57**
> Veeeeeei

> **Catarina 10:57**
> PRE GUI ÇA

> **Catarina 10:58**
> Vou dar corda

— O João Pedro também é seu fã. Sabia, Jonas? — Dessa vez sou eu quem está se deliciando com palavras sabor manga sem fiapos.

> **Nath 10:58**
> Não faz issoooooo

> **Nath 10:58**
> Ele não vai dormir hoje!!!

— Porra, que legal! — Ele mantém o sorriso idiota nos lábios. — Eu também fiquei fãzaço desse cara! — Dá dois tapinhas nas costas do João.

> **Catarina 10:59**
> Males necessários, amiga

> **Catarina 10:59**
> Aaaaaaaaaaaaaaaff

— Eu que admiro o trabalho de um cara que cresceu sozinho no próprio negócio — João Pedro retruca.

> **Nath 10:59**
> EU TE FALEI, PORRA

> **Catarina 10:59**
> DOIS IDIOTAS

— Eu nada, né? — Nathália brinca, mas sei que ela sente muito por não receber o mesmo reconhecimento que seu sócio. Ela gerencia todas as estratégias de atuação, contas e planejamento, é quem atura cliente chato e vai a campo, enquanto o Jonas lida apenas com o setor criativo. Não estou desmerecendo o trabalho dele, porque é o que faço diariamente, mas ela acumula tantas funções importantes e mesmo assim é sempre resumida a "sombra do Jonas". Injusto, para não usar outra palavra.

— Nath, você é o coração da Áurea! — seu sócio diz, aproximando-se e dando um toquinho de ombro nela. — E por ter um grande coração, vai aperfeiçoar os detalhes que ficaram em aberto, porque preciso correr! Bom dia pra vocês, gente.

Jonas despede-se como se todos fôssemos sentir falta de sua magnânima presença. Pela cara dos estagiários, ele está coberto de razão.

— É impressão minha ou vocês duas já se conhecem? — Meu colega aproxima-se de mim e de Nathália, fazendo sinal para que ela se sente no sofá azul da recepção, arrastando a cadeira cinza de rodinhas para sentar-se também.

> **Catarina 11:06**
> SEM DETALHES

— Sim, somos amigas há um tempão. — Ela desbloqueia o celular. — Mas nada que comprometa o trabalho ou levante suspeita de improbidade administrativa, pelo amor de Deus! — Posso perceber o nervosismo em sua voz.

— Relaxa, é só curiosidade. A Mulan aí nem queria vocês na concorrência mesmo..

— Já mandei você parar de me colocar esses apelidos!

— Mas você nem parece a Mulan! — Nathália ri.

> **Nath 11:07**
> Amiga, ele não é tão chato???

— Mas não é apenas Mulan, amiga! — Começo a contar nos dedos. — É Branca de Neve, Elsa... aliás... — Chego para a frente e esbarro minha cadeira em seu tênis preto. — Você é o único cara que conheço que sabe o nome da Elsa e não a chama de Frozen.

— Não tenho culpa se você só conheceu um homem de cultura agora.

> **Nath 11:08**
> E é engraçado???

> **Nath 11:08**
> CATARINA??????

— Cultura do universo Disney? — zombo.

— A garota da minha vida acha importante.

O celular dele começa a tocar, fazendo-o levantar-se e sair da nossa presença. Tenho vontade de gritar, porque nem em um milhão de anos imaginei que esse tipo de informação fosse me causar um susto tão grande quanto o que tomei agora.

Nathália e eu cruzamos o olhar e isso é o bastante para decidirmos adiantar o horário de almoço e partir para o restaurante mais próximo, porque eu preciso dissertar sobre esse momento. Quando estamos nos preparando para sair, Tereza Cristina nos chama e todas as palavras, que já estavam organizadas mentalmente em fila indiana e chegando à garganta, são direcionadas à ponta dos meus dedos.

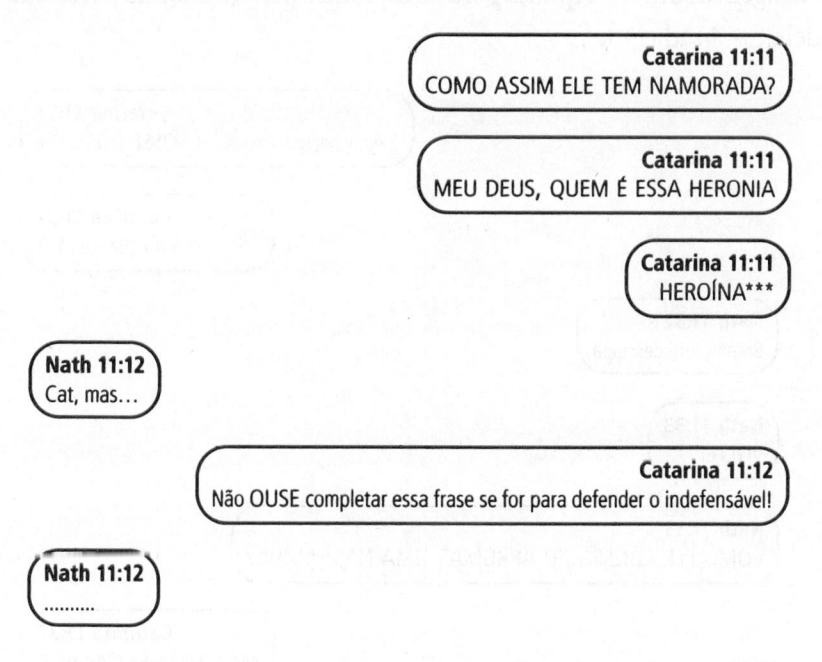

> **Catarina 11:11**
> COMO ASSIM ELE TEM NAMORADA?

> **Catarina 11:11**
> MEU DEUS, QUEM É ESSA HERONIA

> **Catarina 11:11**
> HEROÍNA***

> **Nath 11:12**
> Cat, mas...

> **Catarina 11:12**
> Não OUSE completar essa frase se for para defender o indefensável!

> **Nath 11:12**
> ....

— Fico tão feliz quando vejo duas jovens iguais a vocês atuando em atividades tão importantes. — Tereza Cristina senta-se e acena para que nos acomodemos em sua frente. Agradeço aos céus por termos uma mesa entre nós, assim não parecemos tão mal-educadas ao mexer no celular. — Isso me lembra quando comecei, ainda novinha, aos dezesseis anos. Naquela época os tempos eram outros e não tinha isso de...

> **Catarina 11:18**
> Tá com pena, leva pra casa

> **Nath 11:18**
> Já ocuparam o cargo

> **Nath 11:18**
> HAHAHAHAHA

— Quando eu assumi esse setor — Tereza continua —, muitos colegas não me levavam a sério! Dá pra acreditar? — Ela beberica o café preto, depositando a xícara de porcelana no pires. — Eu, com toda essa bagagem aqui... — Aponta para os diplomas pendurados na parede atrás dela. — Ainda era...

> **Catarina 11:32**
> E eu achei que isso NÃO FOSSE POSSÍVEL

> **Catarina 11:32**
> PS: lembra do que ele FEZ!

> **Nath 11:32**
> Bom ponto, desculpa

> **Nath 11:33**
> VOLTEI

> **Nath 11:33**
> COMO ELE CONSEGUIU ARRUMAR UMA NAMORADA?

> **Catarina 11:34**
> MAIS UMA ENGANADA

> **Nath 11:34**
> E O GOVERNO NÃO FAZ NADA!!

> **Catarina 11:34**
> CHEGA, MUDA BRASIL

— Eu sempre prezo ouvir as pessoas. Acredito que esse é o motivo de estar à frente dessa coordenação há tanto tempo! Quando a pessoa apenas fala, sem dar a oportunidade de outras vozes serem somadas, é um desperdício de tempo, concordam? — Ela não precisa que concordemos porque interliga uma frase na outra com a mesma intensidade que Nathália e eu fingimos estar atentas ao que é dito. — Eu já contei sobre o dia em que...

> **Nath 11:40**
> ATÉ O JPS TEM ALGUÉM E A GENTE AQUI...

> **Nath 11:40**
> AMIGA, ELA GOSTA DE DISNEY

> **Nath 11:41**
> É UM BOM REFLEXO DA PERSONALIDADE DELA

> **Catarina 11:41**
> NATHÁÁÁÁLIA

> **Catarina 11:41**
> POR ISSO MESMO!

> **Catarina 11:42**
> EIS UM BOM PONTO, A GAROTA MERECIA MAIS

> **Nath 11:42**
> SERÁ QUE FOI SEQUESTRO?????

> **Catarina 11:42**
> E ELA TÁ ESPERANDO ALGUÉM PAGAR O RESGATE?

> **Nath 11:42**
> TADINHA...

7

Sábado sempre foi um dos meus dias da semana preferidos. Desde criança, acordava cedinho não apenas para ligar a TV e assistir ao *Sábado Animado* no SBT, mas também por saber que iria encontrar, espalhados na mesa da cozinha, todos os meus itens favoritos da feira e uma caneca de Nescau com leite acompanhando meu prato com pãozinho delícia, peta, avoador e beiju. A minha única preocupação era permanecer o máximo de tempo possível deitada no sofá, porque eu merecia. E é isso que decido fazer hoje. Porque eu mereço.

Com o celular desligado, perco a noção do tempo e engato numa maratona de filmes que, de tão assistidos, posso cochilar entre as cenas e despertar falando junto com a protagonista como se estivesse atenta durante toda a história. A Netflix me recomenda mais um título de seu catálogo, mas o ronco do meu estômago acaba falando mais alto... E chamando pelo nome do seu Venâncio!

Sem pensar duas vezes, subo em minha cadeira e vou até o rack de madeira. O reflexo no painel da televisão mostra uma Catarina de olhos miúdos e cabelo emaranhado. Desfaço alguns nós do alto da cabeça enquanto insiro a senha para ligar meu celular, e sou bombardeada não apenas pelo brilho da tela em meio à sala escura, mas pela quantidade de notificações no WhatsApp e de chamadas perdidas. Todas do João Pedro.

Tentada a abrir as mensagens para conhecer o teor de tanto alvoroço, lembro a mim mesma que todo mundo tem direito a fins de semana e, ao contrário do que minha mãe afirma, eu sou todo mundo nesse caso. Deslizo meu dedo até o aplicativo da Venâncio's e confirmo o pedido de sempre. Minha boca enche de água só de imaginar o cheiro da pizza de lombinho com muçarela e catupiry.

O senso de responsabilidade lateja tal qual unha encravada e volto às mensagens não lidas. Se for algo urgente, serei obrigada a respondê-las depois de abrir e perder a noite com preocupações que não existiriam até a segunda-feira. Se não for nada importante, passarei o resto da noite com ódio do meu colega que, por razões de natureza desconhecida, resolveu me irritar além dos dias úteis.

— Se houvesse necessidade, a Tereza Cristina teria me ligado — penso alto, correndo para procurar o contato da minha chefe.

Última mensagem: quinta-feira. Respiro aliviada, bloqueando a tela do celular e devolvendo-o ao móvel.

— O mundo não tá acabando, não há nada que não possa esperar até segunda — repito para mim mesma, partindo para o banho.

O medo de perder o interfone do entregador me faz correr no banho, o que não é nada fácil já que meus movimentos têm ritmo próprio, e eu não pretendo voltar a conhecer o chão do banheiro tão de perto para entender que não posso exigir funcionalidades que não vieram no meu pacote original de fábrica.

O som característico do celular vibrando na madeira faz minha respiração picotar de raiva ao imaginar que esta ligação deve se somar às outras doze do João da Silva. Visto o short furado do pijama de elefantinhos que já deveria ter virado pano de passar óleo de peroba nos móveis e a primeira blusa folgada que encontro na gaveta — uma das vantagens de viver sentada é que as barras das blusas são quase sempre grandes demais, então é uma liberdade sem tamanho não se preocupar com o estado da peça de baixo porque sua bunda sempre vai estar coberta o suficiente pra não te fazer passar vergonha em público.

Decido retornar a chamada, mas o interfone toca e minha mente nem tenta medir meu próximo passo, porque entre ligar para o JPS e apertar um aparelho Hyrax, eu já estaria no consultório do ortodontista.

Segurando as chaves de casa, com dois panos de prato e o cartão de crédito embaixo da coxa esquerda, desço pelo elevador. Tento prender os meus fios agitados no alto da cabeça, mas acabo desistindo quando as mechas deslizam pelo meu rosto, ombros e costas. Chegando ao portão de entrada, minha mão congela no puxador, e tudo o que eu queria era me esconder numa caverna, igual a Davi.

Pelo visto eu estava errada. O mundo está acabando.

— Olha ela aí. Até que enfim! — Ele desencosta da moto, dando dois passos à frente. — Agora você já tem a identificação visual, pode considerar entregue, meu patrão!

O atrevimento de receber o meu pedido. As palavras carregadas de cinismo.

— Valeu, meu parceiro! — O entregador sobe na moto. — Já tá tudo pago, viu moça? — Ele dá partida e segue pela rua.

A audácia de pagar pela minha pizza como se eu tivesse pedido algum favor.

— Lombinho com catupiry. — Ele levanta a tampa da caixa, inalando o cheiro da pizza. — Uma boa pedida. Você até que tem bom gosto! — Pausa. — Às vezes. — Aproxima-se do portão, entrando pela fresta que abri.

Continuo perplexa. Calada. Imóvel.

— Em qual andar você mora? — Ele fecha o portão, seguindo pelo corredor.

Se a prepotência em seu olhar, de acreditar que vou convidá-lo para subir, pudesse falar, ela seria ensurdecedora

— Você não vai subir, João Pedro — digo, enfim

Parto para o elevador, passando em sua frente, puxando minha blusa até os joelhos. Logo hoje eu me pareço com... *isso*.

— Como que você vai levar a pizza?

— Da mesma forma que iria levar se você não tivesse se intrometido. — Estendo as mãos. — Me dá logo.

— Por que você não atendeu quando te liguei? — Ele me acompanha até o elevador.

— Pra onde você pensa que vai? — Seguro meu cabelo, colocando-o inteiro para o lado esquerdo, mas ele volta a pular por todo o meu rosto.

Ele aperta o botão do nono andar, as portas se fecham.

— O que você tá fazendo, seu idiota?! — Dou-lhe uma cotovelada na barriga.

— Já que você não me diz, vamos passear por todos os andares até você cansar, Merida. — Ele esfrega a região do abdômen, devolvendo-me uma cara de dor.

— Você acha que eu tenho paciência para ficar presa nessa lata de sardinha com você? — Aperto o número cinco no painel.

— Ótimo, porque a gente tá atrasado! — Ele abre a caixa de pizza, pegando uma fatia.

— Você não ouse, João Pedro! — grito. — Essa pizza é minha!

— Tecnicamente, é minha. — Ele enrola a fatia e coloca metade na boca. — Quer um pedaço?

O elevador é invadido pelo cheiro que eu estava desejando a noite inteira. Estou enjoada.

— Você me deve uma pizza — digo, ressentida.

— Vei, falando sério! — Posso ver a massa passando por entre seus dentes. A cena é deprimente. — A gente precisa correr, e se você tivesse me atendido já estaria pronta!

As portas se abrem. Ele usa o corpo para segurar o elevador enquanto eu saio, me acompanhando em seguida.

— Você me deve uma pizza cheia de lombinho e com borda de catupiry! — resmungo, indo em direção ao apartamento onze.

— Você não atendia. — Ele limpa a boca com as costas da mão. — Então eu tive de marcar com os estagiários naquele café da Alameda dos Pinhais...

— Da pizzaria do seu Venâncio! — enfatizo.

— Daí eu vim te buscar pra agilizar. — Ele abocanha a outra metade da pizza que estava em sua mão. — E confirmar que você não tava morta..

— Não quero pizza de outro lugar, João Pedro! — Abro a porta de casa, adentrando irritada.

Vou em direção ao celular, acessando as mensagens dele para uma rápida leitura.

— Você não vai me convidar pra entrar? — Ele me encara pela soleira de mármore.

— Claro que não! — respondo lá de dentro, deslizando meus dedos pelo teclado.

> **Catarina 19:08**
> Ok.

O celular dele apita.

— Entre todas as coisas, não imaginava que você fosse mal-educada. — Senta-se no chão, com o joelho direito segurando a porta aberta.

Ele retira o celular do bolso da calça e começa a rir.

— Minha avó me ensinou que espírito ruim a gente não pode deixar entrar em casa.

> **João Pedro (Trab Proj) 19:09**
> Pq vc ta respondendo agora

> **João Pedro (Trab Proj) 19:09**
> Se eu to bem aquiiiiiiiiii

— Não imaginava que você fosse supersticiosa — ele fala de boca cheia.

— Então você não vai negar que é um espírito das trevas? — debocho.

> **Catarina 19:10**
> ⊘ Você apagou esta mensagem

— Faz alguma diferença?

> **João Pedro (Trab Proj) 19:10**
> Eu liiiiiiiiiiiiiiiii

— Na verdade, não; mas mantém o debate vivo. — Escondo o riso ao bloquear a tela do celular.

— Estou cansado demais pra debater hoje. — Ele digita uma mensagem no celular, colocando o aparelho em seu colo.

— O que aconteceu? — Viro minha cadeira de frente para ele. — Quer conversar?

— Conversar com você? — ele questiona, indicando surpresa.

— O que foi? Eu sou uma ótima amiga.

— A gente não é amigo.

— Você se apega a detalhes muito pequenos — respondo sem colocar tanta importância nas palavras.

— Como aquela sua versão moderna de Bela naquele vestidinho amarelo...

O olhar dele adquire um tom sacana. Não acredito que pensei ser possível ter uma conversa de verdade com o João Pedro.

— Retiro a oferta de diálogo — digo, seca.

— Eu não iria usar mesmo — ele retruca, sugerindo desdém.

— Claro que iria, você tava quase cedendo...

— Deve ser horrível não perceber o que acontece a sua volta.

— Você tá dizendo que eu não sei ler pessoas? — Lanço um olhar desafiador.

— Pessoas, talvez. Já espíritos ruins... — Ele tenta esconder, mas vejo nascer em seu rosto aquele mesmo sorriso de quando ele me pegou no colo antes da grande reunião.

— Viu, só? Confirmou minha suspeita! Eu estou sempre certa. — Pisco-lhe o olho, declarando minha vitória.

— E é aí que você se engana, Catarina...

— Deve ser horrível não perceber o que acontece a sua volta, João Pedro. — Dou meia-volta e sigo até o meu quarto.

Abro as portas do armário, e nada parece bom o suficiente. Odeio ser apressada para fazer as coisas e odeio mais ainda ter de pensar que a pessoa mais irritante do planeta está sentada na porta da minha casa, analisando todos os meus móveis e julgando mentalmente minhas escolhas de decoração. Pior, pode estar mexendo em minhas gavetas nesse momento! Atormentada pela ideia do João Pedro fuxicando pela sala e sem querer resgatar um dos vestidos praticamente limpos que deixei no chão do banheiro e arriscar que ele pense que estou vestindo roupa pescada do cesto de roupa suja, decido fazer a linha confortável e dedicar mais tempo à crise capilar que resolveu me acometer hoje. Logo hoje.

Estou finalizando a maquiagem quando ouço o barulho da descarga. Respiro fundo, pressionando o pincel do blush com força de mais no rosto.

— Droga, além de tudo, vou parecer uma criança de três anos descobrindo a caixa de maquiagem do adulto mais próximo — falo para o espelho.

Pego a bolsa na poltrona próxima à cama, jogo meu cartão de crédito dentro e saio do quarto, dando meia-volta para fechar a porta atrás de mim.

— Podemos ir agora? — Ele sai do banheiro, secando as mãos na calça.

Droga. Também coloquei a toalha de rosto para lavar. Esse dia não deveria ter existido. *Por favor, Jesus, diga que isso é uma simulação. De mau gosto, mas uma simulação*, tento iniciar uma oração mental. Falho miseravelmente.

— Eu não permiti você entrar — digo irritada. — E não me lembro de permitir você usar o meu banheiro! Porque a resposta também seria NÃO!

— Catarina... — Ele respira fundo. — Garanto que não tenho doenças contagiosas. — Seu tom é irônico. — Sou apenas um homem que tinha necessidades urgentes e inadiáveis.

— Cala essa boca, me poupa dos detalhes, sai já da minha casa! — Coloco uma das mãos em suas costas, empurrando-o. — Anda, anda, tem um time de estagiários nos esperando! — Recolho o celular no rack, guardando-o na bolsa.

— Falando em detalhes... — Ele faz uma pausa. — Peculiares as suas escolhas de vestuário.

— Esse moletom não está folgado o bastante pro seu critério, *Joãozinho*? — Tranco a porta, conferindo três vezes o trinco.

— Estava me referindo a outro tipo de vestuário... — Suas palavras são como uma granada explodindo fragmentos de sarcasmo em todos os lugares.

Imediatamente vem em minha mente a calcinha pendurada no box. De renda vermelha. Mais transparente que girino. Eu quero morrer.

— Não fode, João Pedro! — O ódio me consome.

Eu odeio o meu colega de trabalho!

— Catarina? — Ele tira uma das mãos da caixa de pizza para apertar o botão do elevador.

— Isso passa dos limites! — Minha voz sai mais aguda do que gostaria. — Eu entendi a insinuação! — Tiro do rosto uma mecha de cabelo. — Eu não te dei liberdade!

— Insinuação de quê, Catarina? Tá doida? — João Pedro parece confuso, mas eu conheço o tipinho dele. Péssimos atores, todos eles. E eu sei reconhecer quando vejo um.

— Eu sei exatamente do que você está falando. Você estava no meu banheiro de propósito, pra me irritar! — Entro no elevador.

— Nem todas as coisas que eu faço são pra te irritar... — Ele olha para a escada e para mim, indeciso entre me acompanhar ou descer cinquenta e sete degraus para garantir uma distância que nos deixe seguros um do outro.

— Na outra parte do tempo você está sendo insuportável inconscientemente. — Sustento meu olhar no dele.

— Um verdadeiro talento! — Ele decide me acompanhar no elevador, olhos fitos nos meus.

— Não foi um elogio.

— Eu sei, o dia que sair alguma palavra gentil dos seus lábios eu devo me preparar pro apocalipse.

— Ainda bem que eu serei eterna.

— Ainda bem. — Ele vira-se de costas e aperta o botão do térreo.

— Tem como ligar o ar-condicionado?

— Tem como você abrir o vidro da sua janela. — Ele usa o indicador para fazer no ar o sinal de apertar um botão. Ridículo.

— Mas e o ar? — insisto, reclinando o corpo para a direita, quase deitando a cabeça na porta do carro. — Tá *muito* calor!

Ele me reprova pelo retrovisor.

— Você não estaria morrendo de calor se tivesse escolhido uma roupa normal.

— Eu não estaria "morrendo de calor" — corrijo —, se você não fosse canguinha a ponto de economizar gasolina só pra me deixar cozinhar nesse forno!

— Catarina, o ar...

— E não tem nada de anormal com o meu moletom, tá? — interrompo.

— Como eu ia dizendo, o ar tá quebrado.

— Como eu ia dizendo, é supernormal sofrer com as oscilações climáticas e sentir calor depois de sentir frio.

— Tá bom — ele responde, seu rosto demonstrando impaciência.

— E nada disso estaria acontecendo se você não me tirasse de casa a uma hora dessas.

— Eu não te obriguei a vir. — Ele passa a marcha, subindo uma ladeira.

— Quase.

— Essa é você abrindo precedente pra eu dizer que dou ordens a você? — Percebo um brilho em seu olhar.

— Nunca!

Ele ri. Devolvo-lhe uma careta pelo retrovisor. Nesse momento percebo um rastro de glitter em seu rosto, indo da região dos olhos até o topo da cabeça. A depender da quantidade de luz, a lateral raspada de seus cabelos é completamente iluminada por pontinhos prateados e cor-de-rosa... Nunca imaginei que meu colega de trabalho fosse adepto a festas que envolvessem banho de glitter, mas também nunca imaginei que ele tivesse uma namorada ou fosse um neandertal que vive sem ar-condicionado no carro numa cidade onde a temperatura mínima é vinte e oito graus. Resolvo me concentrar em minha suadeira, porque existe um limite de descobertas diárias sobre o João Pedro, e esse, definitivamente, é o máximo que aguento.

João Pedro retoma o assunto das mensagens enviadas antes. O novo edital do governo parece a oportunidade perfeita para que meu trabalho seja reconhecido, *desta vez*. E o fato de ele querer manter tudo em segredo, ao menos inicialmente, me dá mais certeza de que este é o sinal que eu preciso.

— Mas, fala aí, você acha que eu agi certo ao não abrir o plano pra todo mundo ainda? — Ele passa pela rotatória, pegando a primeira esquerda.

Eu odeio ter de concordar com ele.

— É o aceitável a se fazer.

— Você tá bem? — Ele retira a mão direita do volante e a pousa na minha testa, me observando por alguns segundos.

— Olha pra frente, seu irresponsável! — reclamo. Ele abaixa completamente o vidro da sua janela, vejo alguns de seus fios castanhos começarem a se desvencilhar do gel e dançarem ao vento.

— Eu só queria ter certeza que você não iria sofrer combustão instantânea por concordar com algo que eu tenha dito.

Aperto minhas mãos uma na outra, segurando minha raiva entre os dedos.

— Tecnicamente, não foi isso o que aconteceu. — A brisa suave beija meu rosto, amenizando o meu derretimento. — Eu faria isso, então é como se *você* estivesse concordando comigo.

João Pedro gargalha. Percebo que sua rouquidão habitual não some completamente.

— E eu acho que temos grandes chances de vencer esse edital do Ministério da Cidadania — continuo, animada. — E, como você falou pelo WhatsApp, apresentar uma ideia concreta pra Tereza Cristina vai ser melhor ainda. Eu realmente acho que...

João Pedro erra a entrada, e eu finjo não perceber. A vontade que tenho é de assumir o volante, porque desse jeito não vamos chegar nunca.

— Será que vai dar pra conciliar com o projeto de saneamento da Áurea? — ele me interrompe. — Tá tudo tão recente, e o setor já tem acompanhado mais outros e...

— Posso te pedir um favor? — Levo a mão esquerda até o ombro dele, mas recuo assim que meus dedos chegam perto demais de sua camisa xadrez feita sob medida para qualquer pessoa no mundo, menos ele. Ele assente pelo espelho a nossa frente. — Não traz esse assunto pro meu sábado. Não estraga meu final de semana!

— Eu ainda não entendi o motivo da sua hostilidade com o Jon...

— João Pedro! — grito. — O que foi que eu acabei de pedir, inferno?!

— Calma, Merida, não precisa sentir tanta raiva o tempo todo...

— Você quer falar de raiva? — Cruzo os braços. — Tem certeza? A vontade de chorar de raiva por ter sido pega no colo só não foi maior que a raiva que eu fiquei por *você* me pegar no colo naquele dia da reunião!

— Mas você ficou com raiva de mim? Eu ainda tentei argumentar com...

— Como assim? — Franzo a testa.

— Falar pra remarcar, ué, essas coisas. — Ele faz a manobra no retorno.

— Eu não preciso que você fale por mim!

— Porra, Catarina, eu não tava falando *por você*.

— Eu não preciso ser salva, João Pedro! — reclamo, impaciente.

— Nem se precisasse você deixaria! — Ele levanta o tom de voz.

— Pega a direita, pelo amor de Deus. — Aponto o caminho. — Daqui a pouco eu vou achar que isso aqui é um sequestro!

— Puta que pariu, pra que eu iria te sequestrar? — Ele aperta com força as mãos contra o volante.

— E não fale como se você me conhecesse!

— Eu só achei que seria injusto você ficar de fora da apresentação de um projeto que também é seu — ele explica, disparando as palavras com pressa.

— E por que eu ficaria de fora? Porque eu não subo escadas? Eles seriam processados por isso!

— Foi o que o Maurício do jurídico falou.

— Meu Deus do céu, quando tudo isso aconteceu?! — Estou completamente surpresa.

— Quando você tava dissertando pro responsável pelo auditório e chamando ele de capataz.

Minha gargalhada ressoa pelo interior do veículo, e o João Pedro, que nunca me viu rir daquele jeito, se assusta.

— Eu não chamei ninguém de *capataz*! — digo, ainda rindo.

— Claro que chamou. — Enfim ele acerta a entrada para a Alameda dos Pinhais, e não preciso ligar para a polícia vir me resgatar. — Você citou lei e o escambau.

— Capacitista — corrijo-o, entendendo finalmente o que ele quer dizer. Ele me devolve uma interrogação com os olhos. — Foi do que chamei ele.

— Ah, sim.

O silêncio agora parece sentado no banco de trás, respirando em nosso pescoço. Eu odeio ser tratada como o Serviço de Atendimento ao Consumidor ou vista como a recepcionista num grande balcão de informações da vida, mas sinto uma dúvida genuína em seu semblante. Prefiro fingir que não percebo.

— Eu realmente não sei o que é isso — ele conclui, depois de tanto refletir. — Você pode me explicar?

Eu não quero dar uma de professora agora e odeio ainda mais o fato de ser a responsável por politizar o JPS. Droga.

— Então... — Respiro fundo. — Capacitismo é o preconceito que as pessoas com deficiência sofrem. — Ele ouve atentamente enquanto procura um local para estacionar. — Qualquer discriminação, violência e opressão praticada contra qualquer defiça, essas coisas.

— Entendo. — Ele faz uma pausa, ponderando o que vai dizer em seguida. — Tem a ver com aquela coisa de corporação, né?

— Você quis dizer corponormatividade?

— Ok, Google. — Ele faz uma voz meio robotizada, e me odeio por estar rindo dessa bobagem. — Era isso o que eu queria dizer, essa palavra é muito difícil. — Nova pausa. — E eu acho que se fosse uma questão de concurso, iria me confundir com o significado dela também.

Este é ele me pedindo uma nova explicação. Esse dia, realmente, caminha para se transformar em um dos mais estranhos de toda a minha vida.

— Basta ter uma coisa em mente. — Desafivelo o cinto e viro o corpo para ficar de frente para ele. — A sociedade diz que o "normal" é um corpo sem deficiência porque uma deficiência é uma falha. O que torna tudo "imperfeito".

— Daí aquela coisa de corpo padrão, né?

Assinto. Incrédula.

— Estranho como a gente não aprende essas coisas, né? Eu nunca tinha ouvido falar dessa forma antes. — Seu olhar indica compreensão.

Eu me recuso a reconhecer o mínimo de coerência no JPS. Hoje não, o dia já foi estranho demais. Decido mudar de assunto antes de sentar na Adriana e adentrar o tal café.

— Você deveria ter escolhido outro lugar, aqui é muito barulhento. — Acomodo-me na cadeira, puxando as mangas compridas até os cotovelos.

— Eu não sei escolher essas coisas, por isso te liguei, mas...

— Isso é quase um bar de esquina, João Pedro! — reclamo. — Era melhor ter ido ao restaurante do marido do Maurício!

— No site dizia que esse era acessível. Eu vou lá saber se os outros eram? — Ele trava as portas do carro, me acompanhando na subida da rampa.

— Olha praquilo ali! — Aponto para a entrada do café, para os dois estagiários dançando no meio da rua. — Se duvidar, já estão todos bêbados!

— Eu falei que você é melhor que eu nisso

— Nisso...

— Quer dizer que você é melhor que eu?
— Sim.
— Sim?
— Em tudo — concluo. Ele ri.
— Nossa, parece que encapsularam a humildade do Gastão e fizeram você ingerir!

Levanto a cabeça e lanço um olhar confuso.

— A Bela e a Fera — ele completa, colocando uma mão no bolso da bermuda marsala de sarja.

— Eu acho que a garota da sua vida está te fazendo ver esse tipo de filme demais.

— Tudo pra fazê-la feliz. — Ele suspira. — Um dia você vai experimentar essa sensação também.

Além de me roubar uma pizza, minhas horas de sossego no sábado, errar o caminho quase duas vezes e me trazer para discutir ideias com um monte de bêbados, João Pedro me chamou de encalhada. A cada dia que passa fica mais difícil digerir sua presença.

8

Apesar de estar com todos os estagiários na sala, meus olhos estão grudados na Tamires. Ela permanece quieta, não esboça reação alguma, o que me deixa preocupada porque passei o domingo inteiro trabalhando nesses slides de apresentação. Limpo a garganta, desligo o projetor de imagens e sou consumida pelo nervosismo à medida que os segundos passam. O grupo de aprendizes começa a dispersar, e a animação que existia no rosto deles enquanto eu apresentava a ideia começa a desvanecer.

— Rapaz — ela diz, levantando-se da cadeira da Tereza Cristina. — É sério que dá pra fazer tudo isso aí com sol? — Balanço a cabeça em afirmativa. — Cozinhar pra valer? — Continuo confirmando. O olhar dela vai se iluminando. — Fazer bolo? Pão? — Mantenho os movimentos positivos, posso ver nascer um sorriso imenso. — Por que ninguém fez isso antes, então? — Ela coloca as mãos na cintura, irritada.

— Essa é você dizendo que minha ideia é... boa?

— Cat, essa foi a melhor coisa que eu já ouvi! — Ela dá um beijo em minha testa, enroscando sua argola em minha trança. — Tu sabe quanto que tá um bujão de gás, menina? — pergunta, e sinto que vou explodir de felicidade. — Só me diz uma coisa. — Ela consegue soltar o brinco do meu cabelo, se afastando de mim e me apontando o cabo de vassoura em tom de ameaça. — Isso vai chegar no meu conjunto habitacional, né?

— O plano é que todos os empreendimentos do programa Minha Casa, Minha Vida recebam essa tecnologia. — E agora é ela quem parece explodir de alegria.

Ouço os passos da Tereza Cristina ao longe, os tamancos de salto grosso anunciam sua chegada, e eu tenho vontade de matar o João Pedro por estar atrasado mais uma vez.

Corro para a minha sala, aproveitando que as demais colegas ainda não chegaram, fecho a porta e deslizo os dedos pelo celular.

— Você tem cinco minutos apenas, fale. — Ele atende a ligação, falando alto o bastante para cobrir todo o barulho.

— Se você resolver em dois eu agradeço.

— Eu que agradeço. — Ouço buzinas e muitas vozes misturadas.

— Não mais que eu, é menos tempo ouvindo a sua voz.

— Catarina! — Ele respira fundo. — Era o quê? — Ouço som de porta batendo.

— Você tá atrasado! — reclamo. — Você prometeu que não iria atrasar!

— Mas eu tô atrasado?

— Claro que tá! — Retiro o celular da orelha e checo as horas no visor. — São oito e quatro!

— Espera aí. — Sua voz imprime uma falsa surpresa. — O expediente não começa às nove?

— João Pedro da Silva, por que você é tão irritante? — questiono, transtornada.

— Porque você gosta. — Minhas colegas entram na sala, me fazendo sorver toda a raiva do momento. — Mas eu tô indo, vai organizando tudo aí que já chego.

— Ok.

— Ok? Mais nada? Nenhuma ameaça?

— Cinco minutos ou começo sozinha. — Encerro a ligação, partindo para a sala da minha chefe.

Surpreendo Tereza Cristina encarando a tela do celular enquanto arruma o turbante amarelo. Ela pisca para mim, apontando onde devo estacionar. Antes disso, confiro visualmente se todos os equipamentos estão devidamente posicionados e me aproximo da porta para pedir a Tamires para trazer café fresco e o bolo de laranja que fiz especialmente para essa ocasião. Minha mãe sempre diz que quando se quer a atenção de alguém, deve surpreendê-los com comida. Jesus, quando em Betsaida, alimentou uma multidão de cinco mil pessoas depois de falar-lhes por algum tempo. Eu quero ser ouvida, mas também quero agradar. Meu bolo está mais do que justificado.

— Catarina, eu tenho reunião com o gestor daqui a pouco, se você puder começar sabe-se lá o que pretende fazer...

Aperto o botão lateral do meu celular. O visor confirma que fui paciente demais.

— Não sei se você ficou sabendo, mas o Ministério da Cidadania vai abrir um edital hoje, às dez, do programa Município + Cidadão...

— Como você sabe que vai abrir hoje? — ela interrompe.

— O João Pedro tem um contato que...

— Ah, o João Pedro! — ela me corta novamente. — Ele é ótimo, né?

— Se você me permitir continuar, eu...

— Por que não o esperamos? — Ela só pode estar brincando comigo.

— Enquanto isso vamos comendo, porque esse bolo tá me chamando. Escute: *Me come, me come!* — Ela faz uma voz engraçada.

— Deixa só eu explicar o contexto geral e coloco o slide pra você ir assistindo enquanto ele não chega. — Tento usar meu tom de voz mais meigo possível.

— Posso ver os slides comendo bolo? — Ela me oferece uma pergunta retórica porque começa a servir-se antes mesmo de eu respondê-la.

— Como eu ia dizendo — recomeço —, o programa Município + Cidadão incentiva ações nas áreas de desenvolvimento social, cultura e esporte para fortalecer a cidadania, e o objetivo é...

Duas batidinhas na porta.

— Aumentar o alcance das políticas públicas. — João Pedro entra, completando minha frase. — E cheguei na hora boa, hein?! — Ele corta um pedaço de bolo e enche uma xícara de café, dispensando o açúcar quando nossa chefe oferece.

Depois dessa, preciso lembrar-me de cortar "tomar café sem açúcar" da minha lista de coisas chiques.

— Como *eu* ia dizendo — tento continuar —, o programa apoia os municípios que já implementam serviços comunitários de maneira articulada, sabe?

— Como o nosso — diz João Pedro, sentando-se ao lado da mesa da Tereza a fim de apoiar a louça. — Que já oferta cursos profissionalizantes, atividades para idosos, promove o desenvolvimento infantil, fomenta a agricultura familiar...

— Preenchemos todos os requisitos! — falo enérgica. — Principalmente porque já aderimos ao Criança Feliz e ao plano Progredir, então nosso município é elegível para o edital.

Ela nos observa por alguns minutos, limpando os dentes com a língua.

— É realmente interessante, e eu posso levar essa ideia pro gestor na reunião de daqui a pouco, mas vocês sabem como ele é. — Ela pondera o discurso, escolhendo as palavras antes de dizê-las. — Ele vai querer que eu fale alguma coisa, e eu não faço ideia do que podemos fazer para participar disso. Esses editais costumam ter um prazo muito apertado, entendem?

— Essa é a melhor parte — João Pedro diz, abocanhando a parte da crosta do bolo. — Nós já tivemos uma ideia!

Tereza Cristina solta o garfo e bate duas palminhas no ar. Começo a apresentação em PowerPoint e posso perceber o encantamento dela ao passo que novas informações são adicionadas. Meu colega, que também desconhecia o resultado do slide, assiste satisfeito enquanto come mais uma fatia de bolo.

— Primitivo... gostei — ela inicia assim que desligo o projetor. — E, digo mais, vou vender a ideia dessa forma. — Suspende as mãos e as separa em movimentos opostos, como quem visualiza um letreiro. — Primitivo não é utilizar energia solar, primitivo é pagar cento e trinta e cinco reais num botijão de gás de cozinha.

— É exatamente isso o que queremos. — João Pedro coloca-se de pé, empostando a voz. — Oferecer formas rentáveis às populações de baixa renda ao propor o uso de uma energia limpa, barata, abundante e não poluente.

— Além do mais, vai ser um incremento da renda familiar, porque nossos fornos e fogões solares serão construídos com sucata, o que prevê mitigação da degradação ambiental, diminuição dos problemas de saúde pública e apoio às cooperativas de reciclagem — completo.

— E, se não me engano, não é algo comum, confere? — Tereza Cristina pergunta, e confirmamos seu palpite. — De onde surgiu essa ideia brilhante?

— Da Catarina, depois de três cervejas. — Lanço um olhar nervoso em sua direção. — Imagina o que ela não pensaria depois de um engradado inteiro? — Ele ri.

— Ou o que não faria se tivesse mais laranjas!

— Foi ela quem fez esse bolo? — João Pedro parece surpreso.

— Tereza, voltando ao foco, você gosta da ideia? — Ignoro completamente a pergunta do JPS. — Porque a gente pode melhorar ou pensar noutra coisa, eu só acho que...

— Minhas crianças... — Ela sai de trás da mesa, pegando a bolsa de cima do armário e colocando-a no ombro. — Preparem-se para trabalhar bastante, porque nós vamos nos cadastrar nesse programa hoje mesmo! Eu sabia que vocês seriam uma dupla perfeita!

Tenho vontade de rir, porque tudo o que o João Pedro e eu não somos é algo que envolva palavras no plural e perfeição. Ela nos deixa sozinhos na sala, mas posso ouvir o burburinho do time de estagiários no corredor, mortos de curiosidade com o que acabou de acontecer. JPS me encara, e meus lábios antecedem o seu pedido. Percebo que conseguimos decifrar um ao outro em situações como essa, em que nada precisa ser dito para haver concordância. Mas prefiro acreditar que ele é completamente previsível e que meu poder de ler pessoas vai muito bem, obrigada.

— Galera, chega aí. — Ele escancara a porta da sala, fazendo sinal para que todos entrem. — A Tiana fez um bolo *topzera*!

Estou tão feliz que nem esse novo apelido infantil me irrita. Sorte a dele.

9

> **Catarina 07:42**
> Caminho das Árvores, 77

> **Catarina 07:42**
> Prédio azul marinho, na esquina

> **João Pedro (Trab Proj) 07:45**
> Qual foi??

> **João Pedro (Trab Proj) 07:45**
> Tá me convidando pra sair??

> **João Pedro (Trab Proj) 07:46**
> Sou difícil

> **Catarina 07:46**
> Vou fingir que não li

> **João Pedro (Trab Proj) 07:46**
> Kkkkkkkkkkkkkkkkkk

> **João Pedro (Trab Proj) 07:47**
> Eu sei fazer meu trabalho, n precisa me ensinar

> **Catarina 07:47**
> 😡 😡 😡 😡

> **Catarina 07:47**
> NÃO ESQUECE DE FALAR DOS RELATÓRIOS!!!!

> **João Pedro (Trab Proj) 07:58**
> 👍

Desço no ponto de ônibus mais próximo à escola municipal Maria da Conceição Evaristo de Brito e faço meu trajeto apressado em meio aos carros porque me recuso a ficar atolada num dos buracos enormes da calçada à direita. O sol castiga minha escolha de vestuário e sinto as linhas de suor sendo desenhadas nas minhas costas e embaixo das mangas longas da camisa social em suede caramelo: esse é o preço que se paga por querer parecer profissional.

Uma carreta amarela tira um fino de minha cadeira, e eu, que já deveria estar acostumada com essa situação, ainda congelo de pavor. Minha imaginação fértil me faz pensar que sairei voando, sendo arremessada contra o primeiro muro que aparecer. A luz vermelha do semáforo me presenteia com alguns segundos para prender o cabelo num coque alto e tentar identificar a rampa mais próxima. O muro da escola já aparece em meu campo de visão, e minha dose de calma vem acompanhada pelo motorista gentil do sentido oposto que segura o trânsito para que eu atravesse a rua até a rampa do passeio que leva à entrada do meu destino.

No curto caminho, levanto o rosto agradecido em direção ao para-brisa que encabeça uma fila de veículos, mas só posso estar alucinando. Paro. Levo a mão esquerda à testa para tentar diminuir ao máximo a luz solar, mas a visão permanece. Buzinas começam a soar em todas as direções, ouço gritos misturados a palavrões, mas meus olhos enfurecidos estão ligados aos olhos debochados dele.

— Catarina! — Ele coloca a cabeça para fora da janela. — Tu quer morrer, porra?! — grita.

— Você está atrasado! — respondo no mesmo volume e começo a me mover.

— Você também! — ele desdenha, apontando o dedo indicador na direção do pulso.

— Não fode, João Pedro! — grito, quase subindo a rampa.

— Bom dia pra você tamb... — Suas palavras são abafadas pela sua própria buzina enquanto passa por mim em alta velocidade.

Imediatamente, recordo de um versículo peculiar, claramente soprado em meu ouvido por Jesus: "Vigiai, porque o diabo, vosso adversário, anda em derredor...", e as palavras do apóstolo Pedro nunca fizeram tanto sentido.

Chego à escola e sou recepcionada pelo sorriso gentil do porteiro, que parece estar me esperando. Ele me indica o caminho de pedrinhas como sendo o mais rápido até a sala da direção, mas prefiro ouvi-lo resmungar algo sobre minha má educação a patinar no solo e ficar impossibilitada de me mover com facilidade até que alguém precise me guinchar. Durante o trajeto, vou me informando sobre as outras duas equipes de trabalho, uma sob o comando do meu colega, que ainda não está presente na cooperativa de reciclagem — e por isso mesmo eu selecionei a melhor dupla de estagiários para o local —, e outra comandada pela minha chefe, impecável como sempre.

Uma vez que o programa Município + Cidadão oferece apenas três meses para o envio de propostas, Tereza Cristina achou que seria importante que os cinco estagiários do setor ficassem responsáveis pelo acompanhamento dos projetos em andamento, dividindo-os da seguinte maneira: uma dupla para acompanhar as atividades do nosso projeto mais antigo, de compostagem e reciclagem, junto aos cooperados da (RE)CICLO; outra para fazer a ponte entre a Áurea e o município, a respeito de questões sobre saneamento; e uma pessoa para atuar junto ao projeto piloto na Secretaria Municipal de Educação, cujo objetivo é usar contos de fadas para trabalhar questões de violência doméstica e de gênero com crianças a partir de quatro anos.

A escola onde estou foi escolhida por estar localizada no bairro de maior índice de violência doméstica, e a execução do projeto deu-se juntamente com o início do ano letivo. Uma parte do corpo docente torceu o nariz para a ideia, mas tivemos uma pedagoga bastante empenhada em ao menos tentar. Meses depois, percebi que essa mesma educadora é a preferida das crianças, o que prova a teoria da minha avó de que criança não mente.

A Hanna, estagiária selecionada para este trabalho, é a mais nova do grupo, mas também a mais observadora. Muitas vezes olho para ela e enxergo a mim mesma quando era uma universitária, cheia de sonhos, mas consciente de que não seria a responsável por mudar o mundo. Vejo em Hanna o mesmo senso de realidade e comprometimento e, como se não bastasse, muita sensibilidade em sua fala e suas percepções. Tudo o que preciso para me dedicar em paz ao projeto novo, porque sei que este está em boas mãos.

— Bom dia. — Dou três batidinhas na porta entreaberta. Recebo uma resposta uníssona e sou convidada a me juntar às duas mulheres na sala.

Ivana, a diretora da escola, me recepciona com um caloroso abraço, fazendo sinal para que pare minha cadeira ao seu lado. De soslaio, percebo que Hanna tem quase uma página de anotações coloridas, e meu amor por essa menina só cresce. A diretora continua sua fala, me poupando da introdução e quaisquer outras informações previamente repassadas a minha estagiária. Dali, partimos para assistir a uma das aulas que tem como objetivo aplicar uma das atividades do projeto.

— A Marina é ótima — Ivana diz, enquanto sua saia longa e colorida varre o corredor por onde passamos. — Você se lembra dela, Catarina?

— Como eu poderia esquecer?! Foi dela a melhor frase que já ouvi na vida! — Limpo a garganta. — "Criança não é manga, minha gente, criança não amadurece, criança cresce!"

— Dá pra fazer camiseta disso aí, hein? — Hanna aponta sua caneta retrátil de quatro cores para mim.

— O que ela quis dizer — Ivana explica —, da maneira mais simples possível, é que precisamos separar amadurecimento de desenvolvimento infantil.

— Por isso que o simples é tão importante! — Hanna responde. — Eu já tava ansiosa pela aula, agora então...

A sala, completamente colorida e com as cadeiras posicionadas nas extremidades, é um ambiente bastante acolhedor. Desenhos diversos estão pendurados no varal, e meu coração aquece ao ver uma das versões de Rapunzel em uma cadeira de rodas, sendo a torre uma grande rampa desenhada com giz de cera roxo e cheia de estrelinhas amarelas.

Ivana diz para entrarmos devagar, a fim de não chamar a atenção das crianças, algo impossível para mim. Assim que passo de uma ponta à outra, olhos curiosos me perseguem, e a professora tem um pouco mais de trabalho para manter a turma atenta ao que estava fazendo.

— *Pró* Marina! — Uma criança bochechuda levanta a mão, iniciando um efeito dominó reverso, porque mais e mais mãos vão sendo levantadas. — Tem convidado na sala, tem de cantar a musiquinha.

Quando percebo, um coral infantil começa a cantar, cada um a seu tempo e em ritmo próprio, uma canção que não entendo nada, mas que me faz ser acolhida com gentileza e amor. Puxo uma salva de palmas e ergo meus polegares ao devolver à turma um agradecimento na forma de um sorriso largo.

— Tia, o Marcos Augusto vai tirar a sua roda! — grita uma menina.

— Não vou nada, Valentina. — Uma voz responde sob a minha cadeira. Confiro imediatamente se puxei os freios de mão para evitar machucar o menininho de cabelos cacheados e olhar sapeca. — Eu só quero saber como é por dentro.

— Eu posso ver também? — Surge uma voz ao fundo.

— Você nunca viu uma cadeira igual essa? — diz a menina de maria-chiquinha no cabelo. — A da minha avó é amarela, e eu colei adesivo dos Minions.

Um sino toca. Imediatamente as crianças dirigem-se ao centro da sala, sentando-se no tapete de EVA.

Hanna está curiosa para saber o que vem em seguida, enquanto eu contemplo os resultados positivos do projeto que escrevi a contragosto de quase todos que trabalham comigo, exceto Tereza Cristina. Ela foi a primeira a acreditar na ideia de fornecer ludicidade ao relacionar as ações propostas com o desenvolvimento socioemocional das crianças. Os contos de fadas fornecem sugestões para ilustração de conflitos através de simbologias que podem ser utilizadas para resgatar e compreender a história de vida das próprias crianças. Do apoio de Tereza Cristina, veio o uso de suas conexões com pedagogos e psicólogos para que me fornecessem suporte na construção da metodologia e na posterior cooperação técnica entre nosso setor e a Secretaria Municipal de Educação. Todo esse processo foi um salto... de quase sete meses, mas um salto importante.

Durante o intervalo, em vez de acompanhar Hanna, Marina e Ivana na mesa dos professores, encontro no pátio um local à sombra. A brisa suave contém o suor do meu corpo, a dança dos galhos me reconforta, e eu tento arrumar o coque antes de pegar o lanche na bolsa. Assim que dou a primeira mordida na maçã, uma mãozinha de unhas coloridas pousa na lateral da minha cadeira.

— Olha, a gente é gêmea de lanche! — Ela levanta sua maçã à altura dos meus olhos. — Duas Brancas de Neve! Vamos fazer tim-tim! — Esbarra sua maçã na minha, e eu esboço um sorriso. — Quando eu como maçã, meu tio me chama de Branca de Neve. — Ela senta-se na pedra do canteiro da árvore. — Ele é tão engraçado!

— Eu tenho um colega que também faz isso, sabia? — Dou outra mordida na fruta.

— Na sua escola?

— Eu já terminei a escola. No meu trabalho — respondo com a boca cheia.

— Então você já é grande! Uau! — ela comenta, e eu confirmo com a cabeça enquanto ela brinca com seu lanche, passando-o de uma mão para a outra. — Mas o seu colega é engraçado também?

— Nossa, ele é muito chato! — Faço uma careta. Ela ri.

— O Rodrigo Caio do primeiro ano é muito chato! — ela diz, alongando o U para deixar clara sua opinião.

— Sério? O que ele faz pra ser muito chato? — pergunto, pronunciando "muito" da mesma forma. Ela parece animada com a minha demonstração de interesse e engata uma história sobre a noite do pijama, que logo se transforma na confusão da dança da cadeira, e eu me sinto num episódio de *O Menino Maluquinho*.

— Você consegue ficar em pé? — Ela lembra do lanche, mordendo a maçã com esforço porque há uma janelinha considerável causada pela queda de dois dentes de leite. Respondo negativamente. — Por que você tá nessa cadeira grandona?

— Pra poder andar igual você! — Seu rostinho se contorce em dúvidas. — Quando eu nasci, as minhas pernas precisaram de ajuda pra sair do lugar, daí eu ganhei uma cadeira dessas! — Inclino meu tronco para a frente, a fim de me aproximar dela.

— As minhas pernas não precisaram de ajuda quando eu nasci, não. — Ela checa seus joelhos dando algumas batidinhas neles. — Mas lá em casa tem duas cadeiras de roda também, só que uma tem quatro rodinhas pequenininhas. — Demonstra o tamanho com a mão esquerda. — E um buraco onde senta, que minha mãe bota um pano, e a outra é da minha boneca.

— Sua boneca tem uma cadeira igual a minha? — Minha surpresa é genuína.

— Aham, eu ganhei do meu tio de presente de aniversário. Quando eu fizer assim... — Ela deposita a maçã meio comida no canteiro e mostra sete dedos das mãos. — Ele vai me dar a casa da Barbie completa! — Fecha os olhos e aperta as mãos em punhos, chacoalhando-as junto ao rosto, tamanha a emoção.

— Seu tio parece ser muito legal mesmo!

— Ele é o melhor! — Ela levanta-se, me analisando. — Qual a sua princesa preferida?

— Nossa, que pergunta difícil! — Levo o indicador à bochecha, devolvendo-lhe uma cara pensativa. — Deixa eu ver...

— A minha é a Rapunzel! — Ela caminha em círculos, passando a mão discretamente por algumas partes da Adriana.

— Acho que a minha é a Ana, de *Frozen*.

— A minha também!

Está explicado o motivo de Jesus falar que devemos ser como crianças, porque não existe um ser mais sincero e puro que esse. Minha amiguinha sem nome e eu somos bastante tagarelas e vamos costurando nossos pensamentos sobre cores, filmes, animais, até que duas outras crianças se unem a nós.

— Bibi, vamos jogar bola? — diz o baixinho catarrento, passando as costas da mão no nariz e limpando na blusa do fardamento escolar.

— Vou perguntar pra minha amiga. — Ela vira-se para mim, o que me faz conter o riso, já que ela age como se eu não tivesse escutado a pergunta também. — Você quer jogar bola, tia?

— Mas ela não consegue jogar! — a outra criança fala.

— Claro que consegue, Rodrigo Caio. — Ela põe a mão na cintura e bate o pezinho de forma impaciente. — Quando ela nasceu a perna dela precisava de ajuda e agora ela não precisa mais porque ela já consegue!

— Mas ela não consegue chutar, sua tonta! — Rodrigo Caio responde.

— Você é burro demais, ela vai ser goleira! — Ela faz o sinal de espera para os meninos, virando-se novamente para mim. — Você vai ser a goleira, tá bom? — Assinto, tudo o que não quero é contrariar uma menina de atitude.

— Ô, gente, o time tá fechado! A Bibi e a amiga dela, que eu não sei o nome — Rodrigo Caio grita para o resto do pátio, indo em direção ao grupo.

— Como você é burro, nem sabe o nome dela! — Bibi grita de volta.

— E qual é, então? — ele retruca em um novo grito.

— O nome dela é... — Ela volta sua atenção para mim, me questionando baixinho. Respondo em um sussurro e em tom de urgência, e posso ver que os olhos dela estão agradecidos por eu não ter falado alto para que os outros não percebam que ela também não sabia. — É Catarina!

E, de todas as coisas que eu imaginei estar vivendo no dia de hoje, jogar futebol seria a primeira na lista das impossibilidades.

Perto do meio-dia, depois de recapitular com a estagiária os relatórios quinzenais que ela precisa me entregar, sem esquecer os registros fotográficos coloridos e a cópia dos demais produtos das atividades, despeço-me do grupo de professoras e sigo pela calçada até o restaurante recomendado pela internet e seu combo de comida boa, preço justo e acessibilidade.

Com céu nublado, é muito mais tranquilo caminhar pelas ruas e ditar o ritmo das minhas rodas. Hoje, um céu cinza não inspira as cores que carrego por dentro. Como cinzas em dias cinza, meus pedaços tornam-se, pouco a pouco, fragmentos repletos de cores, como um renascimento que aos pouquinhos começa de dentro para fora, tal qual nuvens no céu, que nascem não sei onde e escondem-se não sei onde.

As nuvens tornam-se mais espessas, roubando a tranquilidade do meu céu, me apressando a chegar a algum lugar antes de os pingos de realidade serem despejados pelos anjos faxineiros, que resolveram lavar os salões celestiais justamente quando eu não tenho capa de chuva na bolsa.

— Será que se eu orar pra não chover, igual Elias fez, você pode me dar uma moralzinha? — falo olhando para o céu e começo a orar baixinho. — Assim, longe de mim me comparar com Elias, né, Jesus, eu ainda tenho noção, mas é que...

E os primeiros pingos começam a cair. Acho que não foi uma boa escolha usar o profeta transladado como referência. Tento encontrar abrigo em alguma marquise, mas a rua parece um grande corredor de terrenos baldios e casas recuadas. Toco a cadeira com mais velocidade, inclinando um pouco a cabeça para a frente para que não fique com o rosto completamente encharcado, quando ouço uma buzina e vejo um carro estacionar rente à calçada, abrindo a porta do passageiro.

— Ei, Ariel, entra aqui! — O motorista liga o pisca-alerta, saindo do automóvel.

— O que você tá fazendo aqui? — pergunto enquanto ele dá a volta no veículo, me estendendo a mão em sinal de ajuda

— A gente pode falar disso depois que tiver no carro? — ele pede e devolvo-lhe um olhar de desafio. Ele coloca uma das mãos na cintura e bate o pé, demonstrando impaciência.

A chuva aumenta. Encosto minha cadeira na abertura da porta, jogo minha bolsa no banco do motorista e inicio a transferência entre assentos. João Pedro mantém-se rente ao encosto da minha cadeira e percebo que ele posiciona os pés junto às rodas como uma segurança a mais para os meus freios, que já estavam puxados. Ele sempre age como se eu não soubesse o que estou fazendo, como se precisasse me salvar de algum perigo.

Enquanto ele guarda a cadeira no bagageiro, tento me secar, mas não há um centímetro de tecido em minha blusa que não esteja molhado. Passo as mãos pelo rosto, e minha pele está grudando. Ótimo, era tudo o que eu precisava, uma maquiagem derretida. Tento secar meus dedos na parte de trás da calça, e começo a complexa arte de manter a minha cara o mais distante possível da personagem da Paris Hilton em *A casa de cera*.

— Vei, que toró da porra! — Ele entra no carro, fechando a porta em seguida.

João Pedro está encharcado. Seu cabelo, sempre penteado para trás e sustentado com algum tipo de gel, está caído por todos os lados, cobrindo as laterais raspadas e uma parte dos olhos. A blusa branca de malha cola em sua pele e eu percebo não apenas as formas expressivas de seus braços, mas também o formato de sua cintura e abdômen.

Ele nota que estou analisando-o, o que me faz recuar por alguns segundos, até levantar os olhos em direção aos dele. Permanecemos pendurados em fios de silêncio, como se houvesse um castigo esperando quem falasse primeiro, mas as palavras em minha mente são agoniadas demais para manterem-se em repouso.

— Por que você tá por aqui uma hora dessas? Eu não entendo...

— Tava indo almoçar e resolvi te dar uma carona. — Ele retira o celular do bolso e confere o horário no visor.

— Mas por quê? — continuo, confusa.
— Porque tava chovendo!
— Não foi isso que eu perguntei, João Pedro!
— Não? — ele debocha, afivelando o cinto.
— Você tava no Caminho das Árvores, é completamente o oposto daqui! — Ele se inclina para me ajudar com o cinto, mas eu coloco o braço esquerdo entre nós. — E eu sei fazer isso, tá? Por favor, se afaste de mim.
— Eu só queria ajudar...
— De boa intenção o inferno tá cheio! — Brigo com o cinto emperrado, o que o faz rir.
— Quer ir andando? — Ele desliga o pisca-alerta, colocando a chave na ignição.
— Anda logo, eu tô morrendo de fome! — Consigo vencer o cinto depois de usar quase toda a minha força.
— Você vai comer bem hoje, Catarina, e muito bem acompanhada! — Ele recoloca o automóvel na pista, dobrando a esquina.
— Realmente, porque eu vou comer *sozinha*, muito bem acompanhada por mim mesma. — Faço-lhe uma careta pelo retrovisor interno. — Você me deixa no El Tenedor e segue seu rumo.
— Eu já tava indo pra lá...
— Ah, pronto! Você tá me seguindo?
— Na verdade, sim — ele fala sério. Viro a cabeça em sua direção, inquieta demais para ficar parada. — Não queria dizer, mas instalei um chip na Adriana semana passada, então eu sempre sei aonde você tá indo.
— Idiota... — Me dá vontade de rir, mas resisto.
— Eu almoço lá todo dia, é meu restaurante preferido — ele responde, enfim.
— Já vi que a comida é muito boa mesmo porque esse bairro é longe de tudo!
— Como eu disse, vai comer bem e muito bem acompanhada... — Ele levanta a sobrancelha enquanto se aproxima do nosso destino.
O estacionamento do restaurante está lotado de carros, o que ajuda a comprovar a teoria de uma comida de qualidade, pelo menos. Damos

uma volta pelo perímetro e não encontramos vaga, iniciando uma segunda rodada, como se magicamente o número de carros diminuísse em menos de um minuto... até que eu vejo o inconfundível Jeep Renegade preto *carbon* com adesivo de Machu Picchu na traseira estacionado entre dois carros vermelhos.

— Vamos embora — falo sem desviar os olhos do veículo estacionado.

— Eu vou achar vaga, Catarina, perainda. Doze e quinze agora, dá tempo...

— Eu não quero mais comer aqui.

— Para com isso, não vai demorar, eu prometo.

— João Pedro. — Viro o corpo na direção dele. — Eu sei que a gente não se suporta...

— Quem te disse isso? — Ele ri, iniciando uma terceira volta.

— Por tudo o que é mais sagrado. — Respiro fundo. — Eu não quero entrar nesse lugar, eu não tô mais com fome. — As palavras saem todas atropeladas. — Para esse carro e me deixa aqui que...

— Tá maluca? Olha essa chuva, Catarina, de jeito nenhum! A gente vai almoçar agora, olha lá! — Ele aponta para uma Amarok branca dando ré. — Eu falei! Confia em mim! — diz, derramando animação.

— O Jonas tá aí dentro, e eu não tô a fim de olhar pra cara dele — começo, baixinho.

— Como você sabe que ele tá aqui? — ele pergunta, dando sinal de luz para demarcar propriedade no espaço de cimento mais disputado da cidade naquele minuto.

— Eu acabei de ver o Jeep...

— Porra, tu decorou até o carro do cara? — Ele lança um olhar confuso pelo retrovisor. — Que perseguição é essa que tu tem com ele? Vei, desde o primeiro dia você implica com ele por nada! — Estaciona.

João Pedro tira a chave da ignição, desafivela o cinto e coloca a mão na maçaneta da porta. Minha cabeça faz mais barulho que o circuito Barra-Ondina em dia de Carnaval, e eu não tenho alternativa a não ser alimentar meu estômago vazio com porções do meu próprio orgulho.

— Há quase três anos, eu escolhi aquele carro na concessionária. — Seguro em seu braço molhado, meus dedos imploram para que, diferente da minha mão que escorrega em sua pele, ele permaneça e me ouça. —

Então o reconheceria de longe em qualquer lugar que o visse. — João Pedro recua, arrumando o corpo no banco de couro para posicionar-se de frente a mim. — Jonas e eu... — Hesito por uns minutos, meu rosto fitando as sapatilhas vermelhas. — Namoramos por seis anos e...

— Seis anos? — A surpresa em sua voz é inegável. — E tu deixou ele ficar com aquele carrão? Eu esperava mais de você, Catarina!

— Eu fiquei com o apartamento. — Minha expressão é de vitória.

— Essa é a minha garota! — Ele levanta a mão fechada na minha direção, para que eu devolva o gesto batendo meu punho no dele, o que não faço. Até que ele pega minha mão, fecha-a e completa o movimento. Estamos rindo.

Não imaginava que conversar sobre esse assunto, que sempre me deixa mal-humorada e repleta de sentimentos conflitantes, fosse algo possível. Principalmente com o meu colega. João Pedro me ouve com atenção e não interrompe nenhum dos meus pensamentos, exceto para fazer um comentário aleatório que preenche com leveza todas as lacunas deixadas pelas minhas palavras ranzinzas.

— Já volto! — Ele sai do carro, correndo em direção ao restaurante.

João Pedro trava as portas do automóvel, o que me faz borbulhar de raiva enquanto busco meu celular dentro da bolsa.

> **Catarina 12:28**
> Eu vou te processar por cárcere privado!!

> **Catarina 12:28**
> João Pedro, abre essa porra, me deixa sair!!!

> **João Pedro (Trab Proj) 12:29**
> Kkkkkkkkkkkkkkkkkkk

> **Catarina 12:29**
> Eu vou chamar a polícia

> **Catarina 12:29**
> Você foi avisado

> **João Pedro (Trab Proj) 12:29**
> 📷 enviou uma foto

> **Catarina 12:29**
> Como você adivinhou?!

> **João Pedro (Trab Proj) 12:31**
> Tenho a manha

> **Catarina 12:33**
> Não esquece do *teriyaki*!!!

— Eu sei que esse não é o cenário ideal... — Ele me entrega uma caixinha e um pacotinho semiaberto para que eu puxe o *hashi*.

— Cadê o molho? — E pela cara dele já sei a resposta. — Você tinha apenas *um* trabalho, João Pedro!

— Quer ir lá buscar? Eu abro o bagageiro...

— Idiota. — Rio, inalando o delicioso cheiro do *yakisoba* de carne e esquentando meus dedos na embalagem.

— Eu pedi sem brócolis — ele diz, enquanto mexo o macarrão com o *hashi*. Não consigo conter meu espanto. — Você sempre tira as pobres arvorezinhas quando vai comer.

— Você prestou atenção nisso? — Minha voz ainda soa admirada.

— Ah, Catarina... — Ele coloca uma grande porção de macarrão na boca. — Come antes que esfrie, vai ser bom pra gente esquentar por dentro depois daquela chuva.

E só agora percebo que não apenas a chuva passou, mas que o céu se tingiu num tom de azul impossível de reproduzir. Os únicos barulhos que emitimos são o som de mastigação e as onomatopeias de satisfação plena, mas sei que preciso dizer-lhe duas palavras, por mais dolorosas que sejam.

— Muito obrigada — digo, enfim.

Pelo retrovisor, ele me sorri com os olhos. Novo silêncio. Dessa vez, denso como névoa ao amanhecer.

— Ficaram algumas coisas não ditas? — ele questiona, fechando a embalagem do almoço, agora vazia, e depositando numa sacola plástica. Ele percebe que não entendi a pergunta, então recomeça. — Catarina, esse sou eu dizendo que estou aqui pra te ouvir sobre o... — Sinto que ele vai falar o nome do meu ex, mas para abruptamente. — *Ele*.

— Sim. — Entrego-lhe a embalagem vazia da minha comida. — Umas cinco ou seis palavras — respondo baixinho.

— Finge que eu sou ele, tira do peito. — Ele dobra os braços, colocando-os atrás da cabeça.

— Tudo bem... — Respiro fundo e titubeio algumas vezes antes de falar. Ele está tão interessado na resposta que suspende a respiração. — Lá vai: Keira Knightley, Kirsten Dunst, Kristen Bell, Kaya Scodelario, Katherine Heigl.

Uma luz de animação se acende em meu rosto, mas o João Pedro parece o personagem do Jim Carrey naquele filme do Batman: cheio de interrogações.

— Nunca pensei que teria a oportunidade de dizer isso a alguém além de mim — explico. — Tô até aliviada! — Descanso a cabeça no banco do carro, parafusando um sorriso bobo no rosto.

— Eu continuo sem entender por que essa lista de atrizes.

— Era o que eu tinha pra dizer!

— Pra ele?

— Sim. — Estamos recostados cada um em seu banco, com o rosto virado um para o outro, nossa respiração misturada. — Agora para de fazer pergunta.

— Deixa eu adivinhar: longa história?

— Sempre.

— Imaginei.

Ele volta a checar a tela do celular, bloqueando-a em seguida.

— Pra quem vive atrasado, você é alguém que vê as horas com muita frequência. — Ele não responde, então continuo: — Você acha que não tá na hora de ir embora? A gente já comeu. — Deslizo os dedos pela tela do meu celular, que indica treze horas e vinte e um minutos. — E saindo agora chega a tempo lá no setor...

— Se você quiser, te deixo no ponto de ônibus. — Ele boceja.

— Como assim? — Saio da posição de repouso, entrando no modo alerta.

— Eu não vou embora agora, porque...

— Eu não acredito no que tô ouvindo! — A irritação em minha voz é crescente. — Você se atrasa todo dia de propósito? E recebe o mesmo salário que eu?

— Tecnicamente, eu recebo mais por causa das gratificações.

— Esqueci que aqueles que não merecem sempre são premiados na gestão pública.

— Se você diz... — Novo bocejo. — Eu acho que vou tirar um cochilo, não quer mesmo que te deixe no ponto de ônibus? — Ele reclina o banco.

— Não precisa. — Desbloqueio o celular, abrindo o aplicativo do Uber. — Só quero mesmo é que você pare de fazer a Adriana de refém e me deixe sair daqui a tempo de ser uma funcionária responsável, sabe?

— Mas eu *tô* sendo responsável, porra! — Ele abre a porta, saltando do carro. Eu também abro a porta do meu lado, me preparando para a transferência.

— Aham, Deus tá vendo. — Ele estaciona a cadeira rente à abertura, fazendo o mesmo tipo de apoio da outra vez. Ao menos aqui, no chão desnivelado e escorregadio, ele está sendo responsável.

— É que tenho compromisso antes de voltar ao trabalho, preciso esperar dar o horário pra buscar a...

— *Sua garota?* — completo a frase, ao finalizar o quebra-cabeça mental.

— Exatamente.

Eu não sei se ele é extremamente pau-mandado ou perdidamente apaixonado, porque esse tipo de dedicação é uma combinação rara, vide os dados do meu próprio instituto de pesquisa.

Já no Uber, durante o trajeto, é inevitável não comparar o tipo de atenção e cuidado que o João Pedro dá a essa mulher misteriosa com o tipo de relacionamento que Jonas e eu tivemos. Pego meu celular e ligo para a única pessoa que pode me ajudar em momentos assim.

— Oi, Cat! — diz Nathália depois do segundo toque. — Tô na fisio, não consigo falar muito, mas posso te ouvir.

E isso é tudo o que preciso. Resumo o que acabou de acontecer com uma riqueza de detalhes que fazem o motorista curioso diminuir o volume do rádio para poder acompanhar também. Em outras ocasiões, isso me incomodaria, mas estou ocupada demais com minhas próprias teorias para discutir sobre qualquer outro assunto.

— ... será que foi por isso que ele se ofereceu pra me deixar no ponto de ônibus, não apenas uma, mas duas vezes? — concluo.

— Olha, amiga — Nathália pondera —, eu acho sim. Ela pode ser uma garota muito ciumenta e por isso ele tenha evitado te dar uma carona junto com ela e tal, mas assim...

— Mas o quê, Nathália? Não tá claro como água?!

— Como água barrenta, né, minha filha? — Ela começa a rir. Minha amiga tem o tipo de risada que contagia qualquer pessoa, é impossível ouvi-la rir e não acompanhar, mesmo quando se está irritada. — Teria motivo pra namorada dele ter ciúme de você?

— Claro que não, tá dopada?! — me exalto. — Que tipo de remédio essa médica te deu? Que motivo o quê, Nathália? A gente tá falando do JPS, esqueceu?!

— Foi só uma pergunta, Cat, não precisa se estressar!

— Não tô estressada, só tô magoada de você cogitar que poderia existir alguma coisa entre mim e ele. Só de olhar pra gente dá para perceber que não tem nada a ver, somos muito incompatíveis...

E, assim, eu passo o resto do dia preenchendo listas mentais de todas as incompatibilidades entre mim e João Pedro da Silva.

10

Odeio quando ele levanta o dedo enquanto eu falo para poder atender mais uma ligação. Odeio que ele fique mordendo o bocal da caneta enquanto ouve a voz do outro lado da linha. E odeio mais ainda quando o chiclete dele gruda em toda a tampa. Igual aconteceu agora. E nas outras três vezes que o celular dele tocou. Em menos de vinte minutos.

— Acho que deveria jogar fora — falo enquanto ele deposita a caneta no copinho de acrílico ao lado do laptop.

— O quê? Tudo o que a gente fez até agora? Não mesmo!

— Eu tô falando do bocal, João Pedro!

— Ah, isso?! — Ele retira a tampa da caneta e brinca com o objeto, passando por entre os dedos, antes de jogar na lixeira. — Satisfeita?

Abro a bolsa e pesco um potinho de álcool em gel com cheirinho de bebê

— Vou ficar quando você me der sua mão. — Destampo o pote, virando-o de ponta-cabeça.

— Tá me pedindo em casamento, Catarina? — Seus olhos, que estavam fixos nos meus, descem alguns centímetros. — A gente nem se beijou ainda...

— Ainda! Tsc. — Puxo a mão dele para perto de mim, bagunçando alguns papéis de rascunho que estão sobre a mesa. — Nem em sonho, meu bem. — Aperto a bisnaga em sua palma.

Com sua mão direita entre as minhas, começo a espalhar o álcool em sua pele, passeando meus dedos pelos dele, em movimentos gentis e circulares.

— Olha só, já ganhei até apelido carinhoso! — ele ironiza. Imediatamente solto sua mão e recomeço o processo de higienização das minhas, esfregando com força.

Os olhos dele estão brilhando; os meus, revirando.

— Quando eu achei que você não poderia ser mais idiota...

— Então você tem opiniões sobre mim?!

— Ó, *meu bem*! — Ele ri. — Eu tenho uma lista inteira, mas você não iria gostar.

— Ah, é?! — Ele levanta a sobrancelha. — Você pensa em mim tanto assim? — Os olhos dele fazem aquela dança indecisa entre permanecer nos meus ou encarar meus lábios, o que me faz passar a língua nos dentes para limpar qualquer vestígio de batom na arcada superior.

Mais uma vez, o celular toca. Antes que ele faça o gesto, levanto meu indicador imitando-o, mas dessa vez ele levanta-se e sai da sala. Me deixando sozinha. Viro o laptop para mim e começo a reler toda a construção textual do nosso projeto dos fornos solares. Apesar de estarmos trabalhando nele há apenas três semanas, já temos bastante material, o que me anima.

O relógio indica que faltam apenas dez minutos para o fim do expediente, então decido desligar o notebook. Vou fechando as abas abertas, mas sou surpreendida por uma nota adesiva amarela posicionada no meio da área de trabalho.

Cotação:

- ~~Empresa fotovoltaica~~
- ~~Ferramentas~~

- *Material dos fornos*
- *Recursos humanos*

No setor de projetos, a parte mais temida e odiada envolve orçamento e cotações. Nós precisamos apresentar um mínimo de três empresas diferentes, separar o menor preço elegível, datar, colher informações quanto às empresas que repassaram as cotações e, depois, montar uma planilha orçamentária geral e um cronograma físico-financeiro que forneça um demonstrativo detalhado dos custos mensais das atividades.

Eu, particularmente, sempre detestei essa parte do trabalho, mas o João Pedro havia dito que também não suportava mexer com essas planilhas. Por isso, sugeri resolvermos esse impasse, quando chegasse o momento, de uma forma bastante adulta e imparcial: par ou ímpar.

Então me surpreende que ele tenha começado sem me avisar. Me assusta que ele tenha feito tanto, em tão pouco tempo, principalmente porque ele trabalha duas horas a menos que eu todos os dias, se formos considerar seus atrasos... mas quem está contando, não é mesmo? Fecho o laptop e tento organizar a bagunça em sua mesa, mas quanto mais eu tento mexer, mais papel aparece e pior fica.

— Já desistiu de arrumar? — Ele entra na sala, se esticando sobre a mesa para alcançar a mochila no chão.

— Não sou sua empregada. — Guardo meu caderno e estojo na bolsa.

— Realmente, você não tem perfil de quem recebe ordens. — Ele põe o laptop e alguns papéis amassados na mochila.

— Custa dobrar os rascunhos pelo menos?

— Quer ajeitar? — Ele me oferece a mochila enquanto eu passo pela porta, seguindo à cozinha para buscar a marmita.

— Tá silencioso aqui, hein? — comento com Tamires assim que adentro o cômodo.

— Reunião com a chefe — ela responde, passando rodo na pia. — Estão lá faz um tempão, e eu que me arrombe pra esperar a boa vontade deles pra poder ir embora também.

— Mas por que ninguém me avisou?

— *Nos* avisou. — A voz atrás de mim me corrige. — Você é muito egoísta, *meu bem*.

Respiro fundo. Tamires ri.

— Vocês sabem que eu não resisto a uma boa fofoca, né? — Ela puxa uma cadeira de madeira e senta-se de frente para nós, curiosos pelos detalhes. — Mas, infelizmente, não sei de nada. A única coisa que ouvi foi que deixassem vocês em paz pra fazer o negócio lá do forno mágico.

— Solar, amiga — corrijo.

— Sabe o que isso significa, Catarina? — João Pedro me cutuca; levanto a cabeça e a inclino para trás, a fim de encará-lo. — Temos de abrir o gás antes que a chefa perceba que terminamos por hoje!

Tamires concorda com a ideia e praticamente nos expulsa da cozinha. Percorremos a distância até a saída em tempo recorde.

— E, agora, quer organizar minha mochila? — ele pergunta enquanto descemos a rampa.

— É uma pergunta retórica, né? — Ele balança a cabeça, em negativa. — Não sou sua babá.

— Você seria uma péssima babá! — Ele gargalha, descendo a rua comigo, mas colocando-se ao meu lado direito, me mantendo afastada dos carros.

— Ah, e você seria maravilhoso, claro.

— Eu sou uma babá muito melhor que você.

— Duvido!

— Você nunca trocou uma fralda, Catarina!

— Até parece que você...

— Várias.

— De cocô?

— Vá-rias.

— Meu público infantil já sabe usar o banheiro.

— Catarina não assume os pontos fracos... — ele fala enquanto digita no celular.

— O que você tá fazendo?! — Esbarro a cadeira em sua perna, ele pula por causa do susto.

— Acrescentando essa informação na lista de coisas sobre você. — Olhos fixos na tela e dedos rápidos no teclado.

— Você nem me conhece! Para de digitar sobre mim!

— Se você pode ter uma lista, eu também posso. — Ele guarda o celular no bolso.

Este até seria um ponto relevante, mas estas não são condições normais. Toco a cadeira mais rápido, irritada, mas ele continua me seguindo.

— Por que você não vai pra casa de uma vez?

— Eu tô indo pra casa, ué.

— Não, você tá me seguindo de propósito.

— Não, eu tô indo pro ponto de ônibus também. — Dobramos a esquina e permanecemos em silêncio por tempo o bastante para que eu seja contorcida pela curiosidade.

— Cadê seu carro?! — Tento soar desinteressada, mas sou traída pela minha urgência de informação.

— É curiosa... — Ele arqueia a sobrancelha.

— Aff, João Pedro!

Chegando ao ponto, passo pelas quatro pessoas que estão sentadas no banquinho e estaciono minha cadeira na outra extremidade, fazendo sinal para que o João Pedro não me siga desta vez.

Quem ele pensa que é pra fazer lista sobre mim?, penso comigo mesma. Minha mente repete copiosamente suas duas últimas palavras, como se eu estivesse dando play num remix de extremo mau gosto.

— Deixei o carro na oficina porque tava vazando óleo — ele começa a falar, colocando as mãos no bolso da calça. Sigo olhando para a frente, não me interessam suas palavras. — E eu tava falando com o mecânico, não fazendo listinha sobre você, Sininho. Não precisa ficar brava.

— Quem disse que eu tô com raiva, *meu bem*?

— Notas mentais sobre a Catarina: ela acha que é engraçada.

— Notas mentais sobre o João Pedro: ele acha que eu me importo com a opinião dele.

— Notas mentais sobre a Catarina: ela acha que...

— Vocês querem uma carona?! — O motorista do Jeep preto *carbon* grita de dentro do carro, diminuindo a velocidade.

Não entendo por que o roteirista da minha vida me odeia tanto a ponto de sempre encontrar um jeito de fazer o Jonas aparecer do nada, tal qual erva daninha no meio de um jardim de narcisos.

— Obrigado, mas o ônibus já vem ali! — João Pedro responde, empunhando o polegar direito, mas sem a efusividade habitual. O motorista acelera, dando lugar para o transporte público, enfim, estacionar.

— Cadê a brotheragem? — ironizo. — Já acabou?

— Não foi você quem pediu pra não falar *nele*? — Ele sobe no ônibus.

Se o elevador da rampa de acesso fosse mais rápido, eu não teria tanto tempo para pensar em coisas absurdas como o fato de o João Pedro ser um bom ouvinte e não apenas ter prestado atenção em tudo o que lhe segredei, mas também me respeitar a ponto de manter o meu ex-namorado fora de qualquer assunto.

Meu colega ocupa o assento em frente ao espaço reservado a cadeiras de rodas, mas não trocamos mais nenhuma palavra, e é melhor assim. Na parada seguinte, um senhor junta-se aos passageiros, sentando-se na fileira oposta à nossa, mas próxima o suficiente para que eu consiga enxergar a tela de seu celular. Ele está assistindo a *Os normais*, e instantaneamente sei qual episódio é esse, porque é o meu preferido. É uma verdade universal do workshop de como superar ex-namorados: você deve beijar alguém aleatório para poder limpar a boca depois de beijar um babaca por tanto tempo. Mas e quando a gente não consegue agir por impulso por medo das retaliações dessa mesma vida? E quando a gente se transforma num grande "e se?" e não consegue distinguir a voz da consciência entre todas as outras vozes internas?

Ai, como eu queria que a Nathália estivesse aqui comigo agora. A cena principal está chegando, Vani está vestida de noiva e começou a escrever na placa de papelão...

— Você também acha que eu devo beijar o primeiro cara que aparecer na minha frente? — Quando percebo, estou cutucando o ombro do João Pedro.

— Quê?! — Ele endireita o corpo no banco, sentando-se meio de lado, com as pernas viradas para o corredor, uma das grandes vantagens dos ônibus de cidade pequena.

Aponto para o celular do passageiro a nossa frente para que ele acompanhe a cena. Como ele ama discordar de tudo o que eu falo, vai ser uma excelente voz da consciência.

— Sim — ele responde antes mesmo de eu repetir a pergunta.

— Você não vai perguntar o porquê?

— Não.

— Você não vai desdenhar da minha vontade de beijar o primeiro cara que eu vir, igual a Vani fez ali?

— Não. — Sua resposta é enfática.

— Por que você tá concordando comigo? — Não consigo esconder o tanto que estou perplexa.

— Você perguntou o que eu acho, e eu respondi. Não foi isso que você me ensinou sobre como as pessoas conversam?

— E você prestou atenção?

— Eu já te falei, *meu bem*, você que não percebe as coisas ao seu redor.

11

Mal entro pela porta e sou impedida de continuar me movendo, porque Tereza Cristina, em seu belíssimo vestido verde com fendas laterais, está dando instruções aos estagiários sobre a melhor forma de colocar a nova mesa na sala do João Pedro. Assisto àquela confusão em torno de desparafusar ou não a mesa para que entre no cômodo com facilidade, mas desisto de acompanhar essa saga, pegando meu celular na bolsa a fim de checar o *Nortícias Urgentes* — o maior portal de informações locais, encabeçado pelo antigo chefe de comunicação do município, Norton Abrantes. Eu ainda rio do péssimo gosto em utilizar um trocadilho com o próprio nome para o portal.

Dois acidentes com motocicleta e um assalto à mão armada depois, a incredulidade invade todos os meus ossos, e o meu grito silenciado pelas circunstâncias é desenhado por todo o meu rosto. Clico na tela com força, como se esse fosse o determinante para abrir com rapidez a matéria intitulada "Os filhos de Monte Tabor". Estou perplexa. E agora entendo por que os olhos do meu colega estavam brilhando no dia anterior.

Lá estão as sobrancelhas grossas, os olhos pequenos e a pintinha tímida embaixo do olho direito. As sardas do nariz, a pintinha na bochecha esquerda e os lábios pequenos que se encaixam num rosto simetricamente... bonito. Ele encara a câmera de uma forma tão única que parece que me vê, aqui, do outro lado da tela, contrariando todas as leis da física.

Desço a barra de rolagem, e tem mais duas fotos: João Pedro sentado num dos degraus da escadaria do cruzeiro, vestindo uma bermuda especialmente justa e que me deixa intrigada com o desenho em seu tornozelo. Aperto os olhos à medida que vou dando zoom na imagem, mas ainda não consigo entender a tatuagem da qual, até agora, não sabia da existência.

— É um cacto com o Pico do Jaraguá ao fundo.

O susto é tão grande que derrubo o celular no chão. Fecho os olhos com força, mentalizando de todas as formas um jeito de me teletransportar ou de atravessar várias paredes até sair daqui. Posso ouvir a risada da minha mãe ao fundo me chamando de herege, porque, para ela, qualquer uma dessas habilidades é sinônimo de bruxaria, e esse foi o motivo de eu só ter assistido a *X-Men* depois de adulta.

João Pedro recolhe meu celular e me entrega, a foto dele desaparece assim que recebo o aparelho, bloqueando a tela. Permanecemos em silêncio, mas posso sentir o convencimento inflando seus pulmões.

Tereza Cristina libera a passagem, e todos vão aos seus respectivos postos de trabalho, quando sou chamada ao cubículo que deve ter ficado ainda menor com uma mesa tão grande.

— Deixa só eu guardar as minhas coisas lá na sala — aviso, mas a face da minha coordenadora me diz o contrário.

Ao aproximar-me da porta, percebo que meus poucos pertences estão distribuídos na mesa cinza retangular, ocupando todo o lado direito, enquanto o lado esquerdo é preenchido pelas coisas do meu colega. Ela retirou as duas poltronas e a mesinha com o aparelho de telefone sem fio e nos contou da grande ideia de transformar a caixa de fósforo, onde mal cabia um, no reduto criativo do setor. Na sala de nós dois.

— Não é uma grande ideia? — João Pedro e eu discordamos, mas também não temos coragem de falar. — Deixei a janela aberta para ventilação, mas já proibi a circulação de pessoas nessa parte para que vocês não sejam distraídos. — Ela para em frente à janela, o sol deixa sua pele negra completamente brilhante. — Também tirei o peso da porta, por causa do barulho é melhor mantê-la fechada.

Minha cabeça parece que vai explodir. Não consigo permanecer quieta por muito tempo sem desenterrar a maioria dos meus traumas de infância, e pensar neles é pior do que qualquer situação que envolva a vergonha do zoom nas fotos do JPS ou o fato de estarmos presos... aqui. Antes que nossa chefe saia, tento descobrir se meu tormento tem data limite, e, agora, são meus olhos que ganham uma carga de brilho.

— Quando sair o resultado do programa Município + Cidadão vocês podem voltar ao que era antes, caso queiram.

— Vamos querer. — Nossas respostas chegam ao mesmo tempo.

— Se vocês continuarem nesse sincronismo... — Ela sai da sala, fechando a porta atrás de si. Meu colega e eu levamos o resto da manhã sem trocar uma palavra.

— Por que seus estagiários não vão fazer relatório? — pergunto assim que ele volta do almoço.

— Boa tarde pra você também. — Mantenho o rosto na tela do laptop.

— Eu acho muito desnecessário isso, sabe?

— Se você lesse o Estatuto do Servidor Público, saberia que...

— Mais uma coisa desnecessária. — Ele acomoda-se em sua cadeira, retirando o notebook do modo suspensão.

— Oi? — Abaixo a tela do laptop e o encaro.

— Venci. — Meu semblante lhe devolve um *é o quê?!* — Apostei que você iria voltar a falar comigo ainda hoje.

Ele levanta o laptop, virando a tela para que eu leia a nota autoadesiva amarela, sobreposta àquela que já conheço, no meio da área de trabalho.

18/09, 9:37
Catarina falando comigo antes das 17h

Se essa mesa não existisse, o sorrisinho ridículo dele desapareceria em apenas dois segundos. Respiro fundo, tentando manter a calma, mas me recriminando por me comportar com tanta previsibilidade.

— Nossa! Não imaginei que você sentisse tanta falta de me ouvir a ponto de apostar, de escrever...

— Na verdade, na verdade... sinto falta não, mas a cara que você faz quando contrariada é tão excelente! — Ele faz uma bola de chiclete, e eu a estouro com a ponta do lápis, sujando os fios tímidos da barba que estão nascendo.

Ele abre os braços, descontente, encarando a superfície do seu copo térmico de inox para poder limpar o rosto. Reabro meu notebook, e, antes de retornar para o parágrafo sobre os benefícios de se investir em energia fotovoltaica, o rosto do meu colega aproxima-se do meu com a mesma velocidade de uma bola de demolição. Antes que consiga reagir, João Pedro esfrega sua mandíbula em minha bochecha, grudando chiclete em minha pele e na pequena mecha de cabelo que cobre a minha orelha esquerda.

— Estamos quites. — Ele senta-se novamente, rindo.

— Qual é o seu problema?! — Esfrego meu rosto com força, limpando qualquer vestígio dele que, porventura, tenha ficado em minha pele. — Você acha isso engraçado?! Quantos anos você tem?! — Vou cuspindo palavras, enquanto ele termina de puxar os últimos fiozinhos da goma de mascar.

Meus olhos se enchem de lágrimas. Inclino a cabeça para trás e coloco os indicadores próximos aos olhos, para evitar que o choro ganhe forma. João Pedro me observa, e percebo o nervosismo tomar conta de seu corpo. Dou uma fungada tímida e desvio meu olhar do dele, o analisando de soslaio. Ele dá a volta na mesa e acocora-se junto a mim, completamente preocupado.

— Vei, me desculpa. — A mão dele paira no ar, sem saber qual parte do meu corpo tocar a fim de me consolar. — Foi uma brincadeira de mau gosto, nunca mais faço isso. Me perdoa, Catarina, eu não achei que você fosse chorar e..

Minha gargalhada toma conta de todo o ambiente. Eu rio tanto e tão alto que meu corpo chacoalha, e as lágrimas enfim escorrem pela face. Atônito, ele põe-se de pé, completamente irritado, e começa a praguejar uma série de coisas que não consigo compreender porque estou afogando em minha risada.

— Obrigada, era o que eu precisava ouvir. — Começo a me recompor da crise de riso, puxando o ar com dificuldade.

— Você é sádica! — ele declara, parecendo acometido por um ataque de fúria. — Porra, você é muito sádica!

— Anota na sua listinha de fatos sobre mim. — Ele balança a cabeça em movimentos lentos, e seus olhos voltam àquele brilho do dia anterior.

— Então vai ser assim, né? — Ele une as mãos, entrelaçando os dedos. — Um a um.

Dou de ombros, retornando à escrita. Ele faz o mesmo. Nossos dedos passeiam rápidos pelo teclado, e até mesmo nossa respiração parece sincronizada. Decidimos dividir os tópicos e redigir o texto para, apenas depois de pronto, trocar o arquivo e conferirmos o trabalho um do outro, e então fazer as sugestões necessárias.

— Você não vai comentar nada sobre as fotos? — Meu colega quebra o silêncio de quase uma hora.

— Que fotos?

— Catarina...

— Ah, sim. — Finjo desinteresse. — Seu debut como modelo.

— Pra quem tava dando zoom nas minhas pernas, esse deboche aí não convence. — A sobrancelha dele faz aquela dança irritante.

— Você sabe que eu tava tentando decifrar a *tatuagem*, João Pedro!

— Se mentir pra si mesma te dá a paz necessária pra dormir à noite

— Porque de mentira você entende muito bem, né? — Copio no arquivo uma citação interessante de *A poética do espaço*, do Bachelard, para reforçar o parágrafo recém-digitado.

— Eu? Você que é uma mentirosa compulsiva que sabe até fingir choro! — Ele coça a cabeça, pegando a calculadora científica na gaveta. — Me conta como você fez isso!

— Eu não era a sádica até ainda pouco? Já quer aprender como se faz? — Ele ensaia um beicinho. *Patético.* — Se você me contar a verdade sobre o relatório dos seus estagiários, eu conto a verdade sobre o choro.

João Pedro pondera por alguns segundos, mas cede à curiosidade.

— Eu esqueci de mandá-los fazer, satisfeita?

— Eu sabia! — Dou um gritinho de felicidade.

— E você não tá chateada?

— Claro que tô! Mas a sensação de estar certa é maior.

Pego meu celular em cima da mesa, desbloqueio e abro no grupo que fizemos para passar informes aos estagiários. Aperto no botão do microfone, aproximando o celular da boca do meu colega, para que ele dê, enfim, as coordenadas aos seus pupilos. As palavras dele saem à medida que sua cabeça balança em negativa, me prometendo com os olhos que vai ter volta.

— Sobre o meu choro — recomeço, devolvendo o celular à superfície de origem —, é reflexo de uma infância tediosa indo a médicos de diversas especialidades e fazendo inúmeros tipos de exames. Um dia eu chorei enquanto fazia uma eletroneuromiografia e ganhei uma caixa de chocolate. Noutro, chorei durante uma sessão de fisioterapia e senti que a intensidade dos movimentos foi diminuída. Liguei uma coisa à outra, e meu choro falso passou a ser prenúncio de recompensa... até hoje.

— Puta que pariu, sádica demais!

— Eu já testei vários limites do meu corpo, e eles são, de fato, bem limitantes, então aprendi a lutar com as armas que tenho, *meu bem*.

12

A última sexta-feira do mês chega junto com meu nervosismo. E se não conseguirmos finalizar o projeto? E se todo nosso esforço for em vão? E se as horas presa nesse cubículo não passarem de um completo desperdício de tempo, energia e neurônios entre escrever parágrafos consistentes e evitar crimes de ódio contra o coleguinha sentado do outro lado da trincheira?

— Ai, Jesus, bem que você poderia me mandar um sinal de que as coisas estão no caminho certo e...

Antes de finalizar a oração baixinho, as unhas roídas do meu colega colocam em minha mesa uma latinha de Coca-Cola Zero que, de tão gelada, deixa a digital dele registrada. *Mais rápido que o cordeiro pra Abraão, chocando um total de zero pessoas, hein?! Não é à toa que você responde por mestre!*, penso em agradecimento. Meu amém vem em forma de um gole guloso, e o sorrisinho que aparece no canto dos meus lábios é o suficiente para que o JPS se sinta agradecido, confirmando com um sutil aceno de cabeça.

João Pedro e eu temos trabalhado bastante, e, apesar de ele jurar que consegue antecipar algumas necessidades minhas apenas ao me olhar — como quando tenho sede e ele sempre me traz algo para beber no momento certo —, prefiro acreditar que, enfim, esteja começando a desenvolver a arte da telepatia. Ele ri quando lhe falo isso e me devolve um comentário idiota demais, do qual eu discordo, mas não a ponto de discutir, porque hoje estou morrendo de pressa.

Meu celular vibra, e a foto de Nathália aparece na tela. Antes que o alcance, ele segura o aparelho, me questionando com o olhar se eu me esqueci do trato que fizemos. Logo eu, que tenho de lembrá-lo mais de cinco vezes por dia que está proibido atender ligações dentro da caixa de fósforos. Estendo a mão esquerda, impaciente, e não acredito que ele está fazendo o que eu acho que está.

— Boa tarde — ele atende a ligação, reclinando o corpo na cadeira e apoiando o braço sobre o peito. — A Catarina não pode atender no momento, mas ela te retorna, tá? — Ouço a gargalhada da Nath do outro lado da linha. — Inclusive, já passei o recado. — Ela fala alguma coisa que não consigo compreender, e a voz dele extrapola os decibéis de insuportabilidade permitidos por lei. — Ela vai sim, cuidarei disso agora mesmo.

Ele encara a tela de bloqueio por alguns segundos antes de me devolver o celular. Minhas narinas estão dilatadas e a respiração apressada. Não consigo tirar os olhos do João Pedro, porque, quanto mais eu olho, mais eu imagino situações em que o mato sem dó ou piedade.

— Seis a seis — ele diz.

— Quando você vai crescer, hein?

— Quando você fez a mesma coisa ontem, atendendo a ligação do Maurício, não era criancice, né? — Mantenho a cabeça baixa. Começo a digitar uma mensagem para minha amiga, mas JPS segura meu braço, interrompendo meu movimento, e gruda meus olhos nos dele. — Ela tá te esperando no lugar de sempre, pode ir.

— Você tá me deixando ir? Eu entendi direito?!

— Você nunca se atrasa, nunca sai antes do horário, não vejo motivo para...

— Você está *permitindo* que eu faça algo que já foi *previamente conversado* com a *minha* coordenadora. — Faço uma pausa. — Entendi.

— Você sempre distorce tudo, né? — Sua voz denuncia frustração. Ele desvencilha sua pele da minha, num movimento gentil que, não fosse *dele*, poderia ser confundido com carinho. Eu nem havia percebido que a gente ficou naquela posição por tanto tempo, aliás. — Só acho que você pode terminar de ler a minha parte na segunda e não precisa...

— Eu já terminei — interrompo. — Se você prestasse mais atenção ao seu trabalho e menos nas coisas que eu faço, teria percebido o e-mail que enviei há alguns minutos.

João Pedro e eu combinamos de revisar os escritos um do outro todas as sextas-feiras, para ganhar tempo na elaboração do projeto e tentar submeter o arquivo durante a primeira semana de novembro, assim que a plataforma do governo estiver no ar.

— Mas esse é o bônus de pegar um texto já lapidado, né, *meu bem*?! — A cada palavra que ele pronuncia, meus movimentos se tornam mais agressivos enquanto arrumo a bolsa. — Diferente de mim que tenho de reler não sei quantas vezes pra...

Poder decorar e usar depois, como se fosse seu, completo mentalmente, desligando o laptop e destravando a cadeira. Mas, ao invés disso, as palavras que elejo são outras:

— Duvido você achar uma maneira de melhorar o que fiz — concluo, soberba.

— Isso é uma aposta?! — Ele põe o cotovelo na mesa, apoiando a mão fechada na bochecha, o indicador levantado, debatendo-se na têmpora.

— É apenas uma afirmação, *meu bem*.

— Ai, Tigrinha, você me mata de rir.

Eu nunca tive muitos amigos. Sempre acreditei que fosse desinteressante demais e, ao primeiro sinal de interesse de qualquer pessoa, eu ficava imaginando o quão desesperada essa pessoa deveria estar para tentar se aproximar justamente de mim. Passar a infância como filha única numa família pequena, que se mudava com frequência por causa das transferências no emprego de controlador de voo do pai, me fez crescer sem fortalecer vínculos afetivos duradouros, e eu acabei por determinar um prazo de validade a todos os relacionamentos que vivia.

Quando aprovada em um concurso público para uma cidade do interior da Bahia, minha família reagiu na contramão de todas as outras: meu pai ficou ainda mais triste do que quando saí de casa para morar com o meu namorado, porque agora eu estaria a quatrocentos e dezessete quilômetros dele, e as passadinhas rápidas a caminho do aeroporto para me levar uma dúzia de banana ou um saquinho de sequilhos não mais seriam possíveis. Já mamãe... bem, digamos que ela sempre amou qualquer um dos meus namorados mais que a própria filha e chorou durante uma semana abraçada a seus roteiros mentais em que eu terminava minha vida completamente sozinha e, pior, solteirona.

Quando o Jonas decidiu se mudar comigo para essa nova cidade que nem sequer aparecia no mapa do estado, eu congelei. Vai ver aquilo era mesmo amor, vai ver eu havia aprendido a manter alguma coisa que ia além da minha rotina de estudos, vai ver minha mãe estava errada e, portanto, satisfeita. Por vezes, antes de dormir, nas primeiras noites no apartamento em que só existia uma mesa, uma geladeira, um fogão, duas panelas, nossos laptops e uma cama, ele me perguntava se eu faria o mesmo que ele, se eu deixaria tudo para embarcar numa aventura a dois. O tom afirmativo em seus questionamentos confirmava minha suspeita de que ele não queria ouvir a resposta, porque sabia, lá no fundo, qual seria.

Nas palavras da minha mãe, eu sempre fui orgulhosa ao extremo para compartilhar qualquer coisa, inclusive a vida, e eu acho que ela não está totalmente errada. Toda a exposição do meu corpo, diante de equipes médicas e residentes curiosos, com seus dedos intrometidos e suas manias de falar sobre alguém como se este alguém não estivesse presente no local, foi me piorando — se é que podia definir dessa forma. Gostar de mim exigia muito mais do que gostar de jiló, por exemplo.

"Quem é que gosta de jiló?", posso ouvir vovó perguntando ao meu avô, sempre que ele chegava da feira com uma redinha amarela repleta de unidades do fruto. Vovô cortava-os em tiras, depositava-os numa peneira e derramava generosas colheradas de sal para, só depois de algum tempo, preparar seu refogado preferido já sem amargor. Vai ver é esse o segredo, tratar com gentileza quem se é, apesar de tudo.

E Nathália entrou em minha vida adicionando sal ao meu amargo, na mesma semana da minha posse, enquanto eu decidia que odiava a cidade nova, porque dos estabelecimentos que tinha vontade de frequentar menos de dez por cento eram acessíveis, e eu, definitivamente, não havia nascido para viver dentro de casa. Ela estava atrás do balcão, o rosto enterrado num livro de capa colorida, dando longas risadas em meio a trocos e boas-tardes. Eu me aproximei para pagar meu acarajé, mas a altura do móvel e a falta de contato visual por mais de trinta segundos foram as responsáveis por nossa primeira troca de palavras ser um "que mal-educada!" seguido de um "bicha grossa!".

Decidi que aquela havia sido a primeira e última vez que eu frequentaria o Ponto do Acarajé, não fosse pelo sabor incrível daquele bolinho de feijão e o vatapá que só perde para o da minha tia Gerusa, e o caruru sem baba e aquela salada de tomate verde dos deuses. Lá estava eu, na outra semana e na outra e na outra, para desgosto da moça do balcão, que revirava os olhos sempre que eu entrava ou quando eu agia de forma completamente insuportável por haver alguém sentado na *minha* mesa. Depois de quase dois meses frequentando o local, tive uma surpresa: a moça do balcão não apenas me recebeu com três beijinhos como escorraçou um rapaz de estatura mediana, cabelos na altura dos ombros e barba fechada curta, avisando-lhe que aquela mesa, como ela havia dito para ele, estava reservada... para mim.

Embarquei em sua mentira e fiz o pedido de sempre, morta de curiosidade pelo motivo de toda aquela cena ter acontecido, já que ela tampouco ia com a minha cara, um sentimento recíproco. Inventei uma desculpa para chamá-la à mesa, pedindo mais guardanapo, e seu corpo gordo ocupou a cadeira ao lado da minha.

— Eu odeio mais ele do que você — ela confessou, e naquele momento eu soube que seríamos grandes amigas.

Algum tempo depois, a Nath tornou-se minha companheira inseparável, uma vitória para alguém que nunca soube, efetivamente, como manter uma amizade. Acho que por ser sincera demais, ela me ganha todos os dias, exceto quando insiste em dizer aquilo que não quero ouvir — o que acontece com uma frequência enorme, aliás. Por coincidência da vida, Jonas e ela estavam matriculados na mesma turma de MBA em gestão de projetos, na capital do estado, e passaram a dividir as despesas de combustível para irem às aulas depois que os apresentei formalmente. Dali para um TCC em dupla que culminou no início da Áurea foi um salto muito bem pensado e consciente, com a sociedade sendo fortalecida até hoje.

— Eu amo que mesmo com a casa lotada, minha mesa continua intocada! — digo, estacionando a Adriana junto a minha amiga.

— As vantagens do nepotismo, meu amor! — Ela me dá um abraço rápido, chamando o garçom que nos olha de um jeito peculiar, de quem sabe o que vamos comer. — Ou devo chamar de *meu bem*?!

— Às vezes eu te odeio tanto! — Faço uma carranca. — Nem sei por que te conto as coisas!

Ela ri, dividindo sua Coca-Cola comigo enquanto o cantor puxa o refrão de alguma música que ninguém lembra a que banda pertence, mas todos sabem cantar. Nath permanece de costas para o tablado de madeira, bebericando seu refrigerante com a naturalidade de quem finge não saber que todas as canções são cantadas em sua homenagem.

— Quando é que você vai deixar o Bob entrar nesse coraçãozinho de pedra? — Cutuco seu ombro.

— Eu lá tenho cara de quem se envolve com uma pessoa chamada Bob, Catarina? Olha bem pra minha cara! Bob é nome de cachorro! — Minha risada é do mesmo tamanho do bico que ela faz.

— O nome dele é Roberto.

— E ele tem uma falha de caráter incorrigível! — Ela cruza os braços, impaciente.

— Amiga, isso foi no ensino médio, supera! — Nossos acarajés chegam, e a fritura faz cócegas em meu nariz. — Vocês têm a mesma tensão sexual que existe entre um goleiro e um batedor de pênalti, ali na pequena área tomando distância antes da cobrança.

— Ele era *team* Jacob, não dá, sabe? — Ela despeja a salada de tomate em meu prato.

— Amiga, você nunca superou *Crepúsculo*... — Dou um longo gole na minha cerveja.

— Você não sabe de todas as coisas! Além do mais, músico não presta. Relacionamento com músico é cilada, nunca dá certo!

— Xororó e Noely, Sandy e Lucas, Xanddy e...

— Ele não é um Lima. — Ela faz uma careta. — Próxima.

— Mas pensa, ele pode ficar famoso e...

— Eu torço pra isso mesmo, ficar famoso e ir pra bem longe daqui!

— Imagina você aparecendo no Arquivo Confidencial...

— Cobrando minha coleção da Stephenie Meyer que ele *nunca* devolveu! — Ela dá uma garfada raivosa em seu acarajé. — E ainda leu errado! Não tem cabimento uma pessoa ser assim!

Ouço os primeiros acordes *daquela música* do Paulo Ricardo. Levanto os braços e começo a bater palmas, contagiando as pessoas das outras mesas. Bob me sopra um beijo, e minha amiga, acompanhando tudo pela imagem refletida no porta-guardanapo de inox, posicionado estrategicamente para que ela assista ao show sem dar o braço a torcer, me belisca a barriga.

— Imagina você numa festa do *BBB*, e ele é convidado como a atração musical e...

— Eu lá vou me inscrever pra ser cancelada em rede nacional? — Ela rouba um camarão do meu prato. — Susan Miller não falou nada disso pra mim, agora sobre você... — Respira fundo. — Um amor arrebatador vem por aí.

— Querida, nem minha mãe sente esse tipo de amor por mim, viu? — debocho, fazendo uma barreira com a mão esquerda para que a engraçadinha pare de tentar surrupiar minha comida. — E o que você quer lendo o meu horóscopo?

— Não se faz de sonsa, você sabe que eu sempre leio o seu, por isso dou conselhos tão bons, sua idiota!

Bob anuncia uma pausa de meia hora, deixando o tablado e passando pela nossa mesa, a caminho do banheiro. Puxo-lhe o braço, chamando-o para perto, e sinto minha cadeira dar uma leve estremecida após o chute de Nathália. O rosto dele é todo sorrisos, principalmente quando falo que ainda o verei na TV e peço para que ele não se esqueça da fã número dois, após uma leve inclinada de cabeça na direção da Nath, sugerindo que ela é a fã número um — o que me garante um novo chute. Antes de desaparecer, percebo seu olhar, de relance, analisando a minha amiga, que luta para não olhar de volta, mas falha miseravelmente.

— A Susan — ela continua, ignorando o que acabou de acontecer, e eu finjo que não percebi nada — falou que você vai ter uma sequência de meses muito boa no trabalho, mas eu percebo que você se acomodou, sabe? — De repente, perco o apetite. — O que foi que você me disse? Se não viesse essa promoção até o fim do ano, você iria tentar um concurso estadual ou federal que te valorizasse, lembra?

Lembro. Como também me lembro de estar vivendo realidades muito diferentes dos planos que fiz. E é tão difícil ser o tipo de mulher faladeira, mas que não consegue falar sobre aquilo que precisa, pior, aquilo que quer. E eu me recuso a ser a pessoa que, numa sexta-feira, pede uma cerveja e liga o modo introspectivo.

— Tá querendo se livrar de mim? — Finjo uma cara de choro, minha amiga revira os olhos.

— Tô querendo te ver reconhecida, amiga. A não ser que...

— A não ser o quê? — A curiosidade da minha voz demonstra que talvez eu não vá gostar dos rumos dessa conversa.

— Que você esteja gostando do *seu benzinho* e...

— O João Pedro não é meu benzinho! — protesto.

— Quem deu nome foi você, não eu! — Nathália faz aquela cara irritante de quem se sente superior. — Mas, se a gente reparar bem, ele é um bom chefe, né? — diz com sarcasmo.

— Ele *não* é o meu chefe, nós temos *a mesma* função! — As palavras saem mais alto que o normal. — Só não ganhamos o mesmo porque...

— Você é idiota e não cobra uma gratificação!

— Eu sou uma idiota e não sei vender meu peixe!

Falamos ao mesmo tempo. E as frases confirmam que esse é um tipo de conversa que não se tem sem uma porcentagem maior de álcool no organismo. Faço sinal para o garçom trazer outra garrafa e agradeço a Deus por não ter um dia útil no caminho da minha ressaca programada para o dia seguinte.

13

Domingo é o pior dia da semana. E o dia em que tento ser o mais produtiva possível, ficar bem cansada e dormir cedo, só para ter certeza de que vai acabar logo. Quando eu morava em Salvador, meus domingos eram bem diferentes. Nós íamos à igreja pela manhã, e, à tardinha, eu amava caminhar pela orla da Barra, naquela calçada grande demais para me abraçar enquanto Jesus brincava de tingir o céu em lindos tons de rosa e lilás.

O celular vibra, e, ao encarar o relógio da parede da cozinha, sei exatamente quem enviou e sobre o que é a mensagem recebida. Meu pai sempre tenta me convencer a voltar para casa e sempre que sai para caminhar durante seu dia de folga, o tal domingo sagrado, me envia fotos das calçadas em reforma no Corredor da Vitória — antes construídas em pedra portuguesa e repletas de árvores que tornavam impossível meu deslocamento —, como um lembrete de que minha antiga rua está ficando acessível para me receber novamente. Mas eu não desejo voltar. Para lá. Para o antes. Eu quero continuar avançando. Mesmo sem saber para onde. E as palavras da Nath parecem, enfim, encontrar descanso em meu peito, costurando-se aos meus ouvidos.

Apoio o celular no pote de sal, e o rosto do meu pai preenche a tela. A saudade que me invade ao ouvir o seu peculiar "oi, inha" é convertida em riso frouxo quando ele se assusta com a altura da chama do fogão.

— Já falei, pai, fogo alto nada mais é que um fogo baixo mais ligeiro — respondo. Não dura muito tempo, minha mãe e ele estão brigando com a tecnologia para conseguirem continuar a chamada de vídeo sem que eu veja apenas um pedaço da testa deles, e as perguntas de sempre são acompanhadas pelas respostas automáticas de sempre.

Eu nasci numa família que não aceitou criar uma filha café com leite, que nunca aceitou de mim menos do que eu poderia render nem me deu moleza. Para nada. Meus pais ofereceram todas as oportunidades para que eu pudesse ser quem eu quisesse, e é gratificante, para não dizer grandioso, crescer numa família assim. E sempre que eu paro para pensar sobre isso ou vivencio um almoço de família na casa do vovô com todas as tias intrometidas e seus comentários sem filtro e carregados de preconceito, fico orgulhosa de ser filha de dona Regina e seu Amado.

Eles nunca estiveram isentos de reproduzir esse tipo de comportamento em relação a minha deficiência, e é em momentos assim que eu os reverencio, apesar de não conseguir colocar em palavras. Meu ato de gratidão para esse casal que, desde o meu nascimento, passou pelas fases de serem questionados por se preocuparem demais, por levarem em igrejas de menos, por não marcarem uma consulta com o doutor-fulano-de-tal, por brigarem por acessibilidade aonde quer que fossem, foi dizer-lhes que, sim, eu daria conta de morar sozinha.

E todas as panelas de fundo carbonizado, os lençóis queimados a ferro, as roupas manchadas que viraram pano de chão, os dias se alimentando somente de Doritos e Coca-Cola Zero ou a pia de pratos sujos da sexta-feira sendo lavada no domingo são apenas algumas páginas arrancadas do livro da nossa vida. Eles não precisam ler. Eles já imaginam coisas absurdas demais, como aquela vez, no primeiro mês depois do Jonas, que a minha mãe me ligou, no meio da noite, para saber se eu realmente estava sozinha em casa, porque ela acha que vivo tórridos romances semanais.

— Isso não é comida demais, Cat? — ela questiona ao me ver organizando as marmitas coloridas, uma cor para cada dia da semana, claramente alimentando suas teorias de que minha vida é superbadalada.

— Mãe, faz quase dois anos que eu não beijo na boca, tá? Fica de boa. — E eu não sei o que prefiro, se minha mãe preocupada com minha vida sexual ou acreditando que, dessa vez, eu sou mesmo um caso sem solução e que não vou lhe dar netos porque estou chegando aos trinta e morrerei sozinha.

Viro a câmera para o chão da cozinha, necessitado de uma massagem que só o esfregão giratório é capaz de lhe dar, e meus pais entendem o sinal. Um "bença mãe, bença pai" depois, volto à sessão de limpeza, mas as nuvens de preocupação da mamãe chovem em mim. Busco no aplicativo da TV a playlist "Pagode 90", e os primeiros acordes de "Inaraí", do Katinguelê, são suficientes para que a minha faxina siga com sucesso e não assuste tanto a diarista que dá uma geral a cada quinze dias aqui em casa.

— Você tem certeza que não poderia esperar até amanhã? — atendo irritada, desligando o secador.

— Tá tendo festa aí e nem me chama?

Dou ré com a cadeira, esbarrando a roda na porta do quarto, fechando-a.

— Sério, fala o que você quer.

— Não, não. Vamos recomeçar, Catarina.

— Recomeçar o quê, menino?

— Oi, João Pedro, tudo bem? — Só pode ser brincadeira. — Como passou o fim de semana? Eu tava trabalhando enquanto você ouvia Sorriso Maroto, Catarina. Oh, Joãozinho, por que você tava trabalhando num domingo?

— Esse teatrinho vai demorar muito? — interrompo, fingindo um bocejo.

— Você não apoia o ator local, Catarina, que feio! — Posso ver a cara debochada dele ao fingir indignação. — Mas, como eu ia dizendo, de nada por eu ter trabalhado hoje, tá?

Estou cada vez mais confusa.

— E eu devo te agradecer por quê?

— Porque o outro lá pediu reunião com a Áurea amanhã e...

— Como assim? Por que eu não tô sabendo de nada? — Coloco no viva-voz e começo a enrolar com os dedos as mechas de cabelo, agora secas, prendendo-as com grampos.

— Tá sabendo agora.

— Mas por que só agora, João Pedro?

— Porque você mesma me pediu pra eu cuidar daquele projeto pra não precisar lidar com... — Ele faz uma pausa, eu também continuo calada, então ele prossegue: — Você sabe quem.

— Você pode falar o nome dele, larga de ser infantil!

— Eu tenho amor à minha vida. Da última vez, fui quase atropelado.

— Exagerado! A Adriana só resvalou em você! — Encaro meu semblante no espelho, obrigando-o a retrair a boca de riso que insiste em querer nascer.

— Eu gosto de apanhar de mulher bonita...

Congelo. E percebo que ele também some do outro lado, já que mal posso ouvir sua respiração. Alcanço o celular na mesa de cabeceira e toco na tela, a ligação ainda está ativa, mas nem ele nem eu dizemos uma palavra sequer. Será que eu devo falar alguma coisa? Mas o que será que eu digo? O que será que se diz num momento como esse? Estou quase pedindo a Jesus para tocar em minha boca com a mesma brasa que deu eloquência a Moisés, quando ouço um barulho de vento acompanhado de um pigarro.

— Igual ao meme, sabe? — ele recomeça, sua voz num tom ao qual eu ainda não havia sido apresentada. — A Adriana, nome de mulher. — Nova pausa. — Sua cadeira, né? Você entendeu, né, Catarina?

A ênfase nas interrogações demonstra sua inquietação e me dá vontade rir. Mas um riso inexplorado, estranho a quem sou... Seria um riso de desespero? Em condições normais, eu usaria todo esse nervosismo a meu favor. Mas toda essa situação tornou-se confusa até para mim. E, inesperadamente, me deixou sem saber o que dizer.

— Desde quando você faz o que eu peço? — desconverso.

— Oi?

— Não falar o nome do Jonas, essas coisas.

— Ah, sim. — Ouço-o respirar, o alívio em sua voz é palpável. — Pra tudo tem uma primeira vez, né? Mas aqui, te liguei pra falar que vou pra reunião, não precisa que você vá.

— Hum.

— A menos que você queira, claro. Não tô te desconvidando. É só que eu achei melhor que... — Nova pausa. — Você sabe.

— Não pretendia ir mesmo. — O refrigério, agora, parece sobre mim.

— De nada, *meu bem*.

E ele volta. Meu dedo desmancha o cacho quase pronto devido ao desconforto que sinto ao imaginar a dança que as sobrancelhas dele devem estar fazendo nesse minuto.

— Pelo quê? Não falei nenhum "muito obrigada" pra...

— Já falei, *meu bem*, não precisa agradecer. — Ele ri, me interrompendo. — Não por isso.

14

— Você viu que eles tiveram a pachorra de fazer uma portaria nova? — questiono assim que a porta abre.

Estou espumando de raiva depois de reler, pelo menos umas quinze vezes, o documento de meia página que reduz nosso prazo de envio do projeto em exatos trinta dias. Nunca imaginei que um governo pudesse ser tão desorganizado!

— Eles não mandaram nenhum tipo de comunicação oficial — continuo. — Se eu não abro o site do Conarq, a gente iria continuar no escuro! Isso é inadmissível! Eles merecem uma nota de nojo! — Fecho o laptop irritada, numa tentativa frustrada de não mais ler as palavras que já estão tatuadas em meu cérebro.

João Pedro parece um zumbi. Nenhuma piadinha, deboche ou comentário descontextualizado. Ele permite que a mochila deslize por seus braços e senta-se na cadeira em frente a mim, agarrado ao seu copo térmico que, pelo cheiro, contém meio litro de café sem açúcar.

Encaro sua expressão, e seus olhos estão distantes; as sobrancelhas dançarinas, cabisbaixas. Meu primeiro impulso é de chacoalhar seus ombros para tentar fazê-lo pegar no tranco, mas essa não é uma opção socialmente aceitável. Quem sabe se eu bater uma palma alta perto do seu ouvido? Melhor, vou ligar para ele, ele nunca fica sem atender uma ligação. Pego meu celular em cima da mesa e procuro seu nome na agenda, iniciando a ligação que... cai direto na caixa postal. Algo não está certo, e chego à conclusão de que não sei como interagir com essa versão do meu colega.

— João, eu... — Minha mão aproxima-se da dele, mas recua, permanecendo suspensa naquele pequeno tremelique de indecisão extrema. — Você tá... — Encosto a ponta dos dedos na região do pulso dele. Como uma corrente de eletricidade descarregada, ele me encara, voltando a dar um gole em seu café e me presenteando com um riso no rosto que em nada se assemelha a um sorriso.

— Desculpa, Catarina, eu não prestei atenção no que você falou.

Ele deposita o copo na mesa, sua mão esquerda sobrepõe-se a minha e parece me devolver a mesma descarga elétrica porque sinto um calafrio na região do pescoço. Não sou capaz de dizer por quanto tempo permanecemos mergulhados nos olhos um do outro ou quem piscou primeiro, mas sinto meu corpo reagir e puxar minha mão de volta. Aperto os dedos, indecisa entre manter o calor dele ou limpá-lo de vez da pele, e amaldiçoo esse dia que mal começou e que fica mais estranho a cada minuto.

— Seu celular tá desligado.

— Quê? — Ele coloca a mão no bolso, puxando o aparelho. Aperta os botões e se desespera ao perceber que a tela não acende.

— Você não tem o poder de parar guerras, *meu bem*, não precisa morrer por causa de um celular descarregado... — Reabro o laptop. Ele busca o carregador do celular na mochila.

— Hoje não, Mégara, tá bom? — Ele respira aliviado ao colocar o aparelho na tomada, ligando-o em seguida. — Mas, sim, nota de nojo pra quem?

— De tudo o que eu disse você só prestou atenção nisso?

— Sua voz, sabe... cansa um pouco. — O rosto dele começa a se contorcer, e reconheço os primeiros sinais daquela dança dos supercílios. — Então não dá pra ouvir tudo o que você fala.

Ele está de volta. Inspiro tanto ar que minha expiração faz um barulho alto. Abaixo a cabeça e escondo o risinho atrás da tela a minha frente.

— Se você fosse um funcionário competente, estaria acessando o Conarq todos os dias: regra básica do funcionalismo público quando se lida com recurso federal.

— Muito trabalho. — Ele liga seu laptop, me devolvendo uma careta.

— Como é que é? — Deveria estar acostumada, mas estou perplexa. — A portaria mudou, João Pedro, a gente só tem esse mês se quiser tentar alguma coisa, e você me vem com essa de "muito trabalho"? Vê se cresce! Você tá aqui é pra trabalhar mesmo, não pra esquentar a bunda numa cadeira! — As palavras saem atropeladas.

— Viu só por que eu não leio? — Ele saboreia seu café. — Tenho você pra me dar versões resumidas, *meu bem*.

— Eu deveria mandar você se foder, mas eu sou muito educada para dizer que eu desejo que você se foda, então essa sou eu não mandando você se foder, tá bom?

— Eu desejo que você não se foda também. — Ele estende a mão direita. — E eu falo sério. — Empurro a mão dele, e ele gargalha. — Ai, Catarina, você me diverte!

Duas batidinhas na porta, e Tereza Cristina nos faz companhia. Pergunta se já estamos cientes da mudança de prazos, e meu colega, disposto a me tirar do sério, praticamente faz um discurso sobre como ele me contou a infeliz novidade, tranquilizando-a, porque, apesar da nova data de submissão, estamos bastante adiantados.

Tento alcançar seus pés embaixo da mesa, empurrando minha cadeira para a frente, a fim de lhe dar um encontrão, mas percebo que preciso de novas táticas, porque ele traz as pernas para o lado, livrando-se do meu golpe premeditado.

Antes de sair, nossa coordenadora nos analisa em silêncio, gira seu anel com búzio no dedo indicador e nos deseja sorte na reunião vespertina com a Áurea. João Pedro me observa de relance, como quem diz "deixa comigo, já cuidei de tudo", e imediatamente começo uma oração mental, implorando a Jesus que me ensine a abrir mão do controle das situações, ao menos por essa tarde, tal qual Pedro fez ao dar seus primeiros passos sobre a água.

Unhas esmaltadas de vermelho apertam meu ombro direito, me fazendo soltar um grito apavorado. Imediatamente retiro os fones, ainda com as mãos trêmulas e a respiração ofegante.

— O que você está fazendo aqui, Catarina? — Tereza Cristina apoia as mãos na cintura.

— Não entendi. — Inspiro devagar. — Eu me esqueci de algum compromisso importante?

Imediatamente, recorro às anotações do meu caderno, passando o indicador por sobre as frases, fazendo uma leitura dinâmica. Levo a folha até minha coordenadora, mas o rosto dela é todo desaprovação.

— O Jonas Vasconcelos pediu uma reunião hoje. — Ela olha para o relógio de pulseira fina de metal acobreado. — E você está vinte e cinco minutos atrasada! Pela primeira vez na vida estou decepcionada contigo. — Tento explicar-lhe sobre o trato feito com o João Pedro, mas é praticamente impossível frear um monólogo da Tereza Cristina depois que ele nasce. — Você sempre foi responsável, sempre se antecipou às demandas, melhor, aos problemas! E, olhe só, apresentando um rendimento insuficiente logo com o projeto mais recente. O maior do setor até agora! É dessa forma que você mostra que dá conta do novo trabalho?

As palavras da minha superiora ricocheteiam em meu íntimo. Sempre trabalhei duro, e é completamente injusto que ela chame o meu trabalho de insuficiente, que ela questione a minha competência, principalmente em se tratando de algo que não é minha responsabilidade. Sustento meu olhar no dela e assisto ao show de palavras não requisitadas e adjetivos impiedosos.

— Tereza... — Minha voz vacila por alguns segundos. — O João Pedro foi para a reunião com a contratada, nós combinamos isso quando...

— Ah, Catarina, por que você não falou antes?! — Ela leva as mãos ao coração. — Eu aqui me preocupando à toa!

— Eu até tentei, mas..

— Você precisa se impor mais, menina! Usar a voz de cabeça e...

Ela continua falando à medida que sai da sala, e toda a minha raiva por ter ouvido esse tipo de sermão é canalizada para a ponta dos dedos, enquanto disco o número do meu colega. Uma, duas, três vezes: as chamadas perdidas vão se somando, minha calma, pouco a pouco, diminuindo.

— O celular dele está no silencioso — repito para mim mesma, me tranquilizando com o fato de ele ter entendido a importância, enfim, de manter seu toque de chamadas assim. Um resultado produtivo dos treinamentos que fizemos durante as últimas semanas. — Eu sou um bom exemplo, uma excelente treinadora — continuo repetindo, tentando convencer a mim mesma. Tentando.

Encaro o texto na tela a minha frente, relendo o parágrafo inacabado algumas vezes. Tento encaixar algumas palavras e falho em todos os malabarismos de vocábulo. Nada que escrevo é bom o bastante para apagar os rastros do estrago que a frase "rendimento insuficiente" deixou em mim. Abaixo a tela do laptop, coloco meu celular na bolsa e saio da sala, fechando a porta e seguindo em direção à saída. Preciso de uma dose de amor-próprio, e nesse momento isso equivale a Coca-Cola Zero e coxinha de frango da bodega da esquina.

O sol forte queima meus olhos assim que chego à rua. Por sorte, esse horário da tarde não costuma ser movimentado, e eu posso vagar pelo asfalto estreito sem medo de ter um braço levado por um motorista em alta velocidade. O celular vibra em minha bolsa repetidas vezes, porém só checo a tela ao entrar no estabelecimento e me acomodar na mesa próxima ao balcão. A curiosidade morre no instante em que percebo que as ligações são de serviço de telemarketing ou de algum presidiário entediado discando números aleatórios.

Novamente, João Pedro não atende. Recorro ao calendário mental dos compromissos da minha amiga e sei que hoje, segunda-feira, ela passa o dia na zona rural, permanecendo incomunicável por horas a fio. Na parede azul em frente a meu campo de visão há um calendário com a imagem de Jesus Cristo: claramente um sinal dos céus para me avisar que tudo está exatamente como deveria estar. Respiro fundo, agradeço à senhora simpática pelo lanche e assino um pacto comigo mesma de ir arquivando uma preocupação por vez a cada mordida no salgado.

Uma gestante aproxima-se de mim e se desculpa pela intromissão, mas puxa uma cadeira dobrável de metal enferrujado, acomodando-se nela do modo que dá. Sua barriga está enorme, e eu ainda me assusto com os mistérios do corpo feminino, inflar esse tanto sem explodir a cada movimento brusco. Ela apresenta-se, explica que é esposa de um dos cooperados da (RE)CICLO, e eu fico maravilhada ao saber que o projeto iniciado lá tem surtido um efeito tão positivo na vida dele; melhor, tem refletido em suas famílias.

— Então quer dizer que o projeto tá sendo *suficiente* pra vocês, né? — pergunto, depois de pagar, prestes a deixar o local.

— Oxe, bota suficiente nisso! — Ela abre um sorriso enorme. — Tá barril dobrado, menina!

Suas palavras são, neste momento, o tipo certo de reforço positivo que meu ego necessita. É inacreditável como uma única palavra pode derrubar e levantar alguém, a depender de como é falada e por quem. Minha pausa para o lanche demorou um pouco mais do que o calculado, mas ajudou a dissolver a areia movediça na qual comecei a me afundar desde que entrei em espirais de cobrança interna por ter experimentado dividir um pouco do controle que costumo concentrar em mim.

Refaço o caminho de volta, dessa vez de costas para o sol, o que torna tudo mais confortável, mas paraliso a menos de duzentos metros do meu setor. João Pedro está indo em direção ao seu carro, estacionado em frente ao nosso local de trabalho. Toco a cadeira com rapidez, para alcançá-lo, gritando no meio da rua para que ele me espere chegar.

— Agora eu não posso, Catarina! — ele responde um pouco mais baixo que eu, devido à distância entre nós dois ter sido reduzida quase que completamente.

Ele dá mais alguns passos largos, alcançando a porta do lado do motorista, mas encosto minha roda na lateral de seu veículo, impedindo sua passagem.

— Por que você tá indo embora se nem chegou direito? — Estou confusa.

— Eu só vim entregar um documento, mas preciso ir mesmo, depois a gente conversa. — Ele coloca a mão na maçaneta.

— Documento da reunião? O que o Jonas queria? Por que você não atendeu quando eu liguei? Você precisa me contar o que ficou resolvido! Você tem que...

Sou interrompida por um som insuportável. Sinto meu corpo tremer com o susto, que aumenta de forma descomunal ao perceber que há uma terceira pessoa sentada no banco do carona, a mesma que soou a buzina. Imediatamente sei de quem se trata, porque os olhos do João Pedro desmancham-se em sentimentos ao olhar para ela.

— A gente já vai — ele diz para dentro do carro, um tom de voz ainda desconhecido para mim. Ela é a tal garota. Sobre quem eu fiz piada com a Nathália. Quem eu duvidei que existia. Aquela dos filmes da Disney. — Catarina, a Tereza Cristina vai te explicar tudo quando voltar da Áurea e...

— Você não foi à reunião, João Pedro? — O desespero toma conta de mim, exposto no tom da minha voz. — E não pensou em me avisar?

— Eu esqueci o celular no carro, e aconteceu um monte de coisa, e eu tive que...

— Peu, é sério. — A garota diz de dentro do carro. Há seriedade na voz dela. — Eu não tenho tempo pra esse calundu todo, depois vocês se resolvem aí, na moral.

Deslizo meus pneus, saindo da posição original, dando liberdade para que ele entre no automóvel e siga seu rumo. O fluxo de informações é tanto que me sinto tonta. João Pedro me encara pelo retrovisor, seus olhos gritam "sinto muito". A garota dele também me encara, mas de maneira nada sutil: a passageira de cabeleira vermelha e fios pesados caídos sobre os ombros vira o corpo para o fundo do carro, me analisando de cima a baixo. Sinto-me completamente vulnerável neste momento, como se ela pudesse me ver por dentro, como se ela tivesse o poder de me roubar as palavras.

— Se você não é responsável, eu sou! — Minhas cordas vocais recobram os sentidos.

Eu sabia que não poderia confiar em meu colega. Eu sabia que deveria ouvir meu sexto sentido. E, principalmente, eu sabia que todos os planos iriam afundar tal qual Pedro no Mar da Galileia.

— Porra! Eu sabia que não podia confiar em você! — grito para o espaço vazio, na esperança de que o vento leve minhas palavras até ele.

15

— E sabe o que mais me irrita nisso tudo? — Mergulho a mão no balde de pipoca.

— Se você falar o nome do João Pedro mais uma vez, eu juro que vou embora!

Nathália me olha daquele jeito peculiar, que mescla censura com notas de afetividade, uma técnica que desenvolvemos durante os anos de amizade. Faço o sinal da cruz sobre o peito, beijando os dedos em seguida. Ela me responde puxando o balde de pipoca e colocando-o em seu colo. Permanecemos sentadas no sofá, lado a lado, assistindo ao episódio final da temporada de uma série alemã repleta de linhas do tempo, reviravoltas e pessoas que não tomam banho.

Vamos comentando as cenas, nos vangloriando de sermos inteligentes demais por termos captado a essência de muitos acontecimentos não revelados até então, mas apenas metade de mim está realmente presente. A outra metade permanece atada às confusões do trabalho. "Você me garantiu que ele estava na reunião, Catarina, você me garantiu!", as palavras de Tereza Cristina parecem estampar um letreiro gigante a minha frente.

— Cat! — Ela cutuca meu braço. — O que o João Pedro fez dessa vez?

Permaneci tanto tempo apagada, enumerando os meus locais de falha que nem percebi que não estávamos mais assistindo ao episódio. Ela inclina a minha cadeira um pouco mais para o lado, para que seus pés, apoiados no assento da Adriana, fiquem confortáveis enquanto ela vira-se de lado para colocar-se de frente para mim.

— O que ele não fez, né? — Coloco mais pipoca na boca, evitando ao máximo essa conversa.

— Mas por que você não manda mensagem pra ele?

— Ele falou que me explicaria depois, amanhã é quinta-feira, Nathália!

— Mas amiga... — Ela respira fundo, batendo as longas unhas esmaltadas de preto na vasilha entre nós. — Vamos recapitular: a Tereza Cristina falou que ele entregou um atestado médico válido por uma semana, certo? — Assinto. — E você não perguntou mais nada porque sua curiosidade pela doença é menor que o ressentimento do que ela te disse, certo?

Antes que eu encha a boca de pipoca, ela segura minha mão dentro do recipiente, iniciando uma medição de força que a sagra campeã em noventa e nove por cento das vezes.

— Mas ele não parecia doente! Ele estava ótimo, dirigindo, acatando ordens da *garota dele*. — As palavras saem um pouco menos sarcásticas e mais doloridas que o esperado. — E ele não me explicou nada! Mesmo dizendo que explicaria! O braço dele caiu, por acaso, pra ele não conseguir me enviar uma mensagem sequer?

Ela esbarra em meu braço direito. Eu detesto quando ela prova um ponto sem usar nenhuma palavra.

— O seu também não caiu e nem por isso você...

— Qual parte do *ele falou que me contaria depois* você não ouviu?

— Amiga, você tá se apegando a detalhes bem pequenos. — Ela saboreia os grãos de milho estourados, e eu torço para que algum deles grude em um dos seus dentes certinhos e brancos demais só pela audácia em falar comigo desse jeito.

— Desde quando você tá advogando a causa dele?

— Eu tô advogando a *sua causa*, porque você tá sofrendo ao se consumir em pensamentos que poderiam ser resolvidos facilmente com uma ligação de dez segundos. — Ela aponta para o meu celular no canto esquerdo do sofá. — Mas prefere continuar aumentando o abismo entre vocês.

— Ah, e você não faz isso com o Bob, né?

— Amada, você não recebeu o memorando? — Ela finge procurar alguma coisa no bolso de seu vestido preto com listras verticais brancas. — A pauta é Catarina Barros de Almeida.

— Discordo, craque. — Nathália odeia quando uso memes que ela não conhece, o que me faz reforçar meu conhecimento do nicho futebolístico. Isso me renderia um beliscão ou um leve puxão de cabelo, mas, contrariando todo nosso histórico de amizade, o rosto dela acende. Sinto que não vou gostar do que ela está prestes a dizer.

— Então quer dizer que você tá *realmente* gostando do JPS... — *Ela só pode estar delirando.* É isso o que meu rosto responde, porque até as palavras se recusam a elaborar uma frase em resposta a uma afirmação despropositada dessas. — Você jura que Roberto e eu somos alguma coisa, ao comparar meu relacio... — Ela respira fundo, brigando consigo mesma para terminar a palavra. Eu rio. — Comparar essa coisa aí dele comigo a você e seu *benzinho*. Fica bastante claro que estamos na mesma situação. Você jura que eu fujo... — Tenta ao máximo tirar o peso das palavras, sem sucesso. — Então você tá fugindo também.

Eu odeio a Nathália.

Passeio a ponta dos dedos pelo fundo do recipiente, grudando todo o sal misturado ao cereal não pipocado. Minha amiga percebe minha artimanha para fugir da conversa e puxa a vasilha, colocando-a no chão. Ela me fita com amorosidade, consciente de que eu não sei o que dizer.

— Você nem consegue terminar a palavra com *R*! — bufo.

— Você nem consegue ligar pra ele como amiga! — ela insiste.

— Eu já falei que a gente não é amigo, Nathália! Como eu poderia ser próxima de um saco de vacilo daqueles? Ele sempre descumpre as coisas que promete. — Há ressentimento em minha voz. — Isso me irrita tanto!

E faz de propósito, sabe? Porque sabe que me atinge, porque sabe que eu vou passar a porra da semana inteira encucada com isso! — Cruzo os braços sobre o peito. Mantenho o rosto paralelo ao da minha amiga, me recusando a encará-la de volta. É muito mais fácil continuar falando para o painel de madeira afixado na parede. — Ele não tem tempo pra me explicar as coisas, mas tem tempo pra ficar online no WhatsApp e no Telegram e...

Paro de falar quando ouço o eco das minhas palavras rebatendo no painel e voltando para mim. Quem é essa pessoa? Desde quando eu me tornei essa pessoa?

Nath puxa carinhosamente o meu braço direito e enlaça seus dedos aos meus, apertando-os com força. Seus olhos, livres de julgamento, me encaram com a delicadeza de quem me conhece a ponto de saber quando calar. A TV, novamente ligada, continua a cena anteriormente pausada, e minha mente começa a aceitar o fato de que eu preciso, com urgência, segurar uma caixa de madeira e engrenagens metálicas em um buraco de minhoca embaixo de uma usina nuclear.

O último dia útil da primeira semana de outubro contrapõe-se ao turbilhão de sensações do dia anterior. Ontem, além de permanecer a manhã inteira grudada no Jonas durante uma reunião em que eu não deveria estar presente, se meu colega fosse minimamente responsável, ainda tive de responder diversas perguntas dos estagiários saudosos da presença do João Pedro. Como se eu fosse um balcão ambulante de informações. Como se eu devesse me importar com seu estado de saúde. Como se eu sentisse falta dele. Como se eu soubesse de alguma coisa.

Eles não percebem que é melhor assim? Não tem falação alta durante o intervalo ou cenas lamentáveis, como quando ele come salgado e sempre derrama metade do recheio na primeira mordida, ou a algazarra dos estagiários querendo ouvir histórias constrangedoras sobre seus professores universitários, já que a maioria é amiga do JPS.

A sala, então? Parece muito maior. Não tem entra e sai toda hora para atender ligações nem tênis tamanho quarenta e dois embaixo da mesa, o que me dá total liberdade para posicionar meu laptop onde eu quiser Além disso, a mesa enfim está arrumada, sem papéis espalhados ou embalagens de chiclete de menta. E o projeto, então? O silêncio para a escrita é primordial! Não preciso gastar meu tempo rebatendo as perguntas sem nexo ou corrigindo os comentários idiotas do meu colega. Não sou interrompida no meio de um parágrafo importante pela dança horrorosa que as sobrancelhas dele fazem nem pelos seus risinhos espontâneos que sempre me deixam curiosa demais para conhecer o motivo.

Um cheiro de café e canela invade o cômodo, e sinto meu corpo paralisar. Parece o cheiro dele. Aquele aroma pesado, quente, que invade as narinas e impregna em tudo o que o cerca. A mesma fragrância que fez meu vestido amarelo de vítima, porque as notas de seu perfume despediram-se totalmente do tecido apenas depois da terceira lavagem e de muito amaciante. Viro-me depressa para a porta e minha ansiedade transforma-se em desânimo ao ver Tamires e a xícara de vidro âmbar em suas mãos.

— Você tá tão quietinha hoje, Cat! — Ela deposita a xícara próxima ao meu estojo entreaberto. — Vim te trazer essa misturinha energética!

— Obrigada, amiga. — Soo o mais gentil possível.

Não consigo dizer mais nada, porque não sei colocar em palavras o muito que estou sentindo. É como se eu carregasse um buraco gigantesco de coisas miúdas, como se eu estivesse repleta de vazios que não pesam, porque eu nunca estive cheia dessa sensação desconhecida que tem me feito falta, que tem me feito sentir vazia, que parece nunca se preencher.

Meu celular começa a vibrar, e minha colega aproveita a deixa para sair de fininho, soprando-me um beijo antes de fechar a porta. A tela mostra um número desconhecido, e eu cogito não atender. A insistência da pessoa parece o par perfeito para minha curiosidade.

— Alô?!

— Catarina, é o Bob. O Roberto, do Ponto do Acarajé. Tudo bem?

— Oi, Bob!

— Desculpa te ligar assim do nada, mas é que eu tive uma ideia e preciso de você.

Ele não consegue conter sua animação, e eu necessito de qualquer coisa que me distraia de mim: essa ligação é tudo de que eu preciso. Em poucos minutos, marcamos um encontro no Calçadão, a parte da cidade recortada por mosaicos em pedra portuguesa que concentra uma variedade de estabelecimentos comerciais de vários ramos distintos.

Nathália que me perdoe, mas, se existem dois abismos nessa história, ao menos eu posso trabalhar para diminuir um deles.

16

As portas do elevador abrem-se para a antessala em tons de cinza chapado e madeira clara. Os dizeres em tinta branca e letra cursiva na parede cinza defronte à entrada me lembram de todas as horas que passamos tentando construir a frase que hoje recepciona quem chega à Áurea:

> Uma empresa alinhada, uma missão definida.
> Transformando descobertas em cuidado.
> Cuidar profundamente. Mudar vidas.

Duas poltronas de madeira similar ao piso e de estofado no mesmo tom da parede são separadas das outras duas poltronas por um arranjo grande de orquídeas brancas e amarelas, em um vaso quadrado acobreado sobre uma mesinha redonda de madeira.

Cumprimento a recepcionista, e, antes mesmo de ela anunciar a minha chegada, Jonas me acena da porta da sua sala, fazendo sinal para que eu entre. Confiro o horário na tela do meu celular e percebo que ele continua pontual, uma de suas maiores virtudes. A funcionária me acompanha, seu uniforme parece fazer parte da composição de cores do ambiente, e seus saltos finos pontuam uma marcha forte tal qual a dos soldados durante o desfile no Sete de Setembro.

A sala de Jonas passou por algumas mudanças desde o nosso término: a mesa de vidro deu lugar a uma mesa de madeira acinzentada, em formato de L, com detalhes cromados em alguns pontos da superfície; a estante foi trocada por nichos suspensos, o que trouxe mais amplitude ao cômodo; além das janelas que, outrora pequenas, agora tomam a parede do fundo inteira, evidenciando a bela vista do rio passando rente à Serra do Cruzeiro. Algumas plantas, quadros abstratos e maquetes de projetos finalizam a decoração simples e sofisticada.

— Dois encontros em menos de cinco dias? — Ele levanta-se da cadeira presidente ergonômica preta, vindo ao meu encontro. — Seu chefe está te fazendo trabalhar demais!

— Ainda bem que somos apenas nós dois hoje.

— Está querendo ficar sozinha comigo, Catinha? — ele diz, denotando malícia.

— Sim.

— Uau! — Coça a cabeça raspada. — Nem vai negar, então?

— Assim eu não preciso fingir respeito, seguir protocolo ou simular qualquer tipo de decoro.

— Isso é mais seu estilo mesmo.

Jonas decide sentar-se na poltrona branca junto à parede próxima à porta, fazendo sinal para que eu me acomode onde decidir. Repassamos a pauta da reunião e entramos nos detalhes do projeto de saneamento, conferindo item a item, com ênfase nos cronogramas, prazos e modelos de relatórios necessários para a liberação do recurso. Passamos boa parte da manhã imersos em regimentos, documentação e metodologia de atividades, assuntos sobre os quais posso falar por dias.

Aproveito para pedir-lhe uma avaliação prévia dos estagiários subordinados ao João Pedro, que foram designados ao trabalho de acompanhamento das atividades executadas pela Áurea, e, após negar seu convite de almoço duas vezes, percebo que é hora de ir.

— E ele não é meu chefe, tá? — digo com firmeza, enquanto guardo o caderno dentro da bolsa. — Quantas vezes vou ter que repetir isso?! — Percebo em sua expressão que esta é uma frase que não mais precisará ser repetida.

— Eu achei que pudéssemos ser amigos, depois de tudo — ele recomeça transparecendo timidez, brincando com as mangas da camisa social branca dobradas na altura do cotovelo. — Mas você nem sequer aceita almoçar comigo. Por que me odeia tanto?

— Eu não te odeio... eu odeio o tempo que perdi ao seu lado, porque, ao que tudo indica, eu estava me relacionando sozinha, né? — Ele percebe que não há tentativa de alfinetá-lo, apenas sinceridade.

— Não foi bem isso que eu quis dizer naquele dia. — Ele arruma os óculos de grau no rosto, seus olhos verdes confessam honestidade.

— Mas disse, Jonas. — Dou de ombros. — E eu odeio o fato de o João Pedro estar certo porque ele vive falando que eu não percebo as coisas que estão bem à minha frente.

— Você e seus padrões...

— Como assim?

— Você sempre se relaciona com quem jura odiar.

— Larga de mentira!

— Marcos Aurélio, Levi, Paulo, eu... — Ele conta nos dedos.

— Tudo nome bíblico, esse é o problema.

— O problema está no nosso nome?

— Exatamente.

— Bem que a Nath falou que...

Sinto meu sangue ferver. Não posso acreditar que minha melhor amiga teve a audácia de conversar com ele sobre *isso*. Sobre mim e todas as teorias ilógicas que só fazem sentido para pessoas incongruentes.

— Eu vou matar a Nathália — interrompo. — Como ela ousa comentar uma coisa dessas com você?! Pior, é tudo suposição dela! Não acredito que ela...

Ele está gargalhando. Ri tanto que ameaça babar, limpando o canto da boca com a ponta do polegar, cuja unha está roída.

— É tão fácil enganar você! — Sinto que ele se diverte com meu sofrimento. — Você sabe que ela nunca conversaria essas coisas comigo, mas a Catinha que eu conheço fica completamente cega quando está nervosa e nunca consegue demonstrar os sentimentos de verdade quando está confusa. — Nova pausa. — Mais uma vez, um padrão.

— Até parece!

— Eu te conheço, Catinha. Você pode não gostar, mas esse fato é inegável.

— Esse é o *seu* problema, achar que sabe todas as coisas!

— O problema real não está em você não saber demonstrar os próprios sentimentos e sempre implicar com a pessoa que, no fundo, gosta demais? — Ele inclina-se em minha direção, apoiando os cotovelos nas coxas, sustentando a cabeça nos punhos fechados.

Quando foi que ele se tornou essa pessoa?!, pergunto a mim mesma, vasculhando memórias.

— Jonas, você tá se ouvindo? — Apoio a mão na maçaneta da grande porta de correr em vidro laminado.

— E você, tá me ouvindo?

— Por que eu deveria ouvir conselhos de quem arranca pedaços das unhas dos pés antes de dormir? — Não consigo sair, mas não quero ficar.

— Catinha, sério.

— Porra, Jonas, Catinha é o pior apelido em todo o mundo.

— Não muda de assunto...

— Mas o assunto já acabou, não?

— Você já percebeu que ele também tá interessado, né? — Jonas parece se divertir ao me torturar.

— Acho que sua febre de anos atrás voltou, não é possível. — Meus dedos deslizam pelo metal, pousando em meus joelhos, rente ao babado da barra do meu vestido verde-militar.

— Eu já estive no lugar desse coitado e te digo que não é nada simples gostar de você.

— Eu fico abismada com a sua capacidade de falar merda.

— Mas ele parece disposto. — Ele faz uma pausa longa. — Talvez eu até dê umas dicas a ele...

— Sobre como me perder?

— Sabe quantas vezes você falou o nome dele desde que chegou aqui?

— O que é isso agora? Casa de aposta? — Abro a porta, cansada de tanta humilhação.

— Dezessete vezes.

— O número da besta, tudo explicado — digo, seguindo para o elevador.

— Você não tem jeito mesmo...

Tamires está encostada na parede frontal à entrada do setor, fumando enquanto o relógio não marca duas da tarde e o expediente recomeça. Ela reclama que a abandonei durante a manhã inteira, inclusive no horário do almoço, mas explico-lhe que aproveitei a proximidade da Áurea ao meu restaurante chinês preferido para matar a saudade de comer chop suey. Percebo que fui perdoada quando ela está elogiando o decote em V e as mangas três quartos modelo princesa do meu vestido, pedindo que eu a ajude a comprar um desses, só que mais curto, sem essas mangas e com decote nas costas. Obviamente uma peça completamente diferente da que estou usando, ainda que ela não aceite este fato.

Jogamos conversa fora por mais alguns minutos, e ao subir a rampa juntas ela me olha de um jeito que prepara meu espírito. Antes mesmo de abrir a porta da sala, sei que o João Pedro está de volta. Respiro fundo, tentando limpar toda a conversa com o Jonas horas mais cedo, e sei que tenho pelo menos trinta minutos para preparar o ambiente e enterrar qualquer pensamento inoportuno.

Fico surpresa ao encontrar meu colega ocupando sua cadeira, com fones nos ouvidos e dedos lépidos deslizando pelo teclado do laptop. Ele está tao concentrado que nem percebe minha chegada. Ensaio um cumprimento, mas a cabeça dele não desvia da tela nenhum milímetro. Melhor assim. Posso voltar ao trabalho como estive fazendo a semana passada toda, como se ele não estivesse aqui, ainda que ele esteja bem em frente a mim

Ligo meu laptop, retiro minhas coisas da bolsa e estalo os dedos da mão de uma só vez, fazendo um barulho alto. Nada. Ele nem sequer titubeia em sua posição. Chego a cadeira para a frente, esbarrando em seus tênis, mas ao invés de reclamar comigo, como em todas as outras vezes que isso aconteceu, ele apenas muda a posição das pernas, arrastando a cadeira de rodinhas para a direita.

— Que milagre você aqui antes das três! — rompo o silêncio. — Pelo visto adoecer te deixou mais responsável.

Ele retira os fones dos ouvidos, guardando-os na gaveta. Seu peito sobe e desce em movimentos rápidos, mas ele continua calado. Desisto de ser educada. Se é assim que ele quer, é assim que vai ser. Abro a caixa de e-mails e anexo o arquivo mais recente do projeto, enviando-lhe para que ele note os avanços na escrita e possa atualizar-se acerca do que ainda falta ser feito. Segundos depois, recebo sua resposta, no corpo da mensagem apenas duas letras: *Ok*.

— João Pedro — recomeço, impaciente. O silêncio continua sendo a resposta. Inclino o corpo para a frente e seguro sua mão esquerda, o obrigando a olhar para mim. — Eu digo algo, você diz algo, é assim que funciona uma conversa.

Mas ele continua com os olhos presos na tela. É completamente irritante o modo como ele me deixa invisível. Logo eu, que chamo a atenção por onde passo por causa da minha cadeira de rodas. Logo eu, o centro das atenções aonde quer que vá. Logo eu.

Assim que desencosto minha mão da dele, sou presa por seus dedos e uma onda de calor percorre minhas veias. Dessa vez, ele me encara. Percebo que não consigo ler seu rosto, e isso me assusta.

— Você só escreveu isso? — Ele quebra o silêncio, enfim. — Em cinco dias, só isso? — Há menosprezo em seu tom de voz. — Catarina, você desaprendeu a trabalhar sem mim? — Sinto meu coração abrandar em meio à confusão, porque com essa versão dele eu sei lidar.

— Como você se acha importante... Eu sou uma pessoa ocupada, não faço apenas *isso*. — Puxo a mão com força, ele interrompe meu gesto, pressionando meus dedos com mais força.

Ele alcança o calendário no canto da mesa e brinca com nossos indicadores, totalmente sincronizados, passeando entre as duas únicas datas marcadas no papel timbrado: os dois dias em que tive reunião durante um dos turnos — os únicos momentos em que não pude realmente escrever. Sou pega no flagra. E ele sabe. E eu o odeio mais por isso.

A entrada de Tereza Cristina nos assusta, a oportunidade perfeita para minha mão escapar da dele. Ela nos observa de uma forma estranha, mas nada diz. Ao invés disso, pede para que eu relate tudo o que foi falado na reunião com o Jonas. Engulo em seco, meus pensamentos divagando para o final da conversa que tivemos, e sou surpreendida por um pedido de desculpa do João Pedro por não ter podido comparecer ou me avisar com antecedência por causa de uma emergência familiar.

Meu coração aperta rapidamente, enumerando todos os pré-julgamentos feitos outrora, mas este também é um assunto que arquivo no fundo das gavetas mentais. Termino de contar-lhes todos os detalhes acertados com Jonas, e antes de sair nossa coordenadora leva meu colega consigo a fim de tratar sobre sua atuação como supervisor de campo dos dois estagiários que estão sob sua responsabilidade. Em vão, tento abafar um riso debochado, mas percebo que os ruídos chegam aos ouvidos de João Pedro, porque seus olhos me confidenciam que "vai ter volta".

Percebo em minha caixa de entrada mais um e-mail do JPS com duas planilhas do Excel anexadas. Para minha surpresa, ele utilizou a semana do atestado para adiantar a planilha orçamentária e o cronograma físico-financeiro. Numa leitura dinâmica, confirmo que ambos os documentos estão praticamente finalizados, faltando incluir apenas as informações que ainda estamos relatando. Estou tão em choque quanto o carcereiro de Paulo e Silas em Filipos que, após o grande terremoto que abriu todas as celas da prisão, admirou-se ao ver os dois encarcerados no mesmo lugar.

Mergulho nos números, acompanhando a distribuição de materiais de consumo, recursos humanos e serviços de terceiros, até que o celular do meu colega começa a vibrar insistentemente. Minha curiosidade é enorme, mas não a ponto de vasculhar sua vida e desvirar o aparelho para olhar a tela. Ignoro o barulho, que depois de alguns minutos cessa.

Dirijo-me à cozinha a fim de encher a garrafa de água e, claro, espiar o que está acontecendo na sala da coordenação, mas nem Tamires foi capaz de ouvir coisa alguma. Permanecendo no escuro, retorno à sala, juntando meu cabelo no alto para prendê-lo num rabo de cavalo e voltar aos números. Ouço algumas vozes e apareço junto à porta, interessada demais na suposta bronca que o meu colega está levando, quando paraliso em frente à mulher muito bonita e alta demais mesmo usando um All Star amarelo estilo botinha.

Eu a reconheço imediatamente e aperto as unhas contra a pele para evitar cair num estado de catatonia. Ela me analisa em segundos e, se brincar, é capaz de enumerar quantos poros abertos tenho no rosto. Nossa troca de olhares parece eterna. Meus olhos percorrem seu vestuário que mais parece um uniforme, composto por camisa preta acinturada e calça jeans skinny cintura alta em lavagem escura. Seu cabelo vermelho está penteado para trás, preso por uma tiara metalizada, e a franja bagunçada na testa esconde um pouco do seu delineado perfeito no rosto avermelhado de estrutura óssea demarcada. Duas bolsas grandes estão penduradas em seus ombros, e, não fosse a voz da Hanna, que acaba de passar para o banheiro, teríamos permanecido assim: em processo de análise.

— Sim, essa é a sala do João Pedro. A Catarina trabalha com ele.

A mulher agradece a resposta que, ao que tudo indica, eu não fui capaz de dar à *garota dele*. Respiro fundo, fixando um sorriso estranho no rosto.

— Ele tá na sala da coordenação. — Aponto para o corredor atrás dela. — Mas não deve demorar. — Dou uma ré, convidando-a para entrar. — Fica à vontade.

— Eu não posso esperar mais, liguei pra ele a morrer! — Aponto para o canto da mesa. Ela vê o celular dele e parece bastante irritada. — Será que eu posso deixar uma encomenda pra ele? — Ri ao proferir a última frase enquanto eu balanço a cabeça em afirmativa.

— Vem logo, Bianca! — Sua voz demonstra impaciência. — Eu não tô pra brincadeira hoje!

— Mas mãe... — Uma voz dengosa responde ao longe. — Você prometeu que era nosso dia hoje!

— Bianca da Silva, não me faça ir até aí te buscar à força! — ela fala, indo ao encontro da criança.

Minha mente entra em parafuso. Se ela é a *garota dele*, e ela está chamando a filha... o João Pedro é pai? Como que ele é pai e nunca me contou? Tudo bem que a gente não tem intimidade, mas eu deveria saber que estava lidando com um pai de família! E ele nem usa aliança! Será que é uma estratégia para dar em cima de mulheres que ignoram o fato de ele ser comprometido? Pela voz, essa menina deve ter uns sete anos. Então ele foi pai aos vinte e um? E a mulher deve ter, no máximo, vinte e cinco anos! Ela foi mãe durante a adolescência! Meu Deus do céu, esse dia não poderia ficar mais estranho!

Pego o celular em cima da mesa e digito uma mensagem pra Nath.

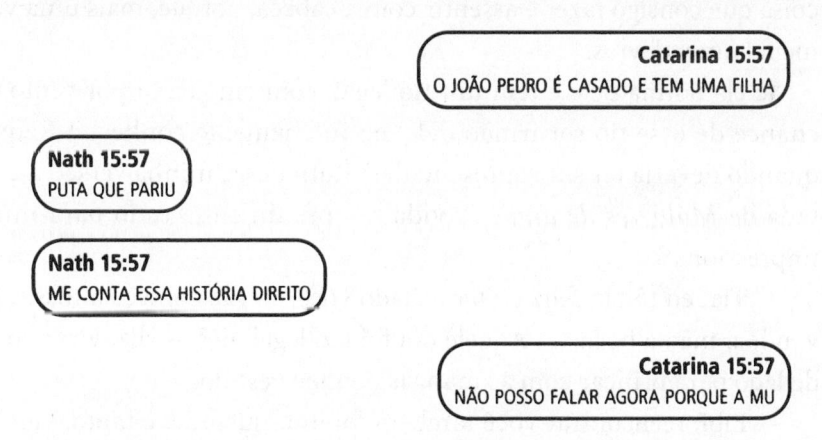

> **Catarina 15:57**
> O JOÃO PEDRO É CASADO E TEM UMA FILHA

> **Nath 15:57**
> PUTA QUE PARIU

> **Nath 15:57**
> ME CONTA ESSA HISTÓRIA DIREITO

> **Catarina 15:57**
> NÃO POSSO FALAR AGORA PORQUE A MU

A *garota do JPS* retorna puxando uma menina de vestido com estampa de girassol, abraçada a uma pelúcia do Olaf. Meu susto é tão grande que derrubo o celular no chão. O grito que dou é suficiente para desenterrar o rosto da criança do torso da mãe. Paraliso mais uma vez.

— Oi, tia! — A menina solta a mãe e corre para me abraçar. Ela me solta por alguns segundos para pegar meu celular no chão. Antes de depositá-lo na mesa, posso ver uma infinidade de interrogações nas notificações das mensagens da Nathália. — Ufa, nem quebrou a tela! Hoje é seu dia de sorte! — Sorri para mim, segurando meu rosto com as mãozinhas suadas. Posso ver que um dos dentes da frente começa a nascer. — Pode ir, mãe, eu conheço ela, ela foi goleira no meu time na escola.

Bibi sobe em minha cadeira e tenta acomodar-se em meu colo. Meus ossos gritam que estou com a filha do meu colega no colo a cada movimento dela sobre mim. Eu não consigo acreditar na sucessão de informações por segundo que meu cérebro está sendo obrigado a processar. Pior, enquanto finjo naturalidade. Enquanto a filha do JPS está colada em mim.

Explico à mãe da menina como nosso encontro aconteceu e percebo as rugas em seu rosto se desfazerem. Ela me conta que surgiu um trabalho importante de última hora e que havia ligado para "avisar o Peu, mas ele não atendia", então decidiu trazer a menina. Pede pelo amor de Deus para que eu fique com a criança até ele sair da sala onde está, e a única coisa que consigo fazer é assentir com a cabeça, porque, mais uma vez, me faltam palavras.

Se ela é filha dele e tem um tio legal, com cinquenta por cento de chance de esse tio ser irmão dele, eu infelizmente conheci a Raquel quando deveria ter sido apresentada à Ruth nessa minha versão adaptada de *Mulheres de areia*. A vida sempre dificulta tudo para mim, impressionante.

— Tia, eu tô tão feliz de ter achado você! — Ela começa a tossir, levando a mão à boca. — Aquele dia foi tão legal, né? — diz, virando-se de lado para brincar com as mangas do meu vestido.

— Bibi, reencontrar você também foi uma surpresa e tanto, viu? — Brinco com a ponta do seu nariz.

— Sabia que eu tava no hospital? — Ela estica o braço, apontando para os sinais das injeções, encaixando mais uma peça do quebra-cabeça. Agora me sinto péssima! João Pedro estava esse tempo todo com a filha internada, e eu o culpando por não me dar notícias. — Tive *peleunomia*.

— Sinto muito, Bibi. Fico feliz por você estar bem. E é pneu-mo-ni-a. — Faço cosquinhas em sua axila ao subir pelo braço enquanto separo as sílabas. Ela gargalha, engatando em nova crise de tosse.

Ao olhar para a frente, percebo que João Pedro está parado, nos encarando, perplexo. Quando Bibi percebe sua presença, corre ao seu encontro, pulando com os braços esticados para pedir colo e sendo prontamente atendida. O rosto dele se ilumina. João Pedro parece derretido com a menina nos braços, até sua postura muda. Ao terminar de entrar na sala, ele fecha a porta, mantendo-nos nessa dinâmica à qual não sei reagir. Dou-lhe o recado da mãe de Bibi, e ele senta-se em sua cadeira, arrumando a menina em seu colo, que descansa a cabeça em seu peito como quem se deita na nuvem mais fofinha do céu.

— Vejo que vocês se conheceram.

— Duas vezes! — diz Bibi.

— A goleira do seu time, né? — ele fala para ela, mas mantém contato visual comigo o tempo inteiro. Eu não sei o que fazer, sinto meu cérebro derreter aos pouquinhos.

— Tia, você me mostra depois quem é o seu colega chato que fala a mesma coisa que o meu tio quando você come maçã?

— Tio?! — Felizmente, o ataque de tosse de Bibi abafa um pouco o volume das minhas palavras. Estou completamente atordoada, e o JPS parece se divertir com a cena.

— Ele é chato, Catarina? — Ele ri, alisando os cabelos curtinhos da sobrinha.

— É uma caixinha de surpresa...

Começo a puxar pela mente os trejeitos dos dois, o jeitinho impaciente de bater o pé e colocar as mãos na cintura quando nervosos, o formato da boca pequena e das unhas. Iguaizinhos.

— Então é por isso que você sabe tanto sobre princesas? — Minha voz quase inaudível.

— E glitter e pintura com guache e massinha de modelar e Monster High e qualquer coisa que sirva para entreter uma criança de seis anos.

Não é possível. Quem é essa pessoa sentada a minha frente? Levo minha mão à boca, João Pedro solta uma gargalhada, radiante por me ver tão confusa quanto o meme da Nazaré Tedesco.

— Então naquele dia que você tava com o cabelo cheio de glitter você tava...

— Brincando de cabelo maluco, não foi, Bibi?! — Ele beija a testa da criança.

— Tia, você vai arrasar no dia do cabelo maluco! Já tive muitas ideias!

Bibi e o tio começam a enumerar tudo o que pensam em fazer com meus fios dispersos, e eu não consigo acreditar em quão burra sou por não ter percebido nada daquilo antes. Por, nas palavras do João Pedro, não perceber as coisas à minha volta.

— Tio, sabia que a princesa preferida dela é a Anna? — Ele balança a cabeça negativamente. — Você podia cantar pra tia Cat a música que o Kristoff e a Anna cantam juntos!

— Bibi... — Os olhos dele diminuem de vergonha.

— Não acredito que você nunca me mostrou esse talento, João Pedro! — Minha curiosidade é genuína. — E eu nem sabia que eles tinham uma música!

— Não tem, meu tio inventou as palavras!

— Tecnicamente, tem — ele começa a explicar, o rosto coberto pela vergonha. — Mas não entrou no filme, e eu inventei uma versão em português pra fazer certas pessoas tagarelas felizes, mas já tô arrependido.

— Por favor, tio, por favorzinho! — Ela une as mãos em súplica. — Só um pouquinho, por favor.

Busco o olhar do meu colega e endosso o pedido.

— Pela minha princesa preferida, só uma frase.

— Tudo pela princesa preferida — ele repete.

Apesar de todos os acontecimentos embalados em surpresas e novidades, e do liquidificador de emoções que me tornei hoje, refaço o caminho de casa ouvindo "Get This Right", mas ao invés de escutar o Jonathan Groff, a voz desafinada do João Pedro se une a minha: *Te dar o que você quiser, ser o homem que escolher, te tirar do chão sem vomitar e então...*

17

— Desculpa te fazer esperar, eu juro que não sabia que iria demorar tanto! — Bob troca de blusa, pela terceira vez.
— Relaxa. — Aponto para o ambiente a minha volta. — Eu tô numa mordomia da porra aqui debaixo desse sombreiro e com caldo de cana geladinho enquanto vocês estão suando embaixo do sol.

Ele ri. Um jovem pendura mais uma corrente em seu pescoço, abrindo mais um botão de sua camisa de linho branco.

— Você já assistiu a *Kubanacan*?
— Ela é rápida, Bob! — o jovem responde antes mesmo de o meu amigo abrir a boca. — Pegou a referência direitinho, amada.
— Você tá dizendo que eu tô a cara do *Pasquim*? — Bob dá dois passos para trás, afastando-se do espelho retangular médio que está apoiado no carrinho do caldo de cana, tentando enxergar-se por inteiro. — Vei, gostei. Quem não gostaria de parecer com o Pescador Parrudo?

O diretor do videoclipe avisa que as gravações vão reiniciar. As seis meninas, em roupas de academia brilhosas e de cores berrantes, retornam a seus lugares, subindo a ladeira à direita que dá acesso ao cais da rua de cima. Bob posiciona-se em frente ao muro grafitado com símbolos da cidade, as meninas, no plano acima dele, equilibram-se de pé na mureta do cais, e a última tomada é gravada.

A batida envolvente toma conta do ar, e o gingado de Bob, balançando-se de um lado a outro enquanto sorri ao cantarolar sua própria canção, faz várias pessoas pararem para observar o que está acontecendo. Melhor, faz a plateia acompanhar a melodia com palmas ritmadas e, mais surpreendente ainda, faz pessoas cantarem e dizerem-se fãs.

Gata, gata, gata
Gata, minha morena
Tô morrendo de calor
Mas te amo quando me queima

Puxo o celular da bolsa e gravo um vídeo da cena, postando um story no Instagram com o texto #VEMAI, marcando Nathália no cantinho da tela — imperceptível para quem abre o vídeo, mas suficiente para que ela não perca a postagem. Em menos de dez segundos, ela me responde com uma mensagem de áudio, sua voz indecisa entre o deboche e o sarcasmo para tentar encobrir a curiosidade que ela não consegue esconder. Não de mim.

"O que você tá fazendo aí? Não acredito que você teve o atrevimento de me trocar pra pagar de fangirl dessa música horrorosa. Quem em sã consciência gosta disso? Catarina, acordou cedo num sábado pra isso? Me poupe!" Antes que eu começasse a responder, chega mais um: "Ele te convidou, foi?" Saboreio essas quatro palavras tal qual o povo de Israel comendo codornizes depois de muito tempo ingerindo maná.

Bob corre para a sombra, juntando-se a mim embaixo do sombreiro, e por cima dos gritinhos, enquanto ele desmonta o conceito do videoclipe e volta à camiseta folgada e bermuda jeans de sempre, confidencio-lhe ao pé do ouvido.

— Ela se importa. — Dou play no último áudio, ele pede para eu repetir por mais cinco vezes.

Ao afastar-se de mim e dirigir-se ao grupo de adolescentes aglomerado atrás dos cones de sinalização, o rosto dourado de Bob ganha uma expressão que eu ainda não conhecia. Seu sorriso é mais luminoso que o sol.

— Você vai querer de morango ou de chocolate? — grita de dentro do estabelecimento.

Faço com os dedos o sinal para que ele coloque as duas caldas em meu sorvete e, só de imaginar o gelado derretendo entre minha língua e o céu da boca, já começo a sorrir feito criança. Ainda que eu more em Monte Tabor há alguns anos, não me acostumei com o clima primaveril: ora nos soprando vento frio do inverno remanescente, ora nos cozinhando com a quentura do porvir. Hoje, estamos recebendo uma amostra grátis do inferno, e minha oração mental, enquanto cruzava os mosaicos do Calçadão nessa tarde de sábado, era para que Deus derramasse sobre mim o mesmo refrigério concedido a Sadraque, Mesaque e Abednego dentro da fornalha babilônica.

— Acho que tô ficando famoso mesmo — ele diz, entregando meu sorvete e sentando-se na cadeira metálica ao meu lado.

— Eu também acharia. — Vistorio a quantidade de calda e percebo que Bob também é generoso. — Videoclipe e duas horas de estúdio no mesmo dia não é pra qualquer um não, hein?

— Nem é por isso, é porque até aqui as pessoas passam pela gente e ficam encarando. — Ele amarra os cabelos num coque baixo. — Acho que vou ter de caprichar no visual até pra sair na rua.

— Eu não queria te desapontar, mas elas não estão olhando pra você, Bob. — Dou uma colherada generosa na taça a minha frente. Aponto para a minha cadeira para que ele entenda do que estou falando.

— Ah! Mas isso não é péssimo?

— Vinte e nove anos de prática, amigo. — Limpo a boca com as costas da mão. — E esse público tá até contido. Quase sempre aparece um babaca pra me chamar de guerreirinha quando me vê num bar ou pra apalpar minha cabeça numa balada e dizer que tá feliz por me ver saindo de casa e que eu deveria fazer isso mais vezes. — Bob parece chocado, coitado. — Mesmo eu nunca tendo visto o ser humano na vida!

— Porra... Barril.

— Pois é. — Dou de ombros. — Mas eu já tô blindada.

— Não, eu tava falando de mim e minha falsa fama que só durou cinco segundos. — Caímos na gargalhada.

— Mas você vai estourar, Bob, eu sinto isso — falo com sinceridade. — Olha o tanto de gente que apareceu na gravação hoje cedo! Todo mundo sabia cantar sua música!

— Você fala isso porque é muito gentil.

— Sério? — Mergulho a colher na taça novamente. — Meu teatro tá convincente a esse ponto?

— E engraçada também! Poderia acrescentar a essa lista a qualidade mais importante: cupido! Melhor, meu cupido com a Nathália!

Sou transformada em crise de riso, babando e derramando sorvete na perna esquerda. Bob entra na sorveteria e volta com guardanapos e um copo plástico com água para facilitar a limpeza. Ele me pede licença para limpar o rastro de sorvete que escorreu por toda minha perna e pé, entrando embaixo da mesa, enquanto me despeço da sujeira em minha coxa e rosto.

Continuamos conversando sobre a Nath, nosso assunto em comum preferido, quando percebo um par de olhos fundos e castanhos atravessando a minha pele. João Pedro está parado no meio do largo corredor do Calçadão, junto ao carrinho do vendedor de água de coco, vestindo apenas uma bermuda tactel preta e tênis brancos de corrida, com uma camiseta enrolada numa das mãos e um coco verde noutra. É a segunda vez que vejo seu cabelo bagunçado, e, se ele fosse esperto, pararia de arrumar os fios milimetricamente, porque seus traços são suavizados de tal forma que ele até parece *mais bonito* do que é.

Ele ensaia alguns passos em minha direção, mas recua assim que Bob levanta-se do chão e retorna a seu assento. João Pedro me apresenta uma expressão indecifrável inédita e some por entre as pessoas, retornando a sua corrida, me deixando com a imagem de suas costas e ombros largos num trapézio anatômico perfeito.

— Acho que você se perdeu em devaneios e não ouviu o que eu disse. — Bob toca em meu ombro. Saio do transe.

— Desculpa, eu acho que vi um...

— Fantasma? — ele brinca.

— Quase isso. — Procuro o celular na bolsa. — Você já decidiu como vai fazer pra seguir com o plano? — Desbloqueio o aparelho, digitando uma mensagem para Nathália.

— Ainda tô indeciso, acho que ela vai odiar. — Ele aparenta estar genuinamente preocupado, soltando e amarrando os fios longos e ondulados várias vezes seguidas.

— Mas é por isso mesmo que eu tô te ajudando! Justamente porque ela vai odiar! — Ele me fita, seu olhar denota confusão. — Mas é aquele tipo de ódio de quem tá com medo de dizer que amou, sabe?

— Sei não, mas se você tá dizendo...

— Confia em mim? — Estendo-lhe a mão.

— Tô te entregando meu coração, Catarina. — Ele devolve o gesto, depois de hesitar por alguns segundos. — Olha lá, hein?!

18

— Como você sabe? Desde quando você segue esse tipo de página?

— É ele, né? — Ela envia um print que mostra três homens sentados numa mesa de bar.

— Mas pode não ser, amiga, ele é um branco normal de beleza mediana e...

— Beleza, Catarina? Ele já é belo para os seus olhos, *meu bem*?

Eu odeio a Nathália.

— Mas, realmente... — ela recomeça. — Fica difícil reconhecer o JPS assim, todo vestido, você tá acostumada a vê-lo seminu...

— Amiga, nem me lembra dessa cena constrangedora!

— Mas não deve ser ele mesmo, não, o João Pedro é...

— Você não tem conhecimento de causa pra confirmar.

— Verdade, amiga, quem tem é você — ela diz, e concordo, terminando minha espiga de milho assado. — Conhecimento de sobra do trapézio perfeito.

— Eu não disse que era perfeito.

— Ah, verdade, perfeito é o abdômen dele. — Balanço a cabeça em negativa, mas meu semblante me entrega. Eu não consigo fingir para a minha melhor amiga. — Quer que eu releia suas mensagens para refrescar sua memória?

— Quero saber por que ele usa tanta roupa folgada, isso sim!

— Porque senão você seria chamada no RH!

— Feche sua cara, você acha que *ele* é quem?

— Essa é justamente a questão, amiga, *você* acha que ele é quem?

Eu só posso estar enlouquecendo. Permaneço sentada no banco de trás, decidindo se retorno para casa ou mudo completamente a rota, mas, quando penso em abrir a boca, o motorista já estacionou a Adriana rente à porta do carro. Estou sendo expulsa do veículo, obrigada a me responsabilizar pelas minhas próprias escolhas. Coagida pelo dono do Celta vermelho 2014, compelida a encarar o vespeiro em que achei querer mexer. Mas não quero. E eu só me dou conta disso depois de gastar dezoito reais com o Uber. A minha sanidade nunca custou tão pouco. E eu nunca me senti tão patética.

Pesco o celular na bolsa pequena transpassada e começo a digitar uma mensagem para Nathália. Apago e recomeço uma centena de vezes, indecisa quanto ao que dizer. Pior, não disposta a ouvir aquilo que ela tem a dizer. O que está acontecendo comigo?

— Moça, tá precisando de ajuda?

Estou. Estou precisando voltar para casa e agarrar-me ao lampejo de lucidez que me acometeu minutos atrás. Estou precisando enterrar essas sensações que não têm nome ou forma. Estou precisando entender por que meus hormônios estão completamente alterados antes do tempo. Porque *isso* não é normal. Eu não sou uma pessoa impulsiva... não para *isso*. O que está acontecendo comigo?

— Não, obrigada. — Decido que essa é a resposta mais inteligente a ser dada. — Estou esperando umas amigas, sabe como é, né?

Mentirosa. Mentirosa. Mentirosa.

— Por que não as espera lá dentro? — Ele estende a mão esquerda, abrindo passagem para mim. — É muito mais confortável, além do que, aos sábados, a primeira bebida é por conta da casa! — O segurança abre um sorriso educado e, quando percebo, estou a exatamente três mesas de distância do João Pedro.

Enquanto ele permanecer de costas para mim, tudo vai continuar bem. Tento me convencer de que é absolutamente normal nós dois estarmos no mesmo lugar num sábado à noite. A cidade é pequena, não há muitas opções de lazer, e o Camisa 12 é grande o bastante para ter acessibilidade na entrada e nos banheiros, pelo menos. Até quando a desculpa de "esperando as amigas" cola? Droga, já pegaram uma cadeira da minha mesa.

Vasculho o lugar com os olhos, e a cada meia hora mais e mais pessoas chegam ao bar — algo relacionado com as atrações musicais do palco que, coincidentemente, vão melhorando à medida que o tempo avança. Mais uma cadeira é levada. Puxo a cadeira sobrevivente para perto de mim e coloco minha bolsa no assento. O garçom aproxima-se sorrateiro e deposita uma minimelancia com furo na extremidade superior e um canudo verde grosso em minha mesa.

— Acho que você se enganou — digo, finalizando mais uma garrafa de cerveja.

— Tenho certeza de que é para a sua mesa. — Ele dá uma olhada no papel da bandeja, guardando-o no bolso do avental preto.

— Posso ver o papel? — Ele nega. — Mas como eu vou saber que é pra mim? — Ele diz que devo confiar em sua palavra. — Como sei se posso confiar em você? — Arqueio a sobrancelha, o garçom demonstra impaciência.

— Catarina. — Um braço passa pelos meus ombros, fazendo minha pele arrepiar. — Deixa o pobre rapaz trabalhar! Você pode trazer, por gentileza, duas garrafas de água de coco? — Ele senta-se na cadeira ao meu lado, contando as garrafas vazias de cerveja a nossa frente. — Na verdade, traz quatro garrafas — fala para o garçom que está limpando os rastros de bebida de cima da mesa. — Alguém aqui bebeu demais.

Ele empurra a melancia para perto de mim, mexendo o líquido com o canudo.

— Eu não vou beber isso.
— Boa noite pra você também!

Reviro os olhos. Ele ri. Ele sempre ri.

— Por que você sempre ri?
— Por que eu rio? — Ele inclina o corpo para a frente, os dois primeiros botões da camisa rosa-bebê abertos evidenciam uma parte de seu peito. Fixo meus olhos no pequeno crucifixo prata pendurado numa corrente comprida demais. Corrente que eu nunca tinha visto.

— Sim, você sempre tá rindo. Isso é tão...
— Irritante? — ele diz e concordo com a cabeça. — Deve ser por isso, então.

Idiota. Novo sorriso. Dessa vez, o maior de todos. Aquele que compete com o brilho da lua cheia no céu. E vence. Um ato completamente injusto com o corpo celeste.

— Essa é a primeira vez que te vejo por aqui...

Agarro a minimelancia e começo a sorver a bebida de dentro da fruta. Todo o ensaio para caso eu fosse pega no flagra foi consumido pelo álcool na minha corrente sanguínea. A velocidade com que o líquido sobe pelo canudo só é interrompida pela mão do João Pedro que aperta o objeto cilíndrico, impedindo que eu tome tudo de uma só vez.

— Se eu fosse você iria com mais calma. — Com o polegar direito, ele limpa delicadamente o canto da minha boca. Nosso olhar entra numa competição de quem pisca por último. — Além de melancia e morango, aí dentro também tem Jurupinga e tequila.

— Você quer me embebedar? — Seguro a fruta com as duas mãos, os lábios brincando com o canudo.

— Você consegue fazer isso sozinha. Eu só quis diversificar o conteúdo.

— Não vai voltar pra sua mesa? — Aponto para ela, me arrependendo na mesma hora. Eu não sou confiável quando alcoolizada, definitivamente.

— Então quer dizer que você tava me observando todo esse tempo? — Aquela dança das sobrancelhas convencidas surge em seu rosto. — É falta de educação não cumprimentar os amigos, sabia?

— É falta de educação abandonar os amigos, *sabia*? — Imito sua entonação. De repente, voltei a ter cinco anos. Alguém me tira daqui!

— Eles são bem grandinhos, vão sobreviver. — Sua mão paira junto ao meu ombro esquerdo, recolocando no lugar a alça da minha blusa que insiste em cair pelo braço. Aperto os olhos por alguns segundos, mas, ao reabri-los, percebo que o toque dele ainda se faz presente.

O que ele pensa que está fazendo?

As águas de coco surgem junto com a necessidade de devolver minha respiração. João Pedro vai de mim à comanda em sua frente, e eu inicio o plano de fuga, mas sou enredada mais uma vez.

— Então aquele foi o seu primeiro, Catarina? — ele fala próximo ao meu ouvido, tentando vencer a música alta que começa a surgir do palco.

Afasto meu corpo do seu, assustada com a pergunta desconexa. Ele percebe que estou sem entender coisa alguma, então recomeça:

— Quando você me perguntou... esquece.

— Fala, João Pedro! Eu quero saber! — grito, na esperança de não precisar falar-lhe ao ouvido, mas ou realmente não dá para ouvir o que digo ou ele quer me ver sofrer. Aposto na segunda opção.

— Quando a gente tava no ônibus — ele tenta mais uma vez —, e teve aquela cena de *Os normais* e você me perguntou se... — Respira fundo. Sua respiração quente passeia pelo meu pescoço, percorrendo o caminho até a minha nuca. — Deixa pra lá.

— Você tá querendo saber se o Bob e eu...

— Bob? — Ele vira a cabeça rapidamente, e por pouco não esbarramos a testa. Ou coisa pior.

— O que é isso? — Nossos rostos a centímetros um do outro. — Ciúme? — debocho.

— Por que eu teria ciúme de você?

— Por que você quer saber se eu já beijei alguém depois do Jonas? — Dessa vez as sobrancelhas dançando são as minhas. — Aliás, por que você quer saber se eu beijei o Bob?

— Pra saber como foi. — Ele tenta tirar o peso das palavras. — Do jeito que você é, deve ter assustado o cara com seu péssimo gênio e... — Levo o dedo indicador até os lábios finos dele, silenciando qualquer coisa que ele estiver prestes a dizer.

— Você me fez lembrar de uma coisa. — Aproximo meu corpo do dele, apoiando a mão esquerda em sua perna, nossos rostos se aproximando cada vez mais. — Eu não sei como foi o beijo... — digo, e ele dá um microssorriso. — Porque você não me beijou ainda.

Os lábios do João Pedro acolhem os meus e tudo o que minha boca não fala, mas pensa e anseia perto de si, dentro de si, acontece. A língua dele confidencia a minha os segredos escondidos em seu íntimo e travamos nossa guerra entre o céu de nossas bocas. Minha mão direita passeia por seu pescoço, convidando-o a mergulhar cada vez mais fundo na chuva de emoções que molha todas as lembranças de nós dois.

As mãos dele, outrora reticentes, decidem deslizar pela minha pele com a urgência de explorar cada canto de quem sou. Tudo ao nosso redor desaparece porque nossa sede parece ser uma só e nós dois parecemos decididos a apressar um beijo que demorou a nascer, e que não pretendemos deixar acabar. Até que o corpo dele pende para a frente e minha mão esquerda, que ainda estava apoiada em sua perna, escorrega, me fazendo perder o equilíbrio. Me fazendo recobrar o equilíbrio.

— Foi mal, vei, eu acabei tropeçando e esbarrei em vocês. — Um rapaz levemente alterado arruma a postura enquanto cambaleia e se afasta da nossa mesa antes mesmo que possamos responder qualquer coisa.

Tomo esse contratempo como um sinal dos céus me obrigando a recobrar os sentidos e começo a rolar meus pneus para trás, na tentativa de correr para longe do JPS, quando sou impedida por seu pé enrolado na lateral do apoio de pés da Adriana.

— Onde você pensa que vai? — Se eu continuar olhando para ele, não conseguirei fugir. Por isso decido encarar o chão e contar quantos pares de tênis brancos consigo encontrar em trinta segundos.

— Foi muito bom te ver por aqui — estendo-lhe a mão —, mas eu preciso ir, a gente continua essa conversa por e-mail, tá?

João Pedro acocora-se em frente a mim, inclinando a cabeça até meu semblante desconcertado estar refletido em suas pupilas. Ele me olha como se me tivesse entre os dentes, como se me tivesse em sua mão. Porque ele sabe que tem. Seus dedos, inicialmente delicados, ganham uma força marcante que me faz entender que ele quer o mesmo que eu; tanto quanto eu.

Quando percebo, estamos novamente sentados um de frente para o outro, minha cadeira encaixada no vão das pernas dele, nossos diafragmas sincronizados. É como se fôssemos nos fundir num só, mas, ao nos soltarmos durante alguns segundos, os minutos que sucederam nosso primeiro beijo evidenciassem a falta dele em mim; me fazendo enumerar toneladas de saudade de tudo o que ainda não vivi ao lado dele.

JPS sorri daquele jeito só dele e me beija de novo, dessa vez com menos pressa, passeando seus lábios como quem caminha por um terreno de minas explosivas; explodindo tudo dentro de mim. É tudo tão real que me faz questionar se o onírico realmente existe. Nós permanecemos assim, consoante nossa própria melodia, enquanto a vida segue seu ritmo ao nosso redor.

— Gosto de te sentir assim de perto — ele diz, respirando meu ar.

Pesco a corrente em seu pescoço e enrolo meus dedos nela, decretando posse daquilo que nunca imaginei querer, e assustada demais para dizer alguma coisa, qualquer coisa. Meu maxilar movimenta pensamentos no ar, mas continuo guardando-os para mim. E ele parece me decodificar, porque desta vez é seu dedo indicador que pousa sobre os meus lábios, me desobrigando de falar qualquer coisa que possa estragar este momento perfeito.

— Tudo o que eu precisava saber, eu já ouvi. — Demonstro meu desentendimento. Seu dedo passeando pelo meu rosto, testando os limites da minha pele. — Sua boca já contou pra minha, Catarina.

Com os olhos fixos nos meus lábios, suas mãos seguram meu rosto e meus pelos arrepiam tais quais folhas no topo das árvores dançando à medida que venta. João Pedro beija a minha risada tímida, avisando que não há espaço para timidez. Não mais.

19

Subo a rampa do setor como quem caminha em direção à forca. Vai ver esse é o preço a ser pago por viver um momento de fraqueza como Sansão.

— Deus, se você estiver me ouvindo... — Começo a oração mental, mas paro imediatamente. Eu sei que ele está me ouvindo, e eu sei exatamente o que ele está pensando sobre mim neste momento. — Por favor, Deusinho, eu quero...

Paro. Eu não sei o que eu quero? Eu não sei o que eu quero. Beijar o João Pedro me roubou até a eloquência?

— Ai!

O grito da minha coordenadora me tira do transe.

— Me desculpa, Tereza Cristina! Eu não te vi e... — começo a explicar, atropelando não apenas a minha superior, mas também todas as palavras da frase.

— Aconteceu alguma coisa, Catarina? — Ela me observa de perto, arregalando os enormes olhos de cílios imensos, como se tivesse o poder de enxergar por trás dos meus óculos escuros. — Você está *diferente*.

Como ela sabe?

— Eu não dormi muito bem durante o fim de semana e...

— Não. — Ela me circula, fazendo sinal com a mão para Tamires aproximar-se da gente. — Não é isso, é outra coisa. Tamires, a Catarina não está com um brilho diferente?

— Deve ser produto coreano, menina. Dizem que essas coisas de lá fazem milagre!

Permaneço uma estátua. Sem saber o que fazer, mas impedida de dar ré e voltar pelo mesmo caminho que fiz ao entrar.

— Sei não, hein?! Isso tem cara de...

— Loteria?! — Tamires completa.

— Homem, minha querida, eu iria dizer que isso tem cara de romance! — Ela entra no ambiente como se nada tivesse acontecido.

Tamires agacha para ficar a minha altura e passa as costas da mão, levemente, pela minha bochecha esquerda.

— É produto coreano, né? — É impossível não rir. — Sabia! Tu vai comprar pra mim também, né? — Assinto. Ela levanta-se, dá meia-volta e começa a empurrar a minha cadeira pelo restante da rampa. Como se soubesse que, hoje, tudo o que eu não tenho é força.

QUARENTA E QUATRO HORAS ANTES

Acho que desaprendi o conceito das horas. Se eu não durmo, por que o sol nasce? Se minha mente não descansa e encerra um assunto, por que o calendário vira a página? Estico o braço para alcançar a Bíblia, meu coração encontra conforto em Salmos 42.

Eu queria conversar com Davi. Acho que ele me entenderia nesse momento. Fugir de Absalão o torna um mentor incrível para mim. Será que Davi seria coach, se vivesse nos dias de hoje? Certamente ele seria entrevistado no *Encontro* da Fátima... Agora Paulo, se me visse nesse instante, falaria apenas quatro palavras: VOCÊ ESTÁ LOUCA, AMADA.

Ele tem razão. Acho que estou enlouquecendo.

Ao ouvir os passos do meu colega, coloco os fones no ouvido e começo a fingir ser a pessoa mais produtiva do planeta. Nem que para isso eu esteja digitando letras das músicas do Rodriguinho de quando ele era vocalista d'Os Travessos.

João Pedro entra na sala de forma habitual: fazendo barulho e jogando a mochila no chão, com a blusa toda suja de farelos de qualquer coisa gordurosa demais para ser ingerida antes das nove. Respiro fundo. Com esse tipo eu sei lidar. Essa é uma versão completamente diferente do sábado.

— Tá com raiva de mim?

Finjo que não ouvi. Ele estica o braço sobre a mesa, batendo a régua no fio do meu fone de ouvido que, agora, está pendurado no ar.

— Pois não — respondo, sem desviar os olhos da tela do laptop. Ele repete a pergunta. — Por que eu estaria?

— Você bloqueou meu número e...

Corro a mão no fundo da bolsa. Desbloqueio a tela do celular, retiro o aparelho do modo avião e conecto ao wi-fi. Ao primeiro sinal de área e rede de internet, várias notificações explodem na tela.

— Você se desligou do mundo por dois dias, Catarina?

— Detox.

— De mim?

Abaixo a tela do laptop. A dança irritante das sobrancelhas. O ar de superioridade.

— Por que eu faria detox de você, João Pedro?

— Exatamente. — Ele leva o bocal da caneta até a boca. Nojento. Continue, JPS, continue mastigando. — Pois perdeu de ganhar presente de Dia das Crianças ontem.

— Você terminou o último ajuste nas planilhas?

— Catarina...

— João Pedro, a gente só tem treze dias! — digo, irritada. — Eu não aceito perder prazo por sua causa! Pior, eu não aceito submeter nada menos do que perfeito! É meu nome em jogo!

— Nosso.

— Você entendeu.

— Entendi. — Ele vira a tela de seu notebook para mim, demonstrando uma tabela do Excel quase completa. — Mas não se preocupa, você *realmente* não faz nada menos que perfeito.

CINQUENTA E NOVE HORAS ANTES

— Você não pode deduzir que eu não esteja ficando com mais ninguém só porque eu sou defiça — digo, travando a Adriana ao lado dele, após retornar do banheiro.

— Eu não deduzi nada, você...

— Porque isso é muito capacitista da sua parte. — Enxugo as mãos na barra da sua camisa. — Achar que eu não tenho vida amorosa ou sexualmente ativa só porque...

— Você quem falou que não beijava ninguém desde que...

— É preconceituoso, João Pedro!

— ... terminou com o Jonas. — Ele segura minhas mãos, seu indicador faz movimentos circulares nas costas da minha mão direita.

— Ah.

— No ônibus, lembra? — Meu rosto se contorce em uma careta. Ao invés de desvencilhar meus dedos dos dele, encosto a cabeça em seu ombro, encaixando-a perfeitamente na curva de seu pescoço. — Pelo visto você lembra.

— O que você acha de encadernar em capa dura?

João Pedro me devolve aquele sinal. Dois dedos levantados. Me pedindo para esperar enquanto ele atende mais uma das suas famigeradas ligações.

— Será que existe algum site que mapeie a nossa descendência, biblicamente falando? Eu tenho quase certeza de que sou parente de Jó porque é cada teste de paciência a que tenho sido submetida! — penso alto.

Aproveito para enviar uma mensagem a Nathália e explicar que logo lerei todas as suas sessenta e três mensagens. Melhor, imploro que ela vá até minha casa para que possamos conversar. Eu ainda não sei como abordar o assunto com ela, mas vai ser melhor para nós duas se eu arrancar o curativo de uma vez. Porque isso só aconteceu uma vez. Não vai se repetir. Sem chances. Zero.

— Capa dura e brochura, né? — ele responde, assim que cruzo a porta da sala.

— Espiral — grito em resposta, a caminho da cozinha.

— Fica muito mais bonito em brochura, Catarina! — Meu colega me acompanha enquanto encho minha garrafa com água. — Vai por mim, confia no pai.

— E é justamente por confiar no *pai celestial* — digo, e Tamires ri — que nós vamos fazer em espiral.

— Por quê?

— Porque eu decidi que sim.

— Me convença a mudar de ideia.

Fecho a tampa da garrafa, retornando ao meu local de origem. Ele vem atrás.

— É mais confortável para leitura.

— E...

— E nada, que inferno! Parece que bebeu água de chocalho!

— Ufa, tô aliviado! — Ele leva as mãos ao coração e me encara, esperando que eu diga alguma coisa, mas permaneço estática. Meus únicos movimentos são desenroscar a tampa da garrafa para levá-la à boca. — Pensei que você ficaria diferente comigo depois de... — Esbugalho os olhos e balanço a cabeça freneticamente, implorando para que ele pare de falar. — Ah, então devo guardar segredo sobre você estar apaixonada por mim?

Cuspo toda a água por sobre a mesa. Babando em minha camisa lilás de florezinhas. Respingando na tela do meu laptop. E no rosto dele.

— Nos seus sonhos! — Arranco uma folha de caderno e vou enxugando as superfícies molhadas. Ele parece se divertir com a cena. — Apenas nos seus sonhos mesmo! Eu, apaixonada... logo eu! E por você... você, João Pedro?! — Gesticulo em demasia. — Tá se ouvindo?

— Ah, Catarina, vai dizer que você não lembra da sua cabeça descansando em meu ombro, toda cheia de suspiros?

— Não!

— E da sua mão brincando com a minha corrente...

— Fruto da sua imaginação!

— E puxando a corrente pra poder me beijar de novo...

— Larga de mentira, João Pedro, meu dedo ficou preso e acabou se enrolando mais enquanto eu tentava me soltar e...

— Mas não era você quem não lembrava?

Eu odeio o João Pedro.

CINQUENTA E SETE HORAS ANTES

— Não sei por que você insistiu em me dar uma carona. — Soluço. — Eu poderia muito bem chamar um Uber. — Ele me empurra uma garrafa de água de coco. — Se eu tomar mais uma dessas minha bexiga vai explodir.

— Não vai, não.

— Por que eu deveria confiar em você... — Novo soluço. — Se você não é urologista?

— O que eu preciso fazer pra te convencer a beber só mais essa?

Meu rosto ilumina. Quando percebo, estou retirando o cinto de segurança e me inclinando na direção dele. Fazendo biquinho. De olhos fechados. Patética. Nunca mais eu vou beber.

— Catarina...

João Pedro diminui a velocidade do carro e desvia o olhar do asfalto apenas para me dar um beijo rápido. Mas intenso.

— Coloca o cinto, por favor! — Bato continência, mas demoro uma eternidade para acertar o encaixe. — Gosto de você soltinha, mas acho que prefiro a Catarina de segundos depois do primeiro beijo.

— Não fode! — falo alto, iniciando uma crise de riso.

— Você toda desconcertada, me estendendo a mão e tentando fugir de mim ao dizer que a gente continuaria a *conversa* por e-mail... — Agora é ele quem está gargalhando.

— Nasce a inesquecível!

— Eu lembraria daquele momento mesmo se nada daquilo tivesse acontecido. — Ele suspira.

— O que você disse? — Bebo metade da água de coco, balançando a garrafa para que ele veja.

Parados no sinal, João Pedro inclina-se junto a mim. Será que ele vai me beijar? Fecho os olhos e respiro fundo. Mas nada acontece. Ele apenas confere se o cinto está bem preso e volta para a sua posição original.

Encosto a cabeça na janela do carro e cochilo brevemente, despertando assim que passamos por um quebra-molas.

— Onde a gente tá? — Bocejo. — Você tá tentando me sequestrar? — Finjo indignação.

— Olha que eu posso sumir com você mesmo, hein? — Ele pisca o olho, encarando o retrovisor interno. À meia-luz, os contornos do rosto dele parecem lapidados por um perfeccionista, e eu quase não consigo parar de encarar o espelho.

— Tá me chamando pra testar a acessibilidade da sua casa, *meu bem*?

E, pela primeira vez, João Pedro não tem uma resposta rápida para me devolver. Na verdade, ele me presenteia com uma expressão, até então desconhecida: timidez.

— Eu tava brincando — recomeço, tranquilizando-o. — Não tenho planos pra nada disso e...

— E se eu quiser fazer planos? — Dessa vez eu que sou pega desprevenida.

João Pedro estaciona o carro em frente ao meu prédio, me trazendo evidências reais de que essa noite não deveria ter acontecido, não *poderia* ter acontecido. Respiro fundo, os olhos dele fixos nos meus, como se tudo o que nos restasse fosse a presença um do outro.

Indecisa entre ceder à realidade ou prolongar esse universo paralelo, decido colocar um ponto-final. Abaixo a cabeça e inclino o corpo na direção oposta, abrindo a porta do carro. Aguardando que ele traga Adriana até mim. Mas a sensação de querer mais não passa. Bebo o restante da água de coco e deposito a garrafa vazia no piso do carro.

Ele está parado na calçada, segurando a minha cadeira, esperando que eu saia. Mas a garrafa vazia me faz lembrar que eu ainda tenho um prêmio a reclamar. "O que eu preciso fazer para que você beba só mais essa?", as palavras dele voltam a minha mente como a água do mar beijando a areia da praia.

Finjo não conseguir desafivelar o cinto e, mais uma vez, ele aproxima-se. Seus olhos passeando entre minha boca e meu decote em V. Ele inclina-se sobre mim e meu movimento é involuntário. Seguro no pingente de sua corrente, decidida a não soltar.

— O que você tá fazendo? — Um sorriso malicioso brota de seus lábios. Nossos cílios quase se tocam. Encosto meus lábios nos dele.

— Essa sou eu dizendo que... — Novo encostar e desencostar de bocas. — Se você quiser... — O movimento se repete. — Eu quero também.

João Pedro da Silva está perplexo. E eu estou adorando cada microexpressão aturdida.

— Essa sou eu te dizendo *sim*.

Ele me beija. Diferente de todas as vezes anteriores. E eu percebo que beijar o jps é como beber um vulcão.

— Agendei um horário na gráfica pra gente hoje às duas e meia da tarde.
— Ele quebra o silêncio depois de bastante tempo.

— Perdi o quê lá?

— Brochura ou espiral, Catarina, foco no trabalho!

— Essa pauta já estava decidida, João Pedro. — Levanto o caderno e aponto para a frase marcada em verde-limão. — Viu? Fi-na-li-za-da.

Ele revira os olhos.

— Acho que você tá é fugindo de mim.

— Oi?

— Isso mesmo, tem medo de ficar sozinha comigo. — Ele saboreia cada palavra.

Cretino.

— Estamos sozinhos, e, pelo que percebi, não estou algemada para manter as mãos longe de você, *meu bem*.

— Eu tô falando fora daqui...

— Tá bom, vamos almoçar juntos daqui a pouco. — Quando penso em me arrepender, é tarde demais.

— Você não trouxe almoço hoje?

— Eu não consegui cozinhar domingo. — Mordo o lábio inferior. — Ou ontem.

— Uau, meu impacto. — Nova dança das sobrancelhas.

— É o quê? — Jogo uma borracha no peito dele. Ele faz cara de dor. Ridículo.

— Pensou tanto em mim que esqueceu da vida.

— Para de falar comigo! Nunca mais fala comigo! — berro.

— Vamos almoçar onde?

— Não quero mais. — Começo a salvar os documentos do Word.

— Tava pensando em comer rabada hoje.

— Já falei que não quero mais!

— Você falou algo? — Ele faz cara de desentendido, tocando repetidas vezes na orelha direita. — Eu tava pensando alto, desculpa. — Breve silêncio. — Uma rabada do seu Nini ia cair bem hoje! — Suspira.

— Na Ladeira dos Humildes? — Fecho o laptop.

— Você conhece? — Ele guarda o celular no bolso da calça.

— É a melhor rabada que exis... — Droga, caí no jogo dele.

João Pedro levanta-se, coloca a mochila nas costas e sai. Retornando alguns segundos depois.

— Vou estacionar aqui na porta, tá? — Ele pisca o olho. — Saia em cinco minutos ou eu vou começar a buzinar.

20

Nathália está realmente assustada com a quantidade de comida em cima da mesa. Logo ela, que vê a mãe preparar tabuleiros imensos cheios de acarajé e marmitas de vatapá e caruru todos os dias antes de sair para trabalhar. Acho que exagerei.

— Amiga, você matou alguém? — Nathália respira fundo, segurando a garrafa de cerveja com força. — Pode falar, você sabe que eu sou forte.

— Você ocultaria um cadáver por mim? — Ponho as mãos sobre o coração, minha voz é genuinamente emocionada.

— Catarina, o que você aprontou?! — Agora, o olhar da minha amiga é inquisidor.

— Eu não posso servir um jantar decente pra minha melhor amiga? — O olhar dela diz que não. Ela ameaça levantar-se da mesa, mas faço sinal para que permaneça onde está. — O que eu tenho pra te dizer precisa ser dito olhando nos seus olhos. Cara a cara. — Minha veia dramática continua tinindo, graças a Deus.

Na verdade, eu tenho medo da reação dela, porque nós fizemos um trato para caso algo horrível acontecesse. Tenho medo de que ela me espete com um garfo ou bata com uma garrafa na minha cabeça. Ao menos daqui eu consigo desviar. Eu não deveria ter sido tão detalhista nas cláusulas do nosso pacto.

— Você pediu demissão? — Ela arregala os olhos.

— Claro que não, eu tenho juízo!

— Já sei. — Congelo. — Você quer me pedir desculpas por ter sumido durante o feriado e ter me feito...

— Eu beijei o JPS — cuspo a informação.

Estou ofegante. Nathália parece a esposa de Ló ao deixar a cidade de Sodoma: petrificada.

— Beijei duas, três, quatro vezes. — Vou despejando a informação, as palavras pisoteando umas as outras, mas, quanto mais eu falo, mais preciso falar. — No sábado. Na madrugada do sábado para o domingo. — Minha voz vai aumentando. — E beijei o JPS hoje de novo! Depois de comer a rabada do seu Nini e antes de chegar na gráfica e depois de sair da gráfica e em agradecimento ao sorvete de tapioca que ele comprou e depois de ele me deixar aqui em casa minutos antes de você chegar.

Sinto que ela se aproxima de mim, porque sua risada está cada vez mais próxima. De nada adiantou tentar manter distância, meu fim está próximo. Aperto os olhos com mais força, mas o que recebo é um abraço. Carinhoso. Acolhedor.

— Você deveria estar me torturando lentamente, porque nosso trato dizia que...

— Acho que você já se torturou o bastante, Cat. — Ela senta-se na cadeira próxima a mim, empilhando alguns churros no prato a minha frente.

— Por que você tá sendo tão condescendente comigo? Cadê os "eu te avisei"? Os deboches? As piadinhas?

— Não vejo necessidade pra isso, amiga, de verdade. Eu entendo você estar surtando. É normal e totalmente compreensível esse tipo de atitude depois de negar a si mesma por tanto tempo a chance de enxergar a situação por outro ângulo e...

— Nathália, o que é que tá acontecendo? — interrompo. — Você tá me assustando. — Sua expressão está diferente. Há um leve sorriso bobo no canto dos seus lábios.

Corro até a sala para pegar meu celular no móvel junto à TV, minha amiga tenta me acompanhar, mas cai no chão de tanto rir. Eu sei exatamente o que está acontecendo. Mas eu estava ocupada demais tentando entender tudo o que estava acontecendo comigo, tentando não perder o fio de sanidade que me restava.

— Você e o Bob... — Ataque de tosse. Minha amiga está completamente vermelha e sem conseguir falar. — Nathália, pelo amor de Deus, não me obriga a ouvir esses áudios sendo que você tá aqui na minha frente! — Vou rolando o dedo pela conversa, e, das sessenta e três mensagens não lidas, apenas três não são figurinhas de personagens de *The Office* em momentos constrangedores ou hilários. — Nathália, não me fala que eu perdi de espionar o seu primeiro beijo e... — Ela continua estatelada, então grito: — Porra, Nathália, tem um áudio de vinte e dois minutos!

Os braços dela estão erguidos, a tosse ainda não a abandonou completamente, mas ela esboça os primeiros sinais de reação. Volto à cozinha e trago um copo com água para ajudar a aliviar a possessão pelo espírito do engasgo, mas a curiosidade é imensa. Dou play no primeiro áudio, ainda sob os protestos gestuais dela.

"Vai pra puta que pariu, Catarina, você sabia que ele tinha guardado a minha coleção de *Crepúsculo* esse tempo todo e não me falou nada? Eu tô chorando aqui, sua arrombada..."

— Viu só por que eu comprei muita comida? A noite vai ser longa e você só sai daqui quando me contar todos os detalhes de como é beijar a boca de alguém que é team Jacob.

Cedo demais. Nova crise de tosse.

— Bom dia, Giselle! — Antes de jogar a mochila no chão, aproxima-se de mim, dando um beijo no alto da minha cabeça.

O cheiro forte de café desce pelos meus cabelos e invade as minhas narinas. Mas nem a temperatura elevada que o João Pedro causa ao meu corpo sempre que se aproxima de mim é capaz de me fazer relaxar nesse momento.

— Fecha a porta, rápido! — Pela primeira vez, ele me obedece de imediato. Hoje tem tudo para ser um dia bom.

— Não precisa esconder que estamos juntos, *meu bem*.

— Mas não estamos juntos, *meu bem*.

E ele permanece em silêncio por tempo suficiente para que eu me contorça em curiosidade. Respiro fundo, continuo redigindo o texto, prestes a finalizar a metodologia e iniciar as considerações finais do projeto, mas minha mente toma o caminho inverso à lógica e decide prestar atenção naquilo que o meu colega não diz. Pior, decide supor o que ele diria. O que, no meu caso, é sempre a pior opção.

Vagarosamente, vou levantando os olhos em direção a ele, deparando-me com aquele sorriso tímido e completamente safado que gosto de pensar que é meu.

— Não estamos? — Aquela dança das sobrancelhas recomeça. Dessa vez, acompanhada pelo balé de seus dedos brincando com o crucifixo que reside entre o seu peito e o tecido amarelo de sua camiseta de malha.

— Eu te odeio, sabia?

— Para de falar isso, Giselle, um dia vai acabar acreditando!

— Para de me chamar de Giselle! — protesto. — Eu nem sei de quem você tá falando!

— Você nunca viu *Encantada*? — Gesticulo que não. — Com a Amy Adams e aquele médico de *Grey's Anatomy*?

— Nathália parou de ver essa série, e eu larguei também. Totalmente influenciável, eu sei.

— Você não assiste a nada sozinha? — A surpresa em sua voz soa genuína.

— Eu tenho preguiça. — Ele revira os olhos. — Prefiro ver acompanhada, porque gosto de ter com quem conversar enquanto as coisas acontecem.

— Que dia vamos ver *Encantada*, Giselle?

— Achei que você tivesse parado de me chamar pelo nome das princesas dos seus filmes da Disney...

— Faz sentido, eu achei a minha princesa, né? — Ele entrelaça seus dedos aos meus, nossos braços sobre a mesa fazem uma linha reta contínua, ele começa onde eu termino e vice-versa.

Ele é completamente brega. E eu odeio isso. Mas o que me irrita profundamente é não conseguir negar o toque dele.

— Mas é que — ele continua — seu vestido hoje parece muito com a cortina lá de casa e...

— Porra, João Pedro, cortina? — Puxo a mão com força.

— Ei, isso é um elogio, a cortina lá de casa foi uma das coisas mais caras que eu já comprei!

Me empurro para trás e observo minha roupa, indignada com a comparação.

— Não quero nem saber, eu tô retada! Olha pra isso aqui! — Aponto para o meu vestido ciganinha na altura dos joelhos, em diferentes tons de azul. — É uma sacanagem você chamar de cortina.

— Eu dividi em oito vezes no cartão, Catarina, foi caro pra caralho! — ele reclama. — Top dez de compras mais gastadeiras.

— Cortina — resmungo.

— Você pega ar por tudo também.

— Claro que não!

— Catarina, você tá brigando comigo por causa de uma...

— Nem repita essa palavra! Essa é a primeira vez que uso esse vestido e o elogio que recebo é *esse*?! Não, obrigada, recuso.

Ele dá a volta na mesa e para atrás de mim, colocando as mãos em meus ombros. Os dedos tamborilam suavemente, indecisos quanto ao próximo passo, ávidos por algum movimento meu que demonstre permissão ou repulsa. Prefiro a primeira opção. E ele entende. Fecho os olhos e sinto João Pedro massagear meus ombros e seguir até a região do pescoço. Minha cabeça pende de um lado a outro, meu maxilar diminui a tensão, o relaxamento é crescente... e ele para. Retorna ao seu assento. Como se nada daquilo tivesse existido. Como se eu tivesse delirado por tempo suficiente a ponto de inventar o que acabou de acontecer.

Esbarro com força minha cadeira em seu pé, mas ele continua me ignorando. Alguns segundos depois, meu celular vibra em cima da mesa. Da tela, consigo ler o conteúdo das mensagens a partir das notificações. É impossível não rir.

> **João Pedro (Trab Proj) 09:27**
> Minha habilidade manual e a sua carinha rendida

> **João Pedro (Trab Proj) 09:27**
> Me dizem que fui perdoado. Mas qro dizer q

> **João Pedro (Trab Proj) 09:28**
> Olhar vc nesse vestido-cortina me faz sentir a msm coisa

> **João Pedro (Trab Proj) 09:28**
> Me faz suspirar

21

Catarina 19:43
Mas o que é isso aqui, dona Nathália???

Catarina 19:43
📷

Nath 19:45
HAHAHAHAHAHAHAHAHAHA

Nath 19:45
AMIGA, VOCÊ SABE QUE O BOB É EMOCIONADO

Catarina 19:45
já é bob?

Catarina 19:46
não era nome de cachorro?

Nath 19:46
não fode, catarina

Catarina 19:46
"Tirando o cérebro, a pessoa e a personalidade ele deve ser legal sim"

Catarina 19:46
"Ele tem até potencial, mas usa regata"

Catarina 19:46
Quem será que me disse isso mesmo?

Nath 19:46
👆👆👆👆👆

Catarina 19:47
Eu tô MUITO feliz por você, amiga!

Nath 19:47
EU SEI! EU TAMBÉM!!!!11!

Nath 19:47
MAS NÃO CONTA PRA ELE

Catarina 19:47
😂😂😂😂

Catarina 19:48
AMADA, SEU OLHAR JÁ ENTREGOU TUDO

Nath 19:48
BORA COMER ACARAJÉ?

Nath 19:48
MAINHA PRECISA DE LUCROS

Catarina 19:48
Eu deveria ter feito amizade com a filha do dono da pizzaria

Catarina 19.48
Ela tem cara de quem me daria comida de graça

> **Catarina 19:49**
> Tão interfonando aqui, já volto

Levanto-me do sofá morrendo de preguiça e demoro uma eternidade para sentar na cadeira. Arrasto-me até o interfone próximo à porta. Um corpo está virado de costas para a câmera, mas eu reconheceria aqueles ombros em qualquer lugar.

— O que você tá fazendo aqui uma hora dessas? — pergunto, tirando o aparelho do gancho.

— Uma recepção sempre agradável, né? — Ele mantém o corpo o mínimo possível no campo de visão da câmera, claramente suspeito.

— Por que você acha que pode vir a minha casa sem avisar? — Tento esconder o riso, mas o sorriso dele no vídeo denuncia que não sou mais um mistério para ele.

— Tudo bem, minha pizza e eu estamos indo embora.

— Pizza?

— Aham.

— Da Venâncio's?

— De lombinho.

— Borda recheada?

— Catupiry.

— Lembra o número do apartamento?

Antes que ele possa confirmar, o som do portão destravado ecoa pela rua.

Só depois de liberar o acesso ao João Pedro é que percebo a bagunça que estou. Corro para o quarto, mas não faço a menor ideia do que vestir porque nada parece bom o bastante. Passo os dedos nas axilas e decido colocar uma camada extra de desodorante. O seguro morreu de velho, já dizia a minha avó.

Duas batidas na porta. Dois batimentos acelerados de coração. Que sensação é essa que nunca experimentei?

— Já vai! — grito da porta do quarto.

Ao chegar à sala, lembro-me que estou confortável demais, e o sinal do conforto máximo repousa no braço do sofá: o sutiã de renda preta, a primeira coisa que seria vista por ele quando eu abrisse a porta.

— Catarina? — A voz atrás da porta pergunta se realmente estou chegando. Mas eu estou com a blusa enroscada na cabeça e acabo de perder um brinco nessa brincadeira de colocar um sutiã rápido sem necessariamente tirar a blusa por inteiro.

Gênia. Só que não.

Ao abrir a porta, João Pedro está sentado no corredor, comendo uma fatia de pizza. Parece um déjà-vu.

— Eu acho que já vi essa cena... — Ele sorri. E eu me esqueço de todo o desespero de segundos atrás.

— Mas tem uma diferença. — Levanta-se, fechando a tampa da caixa de pizza e limpando a ponta dos dedos na bermuda jeans. — Agora você permite que espíritos ruins entrem em casa.

Minha gargalhada apenas cessa quando nossos lábios se encontram num beijo delicado de duas pessoas que se viram pela última vez há quase três horas, mas, mesmo assim, são capazes de sentir a falta um do outro como se fizesse três anos.

Guio o JPS até a cozinha e deposito sobre a mesa pratos, copos e talheres, mesmo ele fazendo careta para este último item. Ele me pergunta se pode abrir a geladeira, e não sei por que passo tempo de mais pensando nessa pergunta. Ninguém nunca me perguntou se podia abrir minha geladeira. Talvez a pergunta dele esteja relacionada ao que estamos construindo. Os tais pequenos gestos. Os atos de respeito que residem nos pequenos detalhes.

— Eu gosto disso, sabia? — digo, enquanto percebo quão assustado ele está por perceber a imensa quantidade de latinhas de Coca Zero que tenho refrigeradas.

— Na real, isso aqui foi roubo ou patrocínio? — ele questiona, em tom irônico.

Ameaço atropelá-lo, e ele faz beicinho. Ridículo. O João Pedro é completamente ridículo. E acho que é isso o que me deixa hipnotizada por ele.

— Não pense que essa daqui vale como o pagamento daquela pizza que você me roubou, não, viu? — Enfio uma fatia na boca, fechando os olhos com o prazer que o sabor de todos os ingredientes juntos me dá.

— Mas por quê?

— Tava faltando um pedaço, pagamentos apenas com pizzas inteiras. — Pisco-lhe o olho.

Ele puxa o banquinho de madeira para perto de mim e cola seu braço no meu, a desculpa perfeita para que eu recoste minha cabeça em seu corpo. Permanecemos assim por um bom tempo, até que restem duas fatias de pizza, e eu as deposite numa vasilha plástica, guardando-a na geladeira.

— Meu café da manhã tá garantido!

— O café da manhã é a refeição mais importante do dia — ele reclama, enquanto lava a louça que acabamos de sujar.

— Falou o saudável que come empada e coxinha todo dia antes de ir trabalhar.

— Nem é todo dia... às vezes eu como enroladinho de salsicha.

— Se minha vó te visse, iria dizer que você...

— Já quer me apresentar pra família, *meu bem*? — Ele desenha um coração com detergente na esponja.

— Você não teria tanta sorte assim, *meu bem*.

— Nossa, se aquele tanto de bicho aparecesse no meu apartamento, eu iria surtar! — falo alto, minha cabeça deitada em seu peito. — Uma infestação de rato, João Pedro! Olha o tanto de pombo, que nada mais é do que um punhado de rato, só que pior, porque é rato que voa!

— O que você tem contra os animais, Catarina? — Ele afunda a mão em meus cabelos, soltando o rabo de cavalo, espalhando meus fios agitados.

— Nada, inclusive amo quando eles fazem migração pra bem longe de mim!

— Ai, Catarina! Do filme inteiro você só se importou com isso? — Ele ri.

— Não, eu realmente gostei de *Encantada*, mas é que me dá aflição pensar que eu poderia virar desenho. — Faço uma pausa. — Ou ter minha casa invadida por animais.

Levanto a cabeça, e meu olhar é facilmente decifrado. João Pedro ajusta sua posição no colchão de ar que ele insistiu em colocar no meio da sala para que tivéssemos nossa sessão de cinema particular. Minha perna esquerda está transpassada nas pernas dele enquanto minha mão acarinha seu torso. Acho que poderia me acostumar a tê-lo como almofada particular.

— Aqui na rua tinha maritaca — recomeço. — Você não imagina o tanto que eu sofria! Elas gritam como uma pessoa sendo brutalmente assassinada, você sabia? Pior, comiam os fios da internet direto. Eu tinha que ligar pro provedor quase todo mês. Passei meses sem poder abrir a janela do quarto porque a gangue delas vivia na minha janela. — O corpo do JPS está chacoalhando de tanto que ele ri. Distribuo socos de leve por seu abdômen. Entramos numa lutinha boba. — Elas me julgavam, eu tenho certeza!

— E como elas foram embora? — Ele inclina o rosto em minha direção. Não consigo desviar o olhar da pintinha que ele tem na bochecha esquerda, próxima do nariz.

— Quando eu mudei o provedor de internet. — O rosto dele se transforma numa interrogação gigante. — Esqueceu que elas comiam os fios?

Novamente, ele não entende nada. Às vezes, eu esqueço o quanto o João Pedro é devagar para entender as coisas.

— Elas não gostaram desse provedor, oras!

— Catarina, isso não faz o menor sentido! — Nova crise de riso. — Você tá relacionando a partida das aves à troca dos fios da sua internet?

— Não tem outra explicação!

— Claro que não, com certeza é por causa do fio.

— Gosto é gosto, não estou aqui em situação de julgamento.

— Catarina, é fio, é tudo igual.

— Você já comeu?

— Claro que não!

— Então, quem é você pra julgar gosto de fio? Eu, hein! — Mordisco seu lábio inferior.

— Eu não acredito que a gente tá tendo essa conversa...

— Quer ver que eu tenho razão?

— Lá vem. — Ele suspira, passando os braços pela minha cintura.

— Na sua rua tem maritaca?

— Não.

— Qual o provedor da sua rua?

— CONET.

Abro um grande sorriso.

— Teoria comprovada com sucesso!

22

— Será que a Tereza Cristina vai repassar o convite pra todo mundo? — Tamires tira da geladeira uma latinha de Coca Zero, antes escondida atrás de duas vasilhas grandes, resquícios do que um dia foram alguns litros de sorvete.

Meus olhos brilham. Agito as mãos no ar, dando leves palminhas animadas. Nada como minha bebida preferida, geladinha, num dia de muito calor e muito trabalho. Ela aproxima-se de mim para me entregar a latinha, mas uma mão a intercepta. Eu conheço o nó desses dedos. E o dono dessa mão acaba de ser declarado uma pessoa morta.

— Esqueceu do nosso trato, *meu bem*? — João Pedro, parado atrás de mim, confisca o líquido, mantendo-o alto o bastante para que eu não alcance.

— Tecnicamente, não estou descumprindo regra alguma. — Avanço em sua direção, mas ele continua afastando-se. — Me devolve, João Pedro!

— Como não? Você sabe há quantos dias eu tô sem comer fritura pela manhã? — Se eu tivesse empatia, ficaria comovida com seu semblante de pessoa injustiçada. Graças a Deus, tenho uma moela no lugar do coração.

— Cinco dias e contando! — Esbarro minha cadeira em suas pernas, ele se esconde atrás da Tamires.

— Então! — Sua voz sai esganiçada. — Você acha que cinco dias não são nada? Você tem uma promessa a cumprir, Catarina! Isso é injusto!

Ele relaxa a mão, e eu aproveito para recuperar a latinha, abrir rapidamente e dar um longo gole. A saudade que eu estava de ingerir esse mar preto gaseificado faz meu estômago explodir em alegria. Meu colega me fuzila com o olhar.

— Deixa eu te explicar uma coisa, *meu bem*. — Limpo o canto da boca com as costas da mão esquerda. — O nosso trato era sobre você não comprar fritura, e eu não comprar Coca Zero durante uma semana. — Ele abre a boca para protestar, mas continuo falando, intercalando palavras e tragos, ignorando-o completamente: — Esta latinha, por exemplo, foi um presente, eu não fui até ela, ela veio até mim. Entendeu a diferença?

— Isso é contra as regras! — Ele segue meus passos, resmungando enquanto retornamos a nossa mesa. — Então eu vou pedir um delivery com o cartão da Lia porque... — Enumera nos dedos da mão direita. — A, ela pagará, então é um presente; e B, eu não irei até a fritura, ela quem virá até mim. — Imita minha voz, o que me faz rir.

— Na verdade, você não pode fazer isso. — Meus dedos passeiam pelo teclado do celular.

— Por que não?! Aqui é Código de Hamurabi, Catarina! — Ele acomoda-se em sua cadeira, ficando de frente para mim.

— Como não tínhamos estabelecido essa regra, ela não era de todo ilegal, mas agora...

— Lá vem. — Ele cruza os braços, demonstrando impaciência. Eu me delicio com cada reação exagerada de criança birrenta que ele tem.

Aproximo a tela do celular para que ele possa ler. Tento segurar o riso o máximo que posso, mas é impossível manter-me séria.

— Porra, Catarina, você é ridícula! — Ele empurra minha mão para parar de ler a regra adicionada ao nosso contrato fictício. — Nada a ver, vei, você pode, e eu não posso, isso tá muito errado! Não, nada a ver.

Devolvo-lhe um beicinho debochado de quem está sentindo qualquer coisa, menos dó. Ele tira a gaveta da mesa, despeja tudo no chão, levanta o laptop e coloca uma pilha de coisas embaixo dele para que fique mais alto: a gaveta emborcada, um livro, duas resmas de papel sulfite. Eu entro numa crise de riso absurda e só percebo que estou rindo alto demais quando alguns estagiários aparecem na porta da sala e começam a rir da cena que o JPS está fazendo também.

— Você é enrolona, Catarina, eu nem consigo olhar pra sua cara agora! — Seu tom de voz é ofendido.

— Sinto notas de trauma nessa sua voz, *meu bem*... — Ele permanece em silêncio. Não fosse o barulho das teclas sendo apertadas com força, a minha voz seria o único som do pequeno cômodo em que estamos. — Nunca pensei que seria o Jacó na vida de alguém... — Nada. João Pedro nunca resiste à curiosidade quando começo a falar sobre personagens bíblicos, mas parece que ele se magoou de verdade dessa vez.

Inclino o corpo sobre a mesa, empurro a tela de seu laptop, fechando-o quase completamente e fixo meus olhos nos dele. Ficamos alguns segundos assim, admirando um ao outro, tentando antecipar o próximo movimento do outro.

— Uma coxinha só — ofereço. — Eu pago.

A conhecida dança das sobrancelhas retorna a sua face, e ele encosta a testa na minha. Suas mãos percorrem o meu pescoço em direção à nuca, soltando o meu rabo de cavalo baixo. Os fios explodem no ar, mas tudo o que consigo pensar é em como gosto de olhar para ele enquanto me olha. O encantamento é refletido em suas pupilas e ganha a forma de sorriso. De suspiro. Suas mãos retornam lentamente à posição original, resvalando em minhas bochechas e acariciando gentilmente os meus lábios. Ele descola a testa da minha, reabre o laptop e volta ao trabalho. Como se nada tivesse acontecido. Como se eu não tivesse aberto uma brecha imensa no nosso pacto.

— E depois você quer me convencer de que não tem coração. — Ele inclina a cabeça para a esquerda, mostrando-me metade do rosto outrora escondido pela barreira construída entre nós. — Ah, Catarina, um draminha meu, e você amolece?!

— Eu não acredito que...

— Minha professora de teatro é boa! — Continuo incrédula. Não podia imaginar que tudo não passava de fingimento. Parecia muito real. Ou é real e ele está apenas tentando me confundir? — Você tá muito apaixonada por mim mesmo! — Pisca o olho e sopra um beijo.

Eu odeio gostar do João Pedro.

> **Catarina 21:10**
> Por que vocês são assim?

> **Catarina 21:10**
> Quem em sã consciência organiza uma fantasia em cinco dias?

> **Catarina 21:11**
> UMA FANTASIA DECENTE***

> **Nath 21:11**
> Cat, você sabe que esse é nosso modus operandi

> **Catarina 21:11**
> MAS É UMA FESTA A FANTASIA, NATÁLIA, PELO AMOR DE DEUS!!

> **Nath 21:12**
> COM H, FAZENDO FAVOR

> **Catarina 21:12**
> NÃO FODE

> **Catarina 21:12**
> Você sabe que foi o corretor, chata

> **Nath 21:12**
> SEU CORRETOR NÃO SABE O NOME DA SUA MELHOR AMIGA?

Nath 21:12
LAMENTÁVEL

Catarina 21:13
MINHA MELHOR AMIGA PODERIA TER VAZADO O TEMA DA FESTA PRA MELHOR AMIGA DELA

Nath 21:13
Então, foi assim que a Alessandra soube e...

Catarina 21:13
RIDÍCULA!

Catarina 21:13
Eu acho que tive uma ideia

Nath 21:13
Você já sabe como vai vestida?

Catarina 21:13
Você sabe?

Nath 21:14
SIIIIIIM, IDEIA GENIAL, ALIÁS!!!

Catarina 21:14
Eu vou de... MIA!!

Nath 21:14
VOU ME VESTIR DE MIAAAAA

Catarina 21:14
XUXA GÊMEAS

Catarina 23:06
AMIGA?

23

— Bob, fala pra ela que eu já tenho a saia e a camisa, que não é implicância minha! — Posso ouvir Nathália gritar alguns xingamentos e dizer que já tem toda a roupa da Mia. Poupo o trabalho do meu amigo de repetir. — Alguma chance de ela falar comigo antes do domingo?

— Porra, Catarina! — A voz de Nathália é atropelada. — Eu sou uma das anfitriãs, sabe? — Tento falar, mas ela continua firme, ignorando até a própria respiração. — Eu já fiz toda a minha fantasia. Eu tenho uma festa inteira pra terminar de organizar, não posso parar pra pensar no parzinho de jarro que a gente vai fazer só porque você tem a saia e a camisa de uma personagem que eu nem sabia que você gostava!

— Como você não sabe que eu gosto da Mia, Nathália?! — Agora eu que estou ofendida.

— Você quer invalidar a minha fantasia só porque o seu cabelo é igual ao dela e o meu não?

— Onde que meu cabelo é igual ao dela? Nathália, você tá se ouvindo?

— Sério, não dá. — Ela respira fundo. — Eu só te peço dois dias. Não posso brigar com você agora. Até domingo. — Encerra a ligação.

Permaneço perplexa. Durante alguns segundos, penso em todo o meu armário, repasso peça por peça e me recuso a cogitar a minha segunda opção. Não posso ir fantasiada de Daphne e reciclar a fantasia de quatro anos atrás porque eu tenho quase certeza de que o Jonas vai vestido de Fred. Não há nada mais ridículo do que fantasia de casal. Pior, não há nada mais ridículo do que usar fantasia de casal com o ex.

Balanço a cabeça a fim de afastar o pensamento.

— Se o filme *As patricinhas de Beverly Hills* fosse dos anos 2000... — penso em voz alta.

— Sei que não deveria me meter, porque não é da minha conta, mas...

— Então não se meta. — Faço uma careta para o João Pedro, enquanto volto a atenção para a tela do laptop, finalizando a última planilha do nosso grande projeto.

— Como eu ia dizendo...

— Sério, a gente vai acabar brigando de novo. — Levanto o rosto para encará-lo. — Eu não vou encontrar uma costureira que faça algo decente e me entregue até domingo! Já te falei que é muito mais difícil costurar pra mim por causa da escoliose! Eu tenho tudo já! E a Nathália que parou de falar comigo! Ela que volte se quiser, eu não vou ligar pra ela novamente! — Disparo as palavras vorazmente. — Não vou!

— Como eu ia dizendo... — Ele respira fundo. — Você pode usar um vestido vermelho e um jaleco branco e tá pronta.

— E eu iria fantasiada de quê? Farmacêutica chique? — Ele ri. — Que personalidade dos anos 2000 se vestia assim, por acaso?

— Nossa, Catarina, você nunca viu *High School Musical*?

— Já.

— E não lembra da menina lá, a Gabriella do Troy? — Ele me devolve um olhar julgador.

— Mas você não falou que vai vestido de Troy?

— E o que o cu tem a ver com a calça? — Reviro os olhos, impaciente.

— Eu acho brega fantasia de casal, João Pedro! Sabe os dedinhos da Eliana antidrogas? — Estico a mão direita em frente ao seu rosto — Tô fora!

— Então quer dizer que a gente já é um casal... — Ele coloca a caneta na boca, mastigando o bocal. Faço uma cara de nojo enquanto inclino o corpo sobre a mesa e tento tirar a caneta de sua mão.

— Não foi isso o que eu disse! — protesto. — Você tá colocando palavras em minha boca!

— E se ao invés de palavras — ele arrasta a cadeira para a frente e aproxima os lábios dos meus — eu colocar outra coisa?

— João Pe...

Ele gruda sua boca na minha, tornando qualquer palavra completamente desnecessária. E eu percebo que, também, prefiro *outra coisa*.

O rosto do João Pedro aparece na tela do celular, e eu quase queimo os dedos, distraída pela pintinha que ele tem na bochecha esquerda, próxima ao nariz.

— Vixe, liguei pra pessoa errada... Samara, é você?

— Sete dias! — Tento fazer uma voz assustadora enquanto subo e desço a chapinha de cerâmica em movimentos rápidos na mecha frontal do meu cabelo, dividido em oito partes presas por prendedores de plástico.

— Por que você tá alisando seu cabelo, Catarina? — JPS parece decepcionado. — Ele é tão bonito cheio de ondinha e todo cheião!

Se ele pudesse ver o meu rosto agora, veria que me fez sorrir com o comentário despretensioso. Ainda bem que uma grande quantidade de fios está espalhada pela minha cara.

— Tô entrando na personagem, esqueceu? — Finalizo uma parte, penteando os fios com dedos, aproximando-me do celular apoiado na caixa de maquiagem de acrílico. — Você vai mesmo fazer suspense com a sua fantasia?

— Tem certeza que não quer ir comigo? Porque posso ir pra sua casa e esperar você terminar de se arrumar e...

Desvio os olhos do espelho e encaro a tela do dispositivo. Ele entende a minha expressão sem que eu precise dizer mais nada. Eu gosto quando ele me lê com destreza em poucos segundos. E ele sabe, porque não insiste.

— Tá preparada? — Balanço a cabeça com entusiasmo enquanto pressiono a estrelinha vermelha recém-colada no meio da testa.

João Pedro levanta-se do que parece ser um sofá e vai para a frente de um enorme espelho retangular que reflete uma mesa de jantar de mogno repleta de brinquedos, apostilas e cabos de variados tamanhos. Ele se mexe de um lado para o outro e eu permaneço atenta aos detalhes de seu corpo, corrigindo mentalmente meus pensamentos, porque esta exaltação da própria figura tem um objetivo claro: análise da vestimenta.

— Quando você falou que tinha a fantasia de Troy eu não imaginava que você iria escrever "Wildcats 14" com canetinha numa blusa branca.

— Ai, *meu bem*! — Ele sai da frente do espelho e parte em direção ao que parece ser um corredor. — Não é qualquer canetinha! É canetinha permanente! — Abaixa o celular até os dizeres no peito. — Perceba a qualidade. — Volta para seu rosto, fechando uma porta atrás de si mesmo. Ouço o alarme de seu carro ser destravado. — E nem fui eu quem fez, viu? Foi o Boca, meu amigo tatuador, pra fonte ficar igualzinha. Ao todo gastei vinte reais, tô feliz. — Seu sorriso mostra todos os dentes, é impossível não sorrir junto.

— Você comprou tudo isso por vinte reais onde? No Perigo de *Todo mundo odeia o Chris*? — Ponho a língua para fora, satisfeita com a minha piada apropriada para o momento.

— Eu treino, Catarina... — ele debocha. — Tênis, shorts... Eu já tinha, né? Comprei essa blusa naquela loja Tudo É 10 e paguei duas cervejas ao Boca pela arte. Baixo orçamento com excelente resultado é comigo mesmo! — Ele pisca o olho.

— Não sei se podemos chamar de excelente, né, *meu bem*?! — digo e ele bufa, me devolvendo uma careta.

— As pessoas estarão ocupadas demais olhando pro meu rosto. — Reviro os olhos. — Tô gato! — Ele ri. — A gente se encontra lá, certo?

— Confirmo e sopro-lhe um beijo antes de encerrar a chamada de vídeo.

Retiro a camisa branca do cabide e retorno para a frente do espelho, ajustando o nozinho abaixo dos seios e dobrando bastante as mangas para que fiquem acima dos cotovelos, de maneira que o punho permaneça para cima. Posiciono a gravata vermelha de listras finas diagonais, nas cores preto e branco, de forma que as pontas permaneçam do mesmo tamanho, cubra o decote e não chegue muito perto do pescoço. Existe toda uma ciência para reproduzir o efeito bagunçado, e é muito mais difícil do que parece.

Vou adicionando inúmeras pulseiras diferentes e amarrando fitinhas coloridas no pulso direito. É o toque final que, junto com as botas de cano alto, um celular flip de brinquedo, tingido de rosa e encaixado no cano da bota direita, e uma saia xadrez curta com suspensórios vermelhos caídos sobre as pernas me deixa a cara da dona das frases mais icônicas que a Catarina adolescente repetia incessantemente: Mia Colucci está pronta para a festa da Áurea!

Borrifo perfume, coloco o celular na bolsa e decido dar uma última olhada no espelho da penteadeira.

— Tô linda! — falo para o meu reflexo. — E, sim, você tá muito gato mesmo — respondo, finalmente, a pergunta do João Pedro.

A Vila Primavera é a maior casa de festas particulares de Monte Tabor. Por ser mais afastada do centro da cidade, o espaço é ao mesmo tempo reservado e convidativo, assim como todas as festas da Áurea. Nathália e Jonas iniciaram, numa das mesas do Ponto do Acarajé, a tradição de celebrar o aniversário da Áurea em grande estilo — ainda que, anos atrás, estivessem presentes apenas nossas famílias e os dois únicos clientes que eles possuíam. De uns anos para cá, o aniversário da empresa figura no calendário de eventos dos taboenses, com direito a convites disputados e bolão para tentar adivinhar o tema do ano, tamanho o sucesso.

Nada disso aconteceria se não fosse a inventividade do Jonas e toda a organização da Nath. Quando os dois se juntam, formam uma dupla tão boa quanto Paulo e Silas ou Elias e Eliseu. É impressionante o quanto eles conseguem trabalhar juntos mesmo sendo tão diferentes. Ele chama de sinergia, ela joga na conta da astrologia, e a minha mãe diz que é Deus agindo nos bastidores por ser humilde demais para levar o crédito por tudo de bom que acontece. Já eu faço uma mistura de tudo e chamo de *Jesuscidência*.

A fila de carros é imensa desde a esquina da rua de acesso à Vila Primavera, e a motorista do Uber faz piada sobre o convite dela ter se perdido, porque, em suas palavras, "parece que a cidade inteira está aqui essa noite". Corrige automaticamente para "apenas os ricos da cidade, se prestarmos atenção aos tipos de carros", me fuzilando com o olhar pelo retrovisor, e agradeço a Deus pelo preço da minha corrida já estar predeterminado, senão eu seria confundida com um dos clientes cheios da grana e pagaria dobrado, tenho certeza.

Ao descer na entrada do evento, a primeira crise de riso: um homem na casa dos quarenta anos, usando terno, gravata e um microfone na mão esquerda, com uma piscina de plástico na cintura, caixinhas de sabonete coladas ao redor da piscina e uma plaquinha apregoada na parte da frente, que diz "Banheira do Gugu 1993-2000". A julgar por essa fantasia perfeita, a noite promete ser inesquecível.

Atravesso a fila de Jades, Harry Potters, Sandys em variados momentos da carreira, personagens de *Crepúsculo* e da série *The OC*, o que me parecem ser os Jonas Brothers e as Spice Girls, além de incontáveis fantasias genéricas de mulheres vestindo blusa curta e justa, saia jeans preguejada e sandália de plástico com meias três quartos coloridas, e chego até os três seguranças, fantasiados de Neo, do filme *Matrix*.

— Alguém já falou que vocês estão incríveis?! — Percebo um deles dar um sorrisinho de canto de boca.

O Neo de cabelo trançado pergunta meu nome e digita no tablet, perguntando qual tipo de acessório de acesso eu prefiro: pulseira fluorescente, colar neon, presilha de metal para ser presa à roupa ou aos cabelos.

Estico o braço direito para que a pulseira escrita *klapaucius*, o código utilizado no jogo *The Sims* para dinheiro ilimitado, faça companhia a todas as outras que a Mia Colucci usa.

— Eu lhe mostro a porta, mas é você que tem de atravessá-la. — O Neo de cabeça raspada e tatuagem tribal no pescoço me diz enquanto aponta para a grande cortina de CDS. Finjo que entendo sua frase e devolvo um namastê.

Ao passar pela cortina, entro num corredor escuro com duas grandes setas luminosas. A que aponta para a direita diz "me add?", enquanto a que aponta para a esquerda traz "vai rolar bundalelê". As pessoas da fila vão passando por mim seguindo apressadas para a esquerda, então eu faço o caminho inverso e decido ver o que está escondido atrás da porta à direita. Três paredes reproduzem o tema do Orkut, Myspace e Flogão, sendo a quarta composta por um grande espelho embaçado. No centro da sala há um banquinho de madeira com uma câmera digital, uma peruca preta, com franjão e pontas vermelhas, duas munhequeiras de estampa quadriculada preta e branca e cinto de rebite.

— A selfie no espelho! — A música ambiente troca de My Chemical Romance para Fresno, e eu dou uma gargalhada alta. — Genial!

Faço a minha pose estourando flash no espelho e registro a minha foto. Envio uma mensagem para o João Pedro, que diz não fazer ideia de onde eu estou, principalmente porque afirma ter explorado todo o lugar. Típico. Marcamos um encontro próximo à locadora, onde quer que esse local seja.

Partindo para a entrada principal da festa, encontro uma explosão de cores! Uma Tiazinha esbarra em minha cadeira enquanto Lizzie McGuire e Britney em "Oops, I Did It Again" se refugiam num canto, analisando todo o ambiente. A vontade que tenho é de me juntar a elas, mas um Banana de Pijama entra na minha frente e me oferece uma bebida chamada Bug do Milênio. Aceito. Viro a bebida num só gole.

"Preparem-se, porque essa festa, como já dizia o grande filósofo baiano, nosso amado Cumpadi Washington, vai ser dududupá! Todos os Summer Eletro Hits estarão acompanhados da trilha de *Malhação* e, claro, do icônico Furacão 2000. Avisa ao Jonathan da Nova Geração que a Mãe Loira liberou geral! E vai ser open bar? É lógico que vai! As pulseirinhas já vieram depois do ctrl+shift+c do *The Sims*: é pra sair daqui como um morto muito louco. E vai ter competição? Vai também! Só quem disputou a vaga de loira do Tchan vai se dar bem. Eu quero ver quem vai mandar a Lacraia passando cerol na mão! Preparem os potinhos de gloss, coloquem o Wayfarer vermelho na cara, peguem o V3 rosa e amarrem aquela bandana mara na cabeça porque os anos 2000 estão de volta!"

A voz dá lugar à introdução de "Love Generation" do Bob Sinclair, intercalado com o som da vinheta do *Caldeirão do Huck*, e muitas pessoas vão para a pista de dança, já imersas no portal de nostalgia aberto nessa noite.

— Quantas Kill Bill você já contou? — dois Teletubbies comentam, ironizando a quantidade de conjuntinho amarelo caminhando pela festa. Me aproximo da dupla, pegando mais um Bug do Milênio, quando o Fred do *Scooby-Doo* estaciona a minha frente.

Fecho os olhos, viro a bebida de uma só vez e faço sinal para me trazerem mais uma. É cedo demais para encarar o Jonas estando sóbria.

— Sensacional os garçons serem personagens de desenho infantil! Nunca imaginei que o Pooh me serviria álcool — falo alto, tentando competir com o som mais alto ainda. — Vocês brocaram, essa é a melhor de todas.

Ele aponta para a orelha, como quem diz que é impossível continuar conversando ali. Faz sinal de que deveríamos ir para outro lugar, empurra minha cadeira para uma ala repleta de símbolos do MSN, e para numa sala igualzinha ao Central Perk de *Friends*.

— Aqui dá pra gente conversar melhor. — Ele senta-se no sofá de estofado laranja. Estaciono a Adriana ao lado dele. — Você não vem há dois anos, fico feliz por ter vindo a essa.

— Pois é, as coisas mudam. — Ele sorri, passando a mão pela cabeça, ajeitando a peruca loira. — Quer dizer, algumas coisas, porque eu sabia que você viria de Fred! — debocho.

— Sou tão previsível assim? — Ele esparrama o corpo pelo sofá, dobrando os braços e colocando-os atrás da cabeça.

— Claro que é, Jonas! Você ama ter ideias, mas precisa de alguém que as faça ter vida, senão... nada acontece. — Ele enruga o nariz e levanta o lábio superior, mas balança a cabeça em concordância. — Por isso você e Nathália se dão bem. Ela pega sua lista de ideias e transforma em planilhas, orçamentos, contratação, pessoas... Em festas épicas! Como essa!

— Eu quase não vim de Fred, então, tecnicamente, não sou tão previsível quanto você pensa.

— Deixa eu adivinhar: mais um Harry Potter? — Ele faz uma careta, retornando a sua posição original, apoiando o cotovelo no braço do sofá, encostando seu rosto próximo ao meu.

— Britney surtando em 2007. Já sou careca, bastava um moletom cinza, um guarda-chuva verde e um short branco...

— Me diz quem foi que te impediu de vir assim pra eu declarar meu amor eterno!

— Você também reprova?

— Jonas... — Respiro fundo, tentando escolher as melhores palavras que substituam todos os xingamentos que querem subir pela minha garganta neste momento. — É completamente preconceituoso fazer piada de uma pessoa em sofrimento mental. Pelo amor de Deus, a Britney tava doente!

— A Nathália falou a mesma coisa...

— Ah. — Murcho.

— Vocês ainda estão nessa? A fantasia de vocês nem é parecida. — Ele percorre meu corpo com os olhos, me fazendo puxar a saia um pouco mais para baixo com uma mão enquanto a outra é levada ao queixo dele, levantando seu olhar para os meus olhos. — Por acaso essa tal de Mia passa por uma mudança de visual ao longo da história?

— Mmmm, podemos dizer que sim.

— Mas que transformação bosta, então!

— Ei, alto lá! Os uniformes podem ser parecidos de uma temporada pra outra, mas mesmo assim...

— Mas não era filme? — Ele levanta-se rapidamente para cumprimentar o prefeito e a primeira-dama, fantasiados de Jim e Pam, personagens da série *The Office*. Cumprimento-os com a cabeça, e logo Tereza Cristina, vestindo um terninho e saia de linho rosa-choque, no maior estilo Elle Woods, chega acompanhada por Luke Danes, personagem da série *Gilmore Girls*, Avril Lavigne no clipe de "Complicated", um Kuzco de *A nova onda do imperador*, que não reconheço, e as meninas do Rouge. Todos partem com a maior autoridade da cidade. — Onde a gente tava mesmo?

— *Rebelde* não era filme! E eu queria muito um filme dos meus mexicanos amados.

— Mexicanos? — Ele parece intrigado. — O sobrenome que eu ouvi era parecido com grego.

— Peraí... — Começo a rir. — Como é a roupa da Nathália?

— Ah, sei lá, Catinha!

— Jonas... — Aperto sua mão. — É importante. Me fala como é a roupa dela!

— Uma camisa azul-clara, gravata preta amarrada como se fosse um lenço e uma saia...

— Azul xadrez? — falo antes que ele complete a frase. Ele confirma. — Eu não acredito que esse tempo todo éramos Mias diferentes!

— Eu não acredito que vocês não chegaram a ver a fantasia uma da outra e emburraram por isso.

— Você sabe como *ela é*.

— Eu sei como *vocês são*.

Avisto JPS ao longe, com cara de tédio, conversando com um homem de terno e calça social, um dos braços apoiados na longa prateleira de filmes, o que me faz perceber, enfim, que cheguei à ala da locadora. Vou percorrendo com os olhos as capas arrumadas e notando que os detalhes foram pensados minuciosamente, porque tudo aquilo foi, realmente, produzido e/ou lançado entre os anos 2000 e 2010. Retiro o DVD correspondente a *O Auto da Compadecida*, a fim de comprovar se há mídia ali dentro mesmo ou se não passa de uma caixinha falsa e, ao abrir, tomo um banho de glitter.

— Eu vou matar o miserável que teve essa grande ideia! — grito.

Sacudo minha saia, tentando me livrar do pó cintilante, porém, quanto mais me mexo, mais partes de mim vão ficando brilhantes.

João Pedro aparece ao meu lado, rindo da cena ridícula em que me encontro, e eu mantenho os olhos fixos em meu problema, se duvidar, tenho glitter até dentro do olho.

— A curiosidade matou o gato — ele diz ao pé do meu ouvido, enquanto me dá um beijo na cabeça.

Gelo. É a primeira vez que demonstramos afeto em público. Todos os nossos colegas de trabalho estão presentes. O prefeito da cidade está presente. O João Pedro só pode estar fora de si. Meu peito sobe e desce ofegante, estou nervosa demais para saber ao menos o que fazer a seguir. E ele faz o quê? Acocora-se em frente a mim e me encara com aqueles olhos pequenos e luminosos e com rugas no extremo das pálpebras inferiores. Seu sorriso me traz paz. E, por esse segundo infinito, eu esqueço o porquê de estar hiperventilando.

— Quem era que tava conversando contigo? — Percebo que ele também está cheio de glitter pelo corpo, não é possível que tenha se sujado tanto apenas por ajudar a remediar a bagunça que fiz. Aponto para os pontinhos de luz em sua roupa, braços e mãos. Ele ri, passando a mão pelo rosto e colando mais brilhos à pele.

— Era o Maurício. E, sim, eu também tomei um banho com esse pozinho do inferno. — Abro um sorriso gigantesco, feliz por não ter sido a única pessoa a ser tão displicente. — Se você reparar bem, tem um rastro de glitter pelo chão, não somos tão especiais assim.

— Deixa eu adivinhar, você abriu... *Ó paí, ó.* — Aponto.

Ele segura a minha mão, puxando-me um pouco mais à frente, levantando meu braço até uma parte mais alta da prateleira, parando em frente à capa de *Shrek 2*.

— Você sabe, eu sou um homem fluente em animações. — Coloca a mão sobre o coração. — E por falar no mundo do rato... — Me olha de cima a baixo. E eu gosto. E me exibo. Cruzo as pernas e jogo o cabelo para trás para que ele me veja inteira.

— Caralho, Catarina, vou mandar alguém fechar as portas da Disney, porque a princesa mais linda acabou de fugir e parou aqui na minha frente!

— Você é ridículo!

— Você é linda.

Gritamos ao mesmo tempo, esquecendo do mundo ao nosso redor. Tudo o que existe neste momento somos ele, eu e dois quilos de glitter.

Resolvemos nos deslocar para o lado oposto da locadora, porque meu estômago grita de fome. Tudo o que consumi nessa noite foram bebidas com gosto de cachaça, flor de hibisco, suco de abacaxi e água tônica. Falo para o João Pedro que prefiro fazer a volta mais longa, mas ele finge que não me ouve, decidindo atravessar a pista de dança no exato momento em que "Ragatanga" começa a tocar. Claro que todas as pessoas resolvem dançar. Esta é uma das poucas coisas que odeio nas festas, perdendo apenas para os tapinhas na cabeça de desconhecidos me parabenizando por sair de casa ou assustados por me verem beber: pessoas dançando com a bunda na minha cara. Toda a vantagem de ter uma cadeira própria para descansar durante a farra é prejudicada por ter, no campo de visão, a bunda das pessoas, principalmente.

Começo a estudar os melhores locais de infiltração, mas desisto. Paro antes mesmo de tentar. JPS percebe minha inquietação e me diz com o olhar que vai ficar tudo bem, que ele vai dar um jeito. Fecho os olhos com força e faço uma prece rápida. Melhor, uma confissão.

— Pai, hoje eu decidi confiar — oro. E antes de concluir meu pensamento, ele segura a minha mão e vai abrindo caminho em meio às coreografias sincronizadas. Estamos de mãos dadas. E tudo o que eu quero nesse momento é que permaneçamos assim para sempre.

Os nichos de comida estão separados como cabines de uma lan house. Além dos tradicionais salgadinhos de festa e da extensa mesa de frios, há tubinhos de Mocinha, cigarrinhos de chocolate ao leite da Pan, biscoito Passatempo e chiclete DinOvo, e é perto desses itens que JPS e eu fazemos morada. Até aqueles chocolates em formato de bola de futebol que têm gosto de cera de vela o JPS come. Esses, eu passo, preferindo colocar em cada dedo das mãos um anelzinho de plástico com pingente feito de bebida congelada no formato de um diamante.

O telão posicionado na grande parede do fundo roda a vinheta do *Show do milhão* ao mesmo tempo que todas as luzes são desligadas e um feixe redondo de luz passeia rápido pelo salão, parando em uma pessoa com roupa toda colorida e repleta de estampas, calçando tamancos de madeira e muitos acessórios de cabelo: Solineuza. A voz do Silvio Santos questiona: *qual é a música, Pablo?*, e a mulher, que não me parece estranha, grita:

— "Eguinha pocotó", Nete! — Os primeiros acordes do funk tomam conta do ambiente, e Solineuza é a primeira a puxar o passinho icônico. A personagem de *A diarista* acena para mim enquanto faz a coreografia, e, enfim, reconheço Tamires entre galopes numa égua imaginária e sorrisos gigantescos.

Maurício passa por mim no momento em que um Pikachu me oferece um picolé Frutilly. Mantenho minha boca ocupada para não precisar estabelecer um diálogo com ele.

— Não entendo como você e o Maurício conseguem ser amigos — falo para o João Pedro, que está sentado num pufe forrado de jeans, item da sala denominada "Britney & Timberlake". — Ele é tão chato!

— Eu não entendo como ele achou um cara legal como o Alessandro, olha a fantasia do cara! Agostinho Carrara, vei, a pessoa tem de ser muito gente boa pra isso! — Ele joga duas coxinhas na boca, aproveitando a folga temporal no nosso trato.

— E ele tá fantasiado de quê? Dele mesmo? — desdenho. — Porque eu posso jurar que o vi com essa mesma roupa na quinta-feira quando fui até a prefeitura.

— Segundo ele, veio de Tio Phill, de *Um maluco no pedaço*.

— Tenho certeza que ele nem sabe quem é, só pesquisou sobre o primeiro advogado de série pra poder justificar a falta de fantasia!

— Porra, foi isso mesmo! — Ele gargalha. — Ele chegou pra mim com um histórico, falando quem era e que a série é dos anos 1990, mas só chegou ao SBT nos anos 2000, então tecnicamente é válido!

— Eu juro que consigo ouvir o Maurício falando isso!

Uma convenção de Harry Potters encosta no gabinete de Passatempo, caixinhas de achocolatado e pitchulinhas de Guaraná. Uma Jade aproxima-se do João Pedro, e a proposta de "dançar para Said" é o suficiente para que eu interfira, segurando no seu braço e puxando-o para longe dali. Tudo tem limite, e o meu seria apresentá-la ao mármore do inferno.

Na porta de uma sala intitulada "Fantasia no Aaaaaaaar", um homem careca de quase dois metros de altura e vestindo o que parece ser uma roupa de hospital está aos beijos com a dona Nenê da *A grande família*. Minha habilidade de freio está um pouco comprometida pela, nas palavras do João Pedro, "quantidade de álcool neste veículo", o que me leva a estragar o momento e atropelar o casal apaixonado.

Eles se assustam, e, antes que eu possa pedir desculpa, JPS e eu somos tomados por uma crise de riso. Há uma placa de papel colada na roupa hospitalar do rapaz, que diz: "Você também consegue ouvir 'Love by Grace' da Lara Fabian que eu sei".

— É a Camila! — grito, apontando para o casal rumando para outra direção. — É a Camila de *Laços de família*! — Inclino a cabeça para trás.

— Você viu, JPS? — Soluço. — É a Camila! Eu vou contar pra Helena que a Camila tá pegando a dona Nenê! Melhor, eu vou contar pro Lineuzinho!

— Qual será a reação do Tuco? — Ele entra na brincadeira enquanto entramos na sala.

No momento, começa a rodar no telão o vídeo do passarinho cantando "Still Loving You" do Scorpions.

— Ih, ele tá na merda já, mais cedo eu o vi tomar um toco da Regina George, que correu pros braços da Vani de *Os normais*... deu dó da carinha dele.

— Você com dó de alguém, Catarina? — Ele finge uma cara de assustado, esbarro minha cadeira em seus calcanhares. — Cadê a moela?

— Eu sou muito pacificadora e sensível, tá, *meu bem*? — Coloco a mão sobre o peito. — Eu tenho coração... quando quero.

O ambiente dessa sala poderia ser resumido em apenas duas palavras: energia caótica. A parede do telão, que agora começou a rodar "A história do mamute", traz as logos dos saudosos programas da MTV, como *Quinta categoria*, *Acesso*, *Scrap* e *Top 10*. Há uma mesinha forrada de estampa de jornal, comandada pelo Shrek, em que pilhas de revistas *Atrevida*, *Capricho* e *Toda Teen* podem ser compradas em troca do pagamento de uma prenda — neste momento, a Amy Winehouse canta "A dor desse amor", do KLB. Uma cena realmente inesquecível.

— Me lembra de passar longe dali. — Cutuco o João Pedro com o cotovelo, mas meu braço cai no ar, evidenciando que ele sumiu. Inicio uma varredura no local e o avisto próximo ao que parece ser uma reprodução do *Passa ou repassa*, entre a mesinha de inscrições para o *BBB* e *Ídolos*.

O telão pergunta "Quer pagar quanto?", que vem seguido de "aquela Lucelena do Unibanco mima você demais", frase célebre do comercial do banco de mesmo nome. Percebo o padrão de exibição: são propagandas e vídeos animados que eram repassados por e-mail à época. Agora, o Mico da Tigre antecede as Havaianas de pau, seguido por "Bátima na Feira da Fruta" e Crazy Frog.

Naruto, Kim Kardashian, o Caju da *TV Cruj* e Lindsay Lohan no filme *Meninas malvadas* estão brincando de pega-varetas à esquerda. Lá, há uma grande mesa com inúmeros brinquedos — tazos, bambolês, blocos de madeira, piões, beyblades, cartas de Pokémon, Game Boy, Aquaplay, cubo mágico, Pesca Peixe, Pula Pirata, Geloucos — e tapetes de borracha para as pessoas sentarem-se e jogarem, como Paris Hilton e Chorão do Charlie Brown Jr. estão fazendo, lançando cartas de *Yu-Gi-Oh*.

Um Hamtaro toma conta da prateleira de prêmios. Sempre que alguém vence um dos jogos pode escolher itens característicos da década como: uma nota plástica de dez reais, colar com nome, bandanas, munhequeiras, óculos escuros de armação vermelha, meias coloridas, sandálias de plástico, CD *Malhação 10 anos* ou de artistas como Belo, Luka, Bonde do Tigrão, Tribalistas, MC Leozinho, Sandy & Junior, KLB, Rouge, 'N Sync, Back Street Boys, Britney Spears, Christina Aguilera, RBD, HSM, Wanessa Camargo, Kelly Key, Fresno, NX Zero, McFly, Fall Out Boy, Simple Plan, Panic! at the Disco, Paramore, Dashboard Confessional, Jimmy Eat World e os disputados boxes de séries como *The OC*, *Gilmore Girls*, *Everwood*, *The Office*, *Alias*, *Malcolm*, *Ugly Betty*, *Prison Break* e *Lost*.

Uma Hannah Montana passa por mim, sorrindo de orelha a orelha, ao segurar um box de *One Tree Hill* nas mãos, e lembro-me de que essa é a próxima maratona que farei com a minha amiga, assim que estivermos conversando novamente.

Ao me aproximar do João Pedro, percebo que ele está acompanhado de Bob, e, sentada numa cadeira plástica verde, terminando de comer uma das bolachas em formato de fita cassete, Nathália. Sei que não há motivos para temer o encontro, mas meu corpo trava. Esse foi o maior tempo que passamos sem nos falar, entre digitar e apagar mensagens antes de enviar e reprimir instintos automáticos que insistem em nos fazer ligar uma para a outra para contar qualquer coisa irrelevante do dia. Respiro fundo. Bob cutuca o ombro da minha amiga e, à medida que ela vira a cabeça em minha direção, seu sorriso aumenta.

— Puta que pariu, eu vou te matar, Catarina! — ela grita, avançando em meu pescoço.

— Amiga, você tá linda de *princesa* Mia! — digo, e ela faz uma reverência.

— Você tá linda de Mia *rebelde*! — Ela pede para que eu dê uma voltinha, ao que obedeço prontamente, girando a Adriana.

Nath mantém o corpo atrás da minha cadeira, passando os braços pelos meus ombros, confidenciando pelo toque que também sentiu muito a minha falta. Acaricio sua mão segredando-lhe o mesmo. Permanecemos assim por algum tempo, observando Bob e João Pedro brincarem de *Passa ou repassa* ao disputarem um belíssimo Tamagotchi vermelho.

— Não acredito que você deixou o Bob vir fantasiado de Jacob. — Olho para cima, apenas pelo gostinho de vê-la passando raiva.

— Vai se foder, Catarina! — Ela dá um peteleco na estrelinha da minha testa enquanto seu rosto se contorce como se ela fosse vomitar. — Ele está de pescador parrudo de *Kubanacan*, tá? Tenha santa paciência!

— É a mesma energia, amiga. — As palavras saem em meio a risadas. — Bermuda, blusa aberta, cabelão...

— Eu quero saber em qual país que um pescador e um lobo estão num mesmo círculo de análise. Só na sua cabeça mesmo! Nada a ver, minha filha, nada a ver!

— Te irritar é tão bom! — Giro a cadeira e estico os braços pedindo um abraço. — Eu tava morrendo de saudades de você, amiga! Já falei que te amo hoje?

— Ver você aqui, mesmo depois de toda a situação ridícula da fantasia, é a maior prova disso. — Ela me abraça.

O DJ, usando óculos escuros degradê, boné Von Dutch, e vestindo calça cargo e camiseta com o rosto do 50 Cent, acompanhado de uma mulher de bronzeado estranho e piercing enorme no umbigo — fantasiada de Christina Aguilera no clipe de "Dirrty" —, assumem o palco assim que "Baba", de Kelly Key, termina de tocar. Nós permanecemos de frente para o palco. João Pedro parado atrás de mim, seus dedos mergulhados em meu cabelo, passeando pelo meu pescoço, e Nathália ao meu lado, visivelmente satisfeita com o sucesso da festa. Eles anunciam a grande atração musical da noite: Bob assume o microfone e começa a cantar "Bomba", dos Braga Boys, levando o público ao delírio, numa explosão de gritos, coreografias ritmadas, sorrisos e, principalmente, nostalgia.

24

Não acredito que terminamos. Reviso todos os itens da minha lista, riscando-os mais uma vez, como forma de garantir a conferência. João Pedro diz que é exagero, mas prefiro ver como precaução. Um projeto dessa magnitude não pode ter falhas. E eu me asseguro disso. Ao abrir as planilhas orçamentárias e os cronogramas físico-financeiros e dar uma última conferida nos cálculos do meu colega, respiro fundo. Levanto os olhos e encaro a expressão despreocupada dele enquanto toma café e mantém a cabeça enterrada na tela do celular. Estou orgulhosa *dele*. E inicio uma guerra interna entre guardar mais esse sentimento ou presenteá-lo com a gentileza súbita. E parece que ele sente que há muito dentro de mim querendo conhecer a luz do dia, porque fixa o olhar no meu, me pegando desprevenida, me dando aquela gota de coragem que faltava.

— Eu estou orgulhosa de... — Mais uma vez, meu celular começa a vibrar em cima da mesa. — Que inferno, esse número não desiste! — digo, irritada. Desbloqueio a tela e percebo que é a nona chamada perdida do mesmo número de prefixo estranho. Decido colocá-lo na lista de números bloqueados.

— Você tá orgulhosa de quê? — Ele beberica o líquido que, de tão quente, pinta seus lábios de vermelho.

Tomo ar mais uma vez. Você consegue, Catarina, você consegue.

— Tô orgulhosa de... — Ele estica o indicador à frente, fazendo sinal para que eu espere.

Você, completo mentalmente.

— Alô? — Ignorando a minha existência, ele conversa com a voz feminina do outro lado da linha com uma naturalidade sem tamanho. Pior, começa a falar de mim como se eu não estivesse na mesma sala que ele.

Eu odeio o João Pedro. E me empurro para a frente apenas pelo prazer de esbarrar em suas pernas. Ele se contorce inteiro, mas apenas ri. Pirracento!

— Nossa, Catarina, que feio recusar ligação de amigos! — Ele passa o celular para mim, avisando que vai pegar mais café ao me dar privacidade. Como se ele soubesse o que é isso.

Seguro o aparelho próximo à orelha, e, antes que eu possa dizer qualquer coisa, a voz de Nathália implode em palavrões direcionados a minha insensibilidade de ignorar as suas chamadas num momento de completo desespero.

— Catarina, você sabe me dizer se o Jonas foi amamentado? — Como ela mudou a chave de "matar a Catarina" para isso? Respondo que não faço ideia. Ela prossegue. — Não é possível uma pessoa que tenha passado pelo vínculo do aleitamento materno ser tão desgraçada. Aquele filho de chocadeira me mandou pra uma roça em que as pessoas usam walkie-talkie!

— Sério? E o *Globo repórter* não noticiou isso? — Ela respira fundo. Acredito que minha amiga poderia cometer crimes de ódio no dia de hoje. É melhor eu pegar leve.

— Sinto informar, mas o *Globo repórter* acabou, tá?

— Acabou? Meu Deus!

— Não acabou acabado, o Sérgio Chapelin saiu, e não são walkie-talkies, são radinhos com Prip Nextel, aquele aparelho com botãozinho que você aperta pra falar, mas isso é um mero detalhe. — Um barulho alto de descarga de moto invade a ligação. — Eu tô te ligando de um orelhão, porra! Eu tive de comprar cartão telefônico pra entrar em contato com a civilização!

— Amiga, esse é o distrito que vocês fecharam na festa? — pergunto, e ela assente. — Mas o Jonas não disse que o problema de área de cobertura e a internet péssima eram apenas em alguns lugares e...

— Tudo mentira daquele filho de chocadeira! — ela grita. — Mas ele me paga, porque apostamos hoje, e ele não sabe do que eu sou capaz. — Mesmo de longe, posso ver um sorriso macabro nascendo em seu rosto. — Te liguei mesmo pra avisar da minha falta de comunicação até sexta, pensei em não te deixar preocupada, mas já vi que você não se importa comigo. — O drama em sua voz é insuportável. — O JPS sim, um grandíssimo amigo, quem diria! — Reviro os olhos. Sei que ela também visualizou isso. — Preciso desligar, amiga, meu cartão vai acabar.

— Espera, o que você apostou com o Jonas? O que eu posso fazer pra ajudar? Posso encher o saco dele depois que você ganhar? — pergunto, e ela responde um grande "sim" cheio de Is. — Porque você vai ganhar, né, Nathália?

— Me respeita, Catarina, eu lá sou mulher de perder aposta? Ele acha que eu não consigo ficar sem celular durante esses quatro dias. — O que também acredito ser impossível, mas prefiro guardar a opinião não requisitada. — Dobrei a aposta e falei que, após dar notícias a minha família, você e o Bob, eu também iria permanecer incomunicável até sexta-feira. Ele duvidou e disse que mudaria de nome. Eu disse que, se conseguisse, tiraria férias durante dois meses seguidos, enquanto ele não teria férias ano que vem...

— Você sabe que ele tem dez anos de férias planejadas! — Estamos gargalhando. — Como você é sádica! Eu te amo!

— Eu quero ver Jonas viajando pra cidadezinha minúscula e sem energia durante dois meses, só assim ele vai parar de reclamar do aumento de salário que me dei.

— Mas como ele vai acreditar que você não trapaceou? — Novo barulho de moto.

— Eu fiz uma cerimônia de lacração do aparelho e a caixa está com a Edna da engenharia. Pensei em tudo, amiga, já deu tu...

O visor acende, demonstrando que o cartão telefônico chegou ao fim. Permaneço observando a foto que o João Pedro usa como papel de parede no celular. Ele está deitado num sofá de estofado vermelho, sem camisa, segurando uma neném vestida de ursinha, que dorme profundamente em seu peito. Pelo formato da boca, percebo que é Bibi. Eu reconheceria essa boca em qualquer lugar porque é igualzinha à do tio.

— Eu realmente estou orgulhosa de você, João Pedro. — Suspiro baixinho ao passar o dedo pela tela.

— Eu também estou orgulhoso de você, Catarina — ele responde da porta.

Seis de novembro. Uma data para não esquecer. Corremos feito loucos, mas finalizamos o projeto dos fornos solares para o programa Município + Cidadão. A plataforma do governo foi aberta nesta mesma semana, e eu não poderia estar mais radiante porque, conforme o planejado, estamos submetendo os arquivos dentro do prazo fictício que estipulei.

Recebemos as impressões da gráfica, recolhemos as assinaturas do gestor, da coordenadora e rubricamos todas as noventa e sete páginas. João Pedro diz que estou quase fazendo o Rafiki na apresentação do Simba, e hoje me permito ouvir esse tipo de coisa sem perder o sorriso bobo nos lábios. Amo trabalhar com projetos sociais e ter a oportunidade de pensar algo realmente grande e que vai trazer um impacto positivo e totalmente transformador à comunidade de Monte Tabor é gratificante demais. É a prova concreta de por que entrei nessa área, um lembrete a mim mesma do que posso fazer, do que sei fazer.

Entramos na sala da Tereza Cristina, eu com a cópia do projeto para arquivar no setor, e o meu colega com seu laptop nas mãos, colocando-o em frente a nossa coordenadora para que ela faça as honras nessa recém-inventada cerimônia de submissão de arquivos pré-anexados.

— Já falei pra vocês que amo ritos de passagem? — Ela aponta a cadeira ao meu lado para que João Pedro se sente. — Hoje o projeto dos fornos deixa de ser de vocês para se tornar nosso. — Abre um grande sorriso, tão brilhante quanto a gargantilha dourada em seu pescoço. — Eu sempre vi potencial em vocês dois, sabia?

Ela aperta o botão. Nosso projeto ganha asas, percorre quilômetros, finalmente vive. A mão esquerda de João Pedro encosta em meu joelho. Levo minha mão direita para a mesma região, encostando nossos dedos. Permanecemos assim enquanto nossa chefe prossegue com mais um de seus intermináveis monólogos.

— Vocês formam uma boa dupla — ela recomeça. — Eu sempre soube, porque sempre fui capaz de ver a interseção entre os conjuntos numéricos que vocês são.

Parece uma analepse: João Pedro, eu, seu perfume e meu vestido amarelo; ele me chamando de Bela, eu revirando os olhos por pura pirraça. Como nos velhos tempos. Tempos nem tão velhos assim. Parece que vivemos vários anos dentro de um único ano.

O cheiro dele impregna o ambiente. São notas educadas, mas cada hora é um cheiro diferente, não se cutucam, não disputam lugar, se harmonizam, envolvem. É sexy. É quente. É como deixar-se boiar em águas termais. Eu poderia sentir esse perfume para sempre. Eu posso. E decido não pensar nas três linhas adiante porque tudo o que preciso tenho hoje. Tudo o que quero.

— E se depois de resgatar a Nath a gente fizesse outra coisa? — digo, com firmeza, assim que o veículo passa pela placa verde que diz "Boa viagem! Monte Tabor agradece a sua visita. Volte sempre", em três idiomas.

— A gente vai dar o cano na comemoração?

— A gente precisa mesmo ir festejar com o pessoal? — Minha boca curva-se, a voz quase inaudível. Cadê aquela pessoa decidida de segundos atrás? Sumiu.

— O que você tem em mente, Bela? — Ele me analisa pelo espelho interno, fixando os olhos nas minhas pernas. Em situações normais, eu puxaria a barra do vestido e tentaria esconder o máximo de pele que pudesse. Hoje não. Os olhos do João Pedro têm passe livre no terreno do meu corpo. Ele sabe disso porque aquela dança de sobrancelhas volta a reinar em seu rosto.

— Eu não pensei muito bem, mas...

— Topo.

— Você nem me ouviu ainda!

— Mas eu topo mesmo assim.

Uma luz é acesa junto ao volante, ele começa a falar alto, gravando um áudio no grupo do setor.

— Seguinte, galera, não vai dar pra ir hoje. Catarina encontrou alguns erros de digitação no projeto, vocês sabem como ela é... também não sei quem para pra reler coisa de trabalho numa sexta à noite, chata pra caralho! Não satisfeita, quer que eu releia minha parte e devolva ainda hoje porque amanhã ela quer voltar na gráfica pra consertar as coisas, e fodeu pra mim. — Tento me empurrar para a frente na tentativa de bater nele. Ao perceber meu movimento, ele acelera e passa por um quebra-molas em velocidade, me empurrando de volta à posição original. — Não vou, ela também nem vai, e garanto que não avisou pra vocês, vocês sabem como ela é. — Novo quebra-molas, novo solavanco. — Divirtam-se pelo pobre mortal aqui, as duas primeiras rodadas são por minha conta, já avisei ao Alessandro. Beijão, partiu trabalho. — Encerra o áudio, enviando-o.

Estou perplexa com o cinismo do JPS. Ele é um gênio. E eu nunca vou admitir isso.

— Depois *eu* quem sou atriz, né? — digo, digitando uma mensagem rápida no grupo, sem deixar de reclamar do áudio do meu colega, obviamente. Preciso seguir o roteiro.

— Aprendi com a melhor. — Ele estica o braço direito para trás, encontrando o meu joelho. Seu toque é gentil. Retribuo com um carinho nas costas da sua mão. Ficamos assim por um tempo, dividindo dengo.

— Desculpa por fazer você se arrumar todo pra nada. — Quebro o silêncio.

— Pra nada?! Eu me arrumei pra você. E você tá aqui comigo. Então a missão foi concluída com sucesso. — Permaneço em silêncio, sem saber o que dizer em seguida. Eu só quero respirar o João Pedro. — Missão cumprida duas vezes, porque deixei Catarina Barros sem palavras! — ele debocha.

— Não fode, seu ridículo!

— Tem certeza que a gente não precisa esperar o guincho chegar?

— Ela conversou com a capitã da polícia rodoviária, eles tiraram o carro da estrada e colocaram no pátio. Ainda bem que não foi nada sério, e deu tempo de ela chegar até o posto policial.

— Você jura que ela não viu nada sobre a música?

— Toda a certeza do mundo! Ela é muito competitiva, se o Jonas a desafiou a ficar sem o celular durante essa semana oferecendo as férias dele em troca... — Abro um grande sorriso. — Ele tá ferrado, porque a caixinha com o celular vai estar lacrada e ele vai sofrer assumindo a Áurea sozinho por dois longos meses.

— Será que ela vai curtir a música? O refrão é um chiclete, aquela porra gruda na cabeça do ser humano, tenho vontade de picar o murro no Bob. — Ele ri.

— Ela detesta surpresas, já te falei isso! Vira à esquerda, o posto policial é ali depois dessa entrada para a Cachoeira da Misericórdia.

— Eu sei onde é, Catarina, eu moro aqui também, lembra?

— Na estrada? Porque, tecnicamente, estamos no meio do nada. — Apoio as mãos no banco do motorista, empurrando-me para a frente, envolvendo-o junto com o estofado, num grande abraço desajeitado.

Ele me manda um beijo pelo retrovisor.

— Não sei por que você tá sentada aí atrás, tô me sentindo no Táxi do Gugu.

— A Nathália vai precisar de mim ao lado dela, *meu bem*.

— Vocês mulheres estão muito antirromânticas ultimamente, como se faz um grande gesto de amor sem envolver surpresas?

— A Bibi que te colocou no mau caminho, seu padrão de romance está pautado nos filmes da Disney, lá tudo dá certo!

— Oi? Catarina, aquele rato mágico é sádico. Toda história tem sequestro, envenenamento, tentativa de homicídio, guerras, disputas pelo trono e uma tonelada de mentiras! — ele ralha. — Onde que isso é "estar tudo certo"? — Ele tira a mão do volante e segura a minha, levando-a até a boca e mordendo-a de leve. Retribuo com um tapa fraco em seu peito.

— Ele tinha de falar com ela antes, porra! — protesto.

— Tipo, perguntar assim, "você quer namorar comigo?" — Sua voz é tímida, como se testasse a situação, investigando até onde pode pressionar.

— Sim! — Nossos olhares se cruzam pelo retrovisor. A sobrancelha dele faz aquela dança, me observando sem julgamentos. Por alguns segundos, perco a capacidade de construir frases, abandono todo o aprendizado do curso de escutatória. — Desse jeito — recomeço. — Perguntando assim como você exemplificou. — Desvio o olhar. — Não estava respondendo a sua pergunta, tá? — Tento esconder qualquer faísca do que, ainda, não sei dar o nome. — Mas você também não estava perguntando real, né? — Eu o belisco. Ele faz cara de dor.

— Não estava? — João Pedro estaciona o carro, desafivelando o cinto e virando o corpo para ficar de frente para mim.

Seu hálito quente se aninha em minha pele.

— Não estava? — Dispo minha voz de qualquer camuflagem. Ele apoia a testa na minha. Eu beijo o seu sorriso.

— Alguém pode me explicar por que todo mundo tá cantando Annie Lennox pra mim? — Nath pergunta, acomodando-se ao meu lado no banco traseiro, e puxando-me para um abraço. — Eu entendo que tem uma música chamada "Nathália" por aí, fiquei até pensando que merda que deve ser porque meu nome não rima com nada bom o suficiente para compor, mas...

— Imagina quantas Renatas foram chamadas de ingratas? Ou quantas Jennifers crianças queriam brincar de Tinder e choravam quando ouviam "não"? Ou quantas Annas Júlias, nascidas na década de 90, tiveram seus nomes gritados com ênfase no A? — João Pedro grita a vogal repetida no ritmo da música, o que nos faz morrer de vergonha alheia.

— Já entendemos o seu ponto, meu bem. — Dou duas batidinhas em seu ombro.

— É que o Bob... — ele recomeça.

— A música é do Bob? — Nathália arregala os olhos, parecendo assustada, contorcendo-se no banco do carro. — Ai, meu Deus! Eu me neguei a ouvir a música do Bob esse tempo todo? Eu sou péssima! — Ela desbloqueia o celular, clicando na letra B da agenda.

— Amiga, escuta. — Tomo o celular da mão dela.

— Ele tá em estúdio, vai passar a madrugada gravando — JPS acrescenta.

— Ok, ligo mais tarde. Pra avisar que cheguei, que tô viva, que tá tudo bem e...

— Gravando com o Márcio Victor do Psirico! — João Pedro exulta. — Nem o Kanye West conseguiu isso, vei!

Dessa vez, distribuo tapas pela cabeça, ombro e braço direito, qualquer parte do corpo dele que esteja em meu campo de visão, para ser mais exata. Nathália está tentando assimilar todas as informações da melhor forma possível, mas percebo pela expressão da minha melhor amiga que alguma coisa ainda não se encaixa. E eu sou a portadora dessa notícia. *Ser calma e paciente como foi Jesus*, repito mentalmente.

— Mas eu não tô mentindo, Catarina! O Emicida contou isso numa entrevista! E daí ele...

— Amiga, é o seguinte... — falo por cima do João Pedro, apoiando a mão na perna da Nath, que faz sinal para que eu não continue falando.

— Eu entendi, o JPS tá certo, as pessoas não podem ver ninguém com o mesmo nome da música, principalmente uma música gravada com o Psirico, que torna a música famosa, né? — Ela esboça novo susto com mais essa confirmação. — Que já cantam pra encher o saco e...

— Exceto se forem as pessoas da nossa cidade, porque essas têm motivos para encher o seu saco, especificamente — JPS completa, atravessando a ponte do rio que corta a cidade.

— Porra, João Pedro, eu tava preparando o terreno! — grito. — Então, amiga. — Seguro a mão de Nath e entrego-lhe o celular, pedindo que o desbloqueie.

— Isso é uma intervenção?! — Nathália debocha, numa crise de riso.

— Você e o Bob foram selecionados para o *Power Couple*! — João Pedro brinca.

No momento, eu sou a única pessoa que não acha a menor graça do que está acontecendo.

— Quê? Mas nem fodendo eu vou aparecer na televisão! — ela responde. — A gente não é *power*, que dirá *couple*.

— Tecnicamente vocês são, sim — ele retruca.

— Você e Catarina são um casal por acaso? — ela desafia. Agora são dois num embate de sobrancelhas subindo e descendo. Alguém me tira daqui!

— Se pra isso eu precisar dar uma entrevista, vou ligar rapidinho pro *Notícias urgentes* e...

— João Pedro! — berro.

— Catarina, conta logo! — Sua voz denota impaciência. — Preciso parar o carro pra ela não se jogar?

— Idiota — Nathália e eu falamos ao mesmo tempo.

Rapidamente, percorro os dedos pelo celular da minha amiga e abro numa entrevista do *BA TV*. Na miniatura, Bob, de cabelos presos num coque baixo, veste a camisa principal do Bahia, bermuda branca e chinelo de dedo. Ele está sentado em um sofá de dois lugares, em capim-dourado, com dois vasos amarelos de cerâmica nas extremidades do móvel e uma ilustração colorida do Belchior na parede traseira. A repórter pede para que ele cante um trechinho da canção que, em suas palavras, "saiu ontem e já está na boca dos baianos" e ele puxa os tchurururu-tchutchuru-ôô no ritmo da introdução de "No More 'I Love Yous'" da Annie Lennox. Nathália presta atenção a tudo, vidrada na tela. A repórter pergunta sobre a inspiração para homenagear outros nomes femininos eternizados em canções ao longo dos anos, exatamente quando o João Pedro estaciona o carro uma rua antes do Ponto do Acarajé e, tecnicamente, da casa de minha amiga, localizada no andar de cima. Estamos chegando ao grande momento do vídeo. Ele não quer perder a cena. Eu mal consigo controlar a respiração.

"Eu fiquei pensando, por que não, né?", a repórter ri e pede que ele encerre cantando mais um pouquinho do que promete ser o hit do carnaval, mas antes lança a bomba: "E a Nathália, existe?" Bob olha fixamente para a câmera e diz: "Claro! O nome da música é 'Nathália' por causa da minha namorada que tem esse nome. Nath, amor, um beijo! Olha eu na Globo!" A repórter se despede, Márcio Victor entra com um cajón, sentando-se ao lado do Bob, e, enquanto os créditos sobem, os versos são cantados:

> *Se cantam Anna Júlia, Jennifer, Renata*
> *Funk pra Juliana e declaração pra Carla*
> *Nathália também vai poder se ouvir*
> *Num refrão*
> *Tchurururu tchutchuru*
> *Ôô*
> *Não desligue o rádio agora*
> *Por favor*
> *Tchurururu tchutchuru*
> *Ôô*
> *Essa é uma declaração*
> *De amor*

O que é isso nascendo no rosto da minha amiga? Um sorriso?

25

— Tem certeza que não preciso comprar cerveja pra você? — ele pergunta, antes de sair do carro e entrar no mercadinho próximo a minha casa.

— Eu não quero beber. Quero me lembrar de tudo que aconteceu hoje. — Minha voz é firme.

— Eu acho que você tem planos maléficos vindo aí... — João Pedro faz aquela dança com as sobrancelhas. — Devo ter medo?

— Sempre.

Ele fecha a porta e segue na direção oposta ao carro. Se passasse alguém na rua neste momento poderia afirmar com veemência que JPS está fazendo dancinhas desajeitadas enquanto caminha, poderia supor que ele está feliz. Respiro fundo, permanecendo em silêncio para tentar ouvir meus sentidos, as vozes da minha cabeça.

— E eu, estou feliz? — questiono baixinho enquanto encaro meu reflexo no retrovisor. Um sorriso nasce em meus lábios, evidenciando a resposta. — Estou, eu sei que estou.

João Pedro retorna, e o restante do caminho até o meu apartamento é feito de forma suave. Não preciso mais da coragem, tudo o que tenho são certezas. E isso é mais que suficiente.

— *Shrek 2*? — ele debocha da minha escolha de filme, enquanto termina de encher o colchão de ar.

— Quero entender o motivo de você ter tomado um banho de glitter.

— Como assim você nunca viu a continuação de *Shrek*, Catarina, quem é você?

— Não gosto de sequências — digo, descendo do sofá para o colchão, aproveitando a ida do JPS ao banheiro, já que toda a minha insegurança retorna ao perceber que estou usando o bendito vestido amarelo que me deixa com meio metro de perna do lado de fora.

Eu sempre penso direito. Eu não pensei direito nas duas vezes que o usei esse ano. Acho que esse vestido é amaldiçoado.

— Por que você não gosta de continuação de filmes? — Ele tira os sapatos e as meias, deixando à mostra mais um rabisco na lateral do pé esquerdo. Uma nova tatuagem? Desde quando? Quantos detalhes sobre ele ainda são inéditos? — Tô curioso pra conhecer sua teoria.

— É muito simples. — Assim que ele se senta ao meu lado, dou uma batidinha em seu joelho e aponto para o pé. Prontamente, ele puxa a barra da calça e levanta o pé para perto de mim, facilitando a leitura da frase. — Se a continuação fosse mesmo importante, teriam incluído na história original. — Passo o indicador pela região, e ele se contorce em cócegas. Parece uma criança. — Chegue brocando? — leio o dizer impresso em sua pele. — O que é isso? Tentativa de ganhar o troféu da originalidade?

— Quando eu morei em São Paulo, meus amigos e eu...

— Você morou em São Paulo? — interrompo, assustada com a informação. Eu realmente não sei quase nada sobre ele.

— Como eu ia dizendo... — Ele passa o braço pelos meus ombros, me acolhendo em seu peito. — Na formatura da faculdade de administração, meus amigos resolveram tatuar "meter o louco", típica expressão de paulistano, mas aqui é *bahea, minha porra*, então eu adaptei pro baianês, e foi isso!

— Você morou em São Paulo... — Abro um botão da camisa dele, procurando pela corrente em seu pescoço.

— Por quase vinte anos! — Ele dá play no filme, mas meu foco está lá para o reino da história, "tão, tão distante".

— Talvez a gente não tivesse se conhecido! — Finjo uma cara de tristeza, ele aperta meu nariz.

— Você iria morrer de tédio, fala sério!

— Você que iria! Minha presença torna os seus dias muito mais interessantes, *meu bem*.

A vida doméstica de Fiona e Shrek começa a ser mostrada, a cumplicidade, o companheirismo, as inúmeras camadas de informação e sentimento que tornam duas pessoas distintas um casal. Há tanto do João Pedro que eu não sei. Há tanto de mim que eu tenho receio que ele saiba por medo de romper o laço que construímos, por medo de não continuar adicionando momentos aos nossos dias.

Ele permanece em silêncio, afundando os dedos em meus cabelos, me trazendo cada vez mais para perto. Levanto os olhos e percebo que seu olhar é distante, sua expressão é difícil de decifrar. Seu peito sobe e desce com maior velocidade, até que costura mais um ponto entre a gente, aumentando o campo das nossas interseções, como diria a nossa coordenadora.

— Minha mãe criou a gente sozinha — ele fala baixinho — e foi embora pra São Paulo tentar uma vida melhor pra mim e pra minha irmã. Ela trabalhou como empregada doméstica durante muito tempo, sabe, Catarina? Nunca vi minha mãe reclamar. Ela nunca perdia o bom humor! — Ele deita a cabeça na curva do meu pescoço e abraça a minha cintura. — Depois que ela se aposentou, voltamos pra cá, nossa cidade de origem, construímos a casa dos sonhos dela, ela viu Bibi nascer... se realizou, sabe? — Assinto, brincando com os fios dos seus cabelos. — Quando ela morreu, Lia e eu sofremos muito, mas foi tipo uma missão que ela cumpriu aqui. Deus tava precisando de gente boa no céu, não tinha ninguém melhor do que a minha mãe pra preencher o posto.

— Eu sinto muito. — Dou-lhe um beijo na cabeça. Não há muito o que falar neste momento.

— Eu também. — Ele levanta os olhos em minha direção. — Ela iria amar te conhecer!

— Então são você e a Lia desde...

Não consigo terminar a frase, mas também não consigo conter a minha curiosidade. Quanto mais eu conheço o João Pedro, mais eu desejo conhecê-lo, mais eu preciso estar perto dele.

— Sim, meu pai nunca fez parte da família, e é por isso que eu tento ajudar a Lia de todas as formas. Sei como é difícil ser mãe solo, porque eu vivi isso de perto dentro de casa. — O semblante dele é suavizado de tal maneira que até eu, que já me achava expert nos semblantes do João Pedro, desconheço a expressão. Não sei explicar, mas ele nunca esteve tão bonito. — Me desculpa pelo assunto baixo astral. — Finge um sorriso. — Eu só quero te contar as coisas boas. Não quero te preocupar ou trazer tristeza e...

— Por acaso eu sou sua filha? — Dou-lhe um beliscão na barriga. — Eu quero tudo, principalmente aqueles arquivos enterrados no fundo da gaveta, eles são os mais importantes!

— Gosto de te olhar assim, como quem não quer nada... — Ele passeia a ponta dos dedos pelo meu rosto, o perfume em seu pulso me entontece novamente. — Como quem quer tudo.

Suspiro.

— O amor faz a gente gostar das coisas que não imaginava gostar um dia.

— Amor? — repito em voz alta, tentando controlar todas as explosões de sentimentos que essa palavra de quatro letras causa dentro de mim.

Ele aproxima a boca da minha e repete baixinho a bendita palavra de quatro letras. Já não era suficiente dizer uma vez? Precisava repetir? Petrifico. Essa é uma péssima hora para virar estátua de sal, mas é inevitável. Por sorte, ele também me conhece e sabe que preciso de tempo. Aumenta o volume da TV e preenche a sala com todas as risadas do Burro.

A mão dele paira sobre a minha coxa. Viro o rosto lentamente para encará-lo, mas seus olhos estão fixos na imagem projetada na TV. João Pedro e eu sabemos que o final do filme será um mero borrão porque as memórias desta noite decidem tecer outros fios. Ele inclina seu corpo contra o meu, sua respiração é tão aromatizante quanto seu perfume, e me pergunto se a paixão altera o olfato, se o querer estar com alguém faz você prestar atenção nos mínimos detalhes da pessoa, se aquela palavra de quatro letras torna a pessoa de quem se gosta cada vez mais... sexy.

A mão dele desliza vagarosamente pela minha pele, e meus pelos eriçam no mesmo compasso da respiração crescente que faz seu peito subir e descer com uma velocidade absurda. Paralisamos por um segundo eterno, indecisos quanto ao próximo passo. Como num tabuleiro de xadrez, antecipamos mentalmente os movimentos um do outro, o que me faz soltar um longo suspiro, que me proporciona uma visão privilegiada daquela conhecida dança das sobrancelhas.

— Fica calma — ele diz, agitado.

— Quem te disse que eu tô nervosa? — Lanço um olhar de desafio, brincando com a ponta da embalagem da camisinha guardada no bolso de sua calça.

— Catarina... — Ele arruma a coluna no colchão, imito seu movimento. Estamos sentados de frente um para o outro.

— Você nunca esteve com uma...

— Não — ele responde antes mesmo de eu finalizar a pergunta.

Meus ombros encolhem, e meu olhar percorre o lençol de seda azul, abrindo caixinhas de lembranças que, neste momento, é tudo o que não preciso.

— Sabia — murmuro. — Sou a primeira...

— Eu nunca estive com uma mulher que eu quisesse tanto — ele interrompe, derramando as mãos sob as minhas pernas, me trazendo para o seu colo.

Meus braços se cruzam em seu pescoço enquanto os dele perpassam pelas minhas costas. Sua mão direita apoiada no vão formado pela minha escoliose, no limite invisível que separa o corriqueiro da intimidade.

O João Pedro me olha daquele jeito só dele, roubando minha sanidade e todos meus medos. E eu o beijo daquele jeito só meu, disposta a me queimar no vulcão de seus lábios. Novamente, eu me esqueço de pensar. E entrego o controle de quem sou e de todos os meus roteiros mentais porque me permito sentir. Eu me permito senti-lo crescer junto a mim. Eu permito que ele me sinta tremer com seu toque.

Muito mais do que o cair de roupas, nesta noite de sexta-feira, dispo-me de minha armadura, livro-me de todos os escudos, derrubo os muros que construí entre mim e ele enquanto meus dedos, entrelaçados em sua corrente, convidam os seus a entrelaçarem-se à renda fina outrora escondida pelo vestido amarelo.

— Você ama se enrolar nesse colar, né?
— Eu amo me enrolar em você.
— Que dia é hoje? — As palavras saem espremidas entre os beijos que ele distribui em meu pescoço.
— Sexta, ué. — Brinco com a linha da sua coluna.
— Data, Catarina — ele questiona, ofegante.
— Seis de novembro.
— Dia seis, um dia para nunca mais esquecer.

26

— Você não pode dormir. — Bocejo, aninhada em seu corpo, minhas costas apoiadas em seu peito.
Porra, Catarina, tá me expulsando? — Ele abraça a minha barriga com mais força.
É que amanhã é dia de faxina e...
Eu ajudo. — Ele beija a minha têmpora.
Não precisa.
Catarina, é normal precisar de alguém, tá? — ele fala baixinho. — Eu também preciso de ajuda nisso!
— Eu já tenho ajudante. — Novo bocejo. O cafuné que ele começa apenas deixa meu corpo mais relaxado. — Meia hora, João Pedro.
Sinalizo com a mão a necessidade de manter a posição mais confortável, ele entende e enrosca sua perna entre as minhas, liberando o atrito entre os meus joelhos.
— Meia hora, Catarina — ele repete.
Encolho-me em posição fetal. Há muito tempo não me sinto tão protegida como neste momento. Aqui. Com a respiração do João Pedro aquecendo a minha pele. Com a pele do João Pedro costurada a minha. Aqui. No meu

quarto. Adicionando novas memórias ao papel de parede de arabescos quase imperceptíveis. Adicionando sensações a um corpo que aprendeu a sentir-se bem dentro dele mesmo, com outro corpo junto a si. Aqui.

É como se jogar de um precipício. Sem morrer. Mas nenhuma nuvem te ampara. Você apenas... voa. E eu, que achava que o mar era o lugar mais aconchegante do mundo, descobri estar errada. João Pedro me apresentou ao seu abraço. Me anestesiou com o seu cheiro. E ferrou tudo.

As manhãs de sábado são meu momento favorito da semana. Não existe som de despertador, muito menos obrigatoriedades. Posso permanecer na cama pelo tempo que quiser, posso prender o cabelo num coque alto sem pentear os fios e levar o restante das horas com a calma que não me ofereço nos dias úteis. Estico os braços, ouvindo o barulho característico das faxinas quinzenais: a voz inconfundível de Silvano Salles entra sorrateira pelas frestas da porta.

Lembro-me da primeira vez que Tamires veio aqui em casa para realizar a limpeza doméstica quinzenal. Já éramos próximas no trabalho, mas era um ambiente diferente e uma dinâmica totalmente nova, uma vez que estávamos adicionando mais uma camada ao compor a tríade colegas de trabalho-amigas-contratante e contratada. Por conta da convivência comigo, ela sempre está atenta às minhas limitações e necessidades pontuais, o que facilita bastante o trabalho aqui em casa. Quando o Jonas foi embora, ela ganhou a cópia da chave nova, e, depois de quase dois anos, meu corpo acostumou-se a acordar, a cada dois sábados por mês, ouvindo os maiores sucessos do "cantor apaixonado".

Ao virar-me para o lado e apoiar a cabeça no travesseiro, o perfume do João Pedro invade minhas narinas, lembrando-me em golpes de que, até algumas horas atrás, ele estava exatamente neste espaço da cama. Vasculho o chão e o pufe próximo à penteadeira, mas não encontro vestígios dele. Respiro aliviada.

Sento-me na cama e antes de acomodar-me na Adriana checo o celular em cima da mesa de cabeceira: nenhuma mensagem dele. Típico. Minha mente diz que já sabia que ele seria assim, mas por que, de repente, me sinto decepcionada? O que eu esperava, afinal? Uma redação sobre o quanto ontem à noite foi bom? E se não foi? Mas ele usou aquela bendita palavra de quatro letras! João Pedro é o tipo de homem que fala o que for necessário para conseguir aquilo que deseja? Será que eu dei o benefício da dúvida rápido demais?

— Ai, Catarina, como você é burra! — Aperto as mãos com raiva. — Ai, Catarina, por que você é assim? — Puxo da gaveta um vestido cinza folgado e de furinhos na barra da saia, evidências do desgaste do tempo, e vou vestindo-o a caminho do banheiro, batendo a porta com força suficiente para avisar que estou acordada e que não estou de bom humor.

Tamires está acocorada na cozinha, depositando o conteúdo da geladeira num cooler. Ela responde ao meu bom-dia com um risinho de canto de boca e tudo o que não vou aguentar é mais alguém me julgando pela quantidade de latinhas de Coca Zero refrigeradas.

— Tá querendo um aumento, é? — digo, aproximando-me da mesa posta para o café da manhã.

— Pensei que alguém aqui acordaria com uma cara melhorzinha — ela debocha.

— Motivos? — Destampo a vasilha de biscoitos de polvilho, abraçando-a junto ao corpo.

— Vocês não iriam comemorar o projeto dos fornos?

— Você não foi? — pergunto. Ela responde que não. — Porque eu também não fui. — Hesito por alguns segundos em contar toda a verdade ou embarcar na história inventada pelo meu colega, e, apesar de querer matá-lo nesse momento, a melhor opção é manter sua mentira. — Fiquei trabalhando.

— Sei. — O que é isso na voz de Tamires? Sarcasmo?

Não consigo entender a raiz de toda a minha chatice matutina, não é possível que ele tenha conseguido mexer tanto comigo. Ele não pode levar todo o crédito. Tem de haver mais alguma coisa me incomodando. Pensa, Catarina, pensa.

O interfone toca, e Tamires dá um salto, fechando a porta da geladeira e empurrando o cooler para o canto. Ela libera a subida e acende o fogo sob o cuscuzeiro, tomando a vasilha dos meus braços, o que me deixa ainda mais irritada.

— Quem que tá subindo? Olha como eu tô! — Sinalizo o ninho acima da minha cabeça, a roupa velha e a cara de poucos amigos. Ela ignora.

— É o ovo pro nosso café da manhã!

— O carro do ovo faz entrega agora? — Estou perplexa. — Uau. — Peço meus biscoitos de volta, ela finge que não me vê. Ridícula.

Tamires parte para a sala para receber os ovos, e eu travo. João Pedro surge na cozinha ao lado dela, os dois conversando como se nada tivesse acontecido, como se fosse normal se encontrarem numa manhã de sábado. Pior, como se fosse normal se encontrarem numa manhã de sábado na minha casa. Antes que eu consiga sair correndo, ele abaixa-se a minha altura, dando um beijo em minha testa e me desejando bom-dia. Meu coração ameaça saltar pela boca.

— Quer ovo, Catarina? — ele pergunta, indo em direção ao fogão, recebendo a frigideira das mãos de Tamires, que dispõe os pratos à mesa.

Não consigo responder. De onde veio essa naturalidade entre eles? Eles conversaram? O que ele disse? O que ela disse? Será que ele falou que pegou no sono enquanto a gente trabalhava? Será que contou que passamos a noite juntos? Será que...

— Catarina?

— Mexido, João, ela ama ovo mexido — Tamires responde enquanto pareço estar num episódio de afasia de Broca. — O meu é gema mole, viu?

— Sim, senhora. O cuscuz já tá bom?

— Ainda não cheirou, né? Fica de olho. — Vira-se para mim. — Cat, vai querer achocolatado ou café? — Não consigo falar. — Aproveita e pega os talheres pra gente comer. — Parte para a lavanderia.

Sinto os primeiros sinais vitais retornando lentamente, abro a gaveta do armário e pesco garfos, facas e colheres, depositando-os em cima da mesa. João Pedro despeja meu ovo no prato posto no espaço da mesa pequena em que não tem assento, mas para na minha frente. Seu semblante é preocupado.

— Tá tudo bem?

— Eu pensei que você tivesse ido embora e...

— Eu não consegui acordar. — Sua voz me apresenta decepção e sinceridade. Sinto meu coração amolecer. — Me desculpa.

— Por que você tá pedindo desculpa?

— Porque você tá chateada.

— Eu não tô!

— Claro que tá, você não falou nada desde que me viu e...

— Eu tomei um susto, João Pedro!

— De mim? Não me reconhece mais se eu estiver vestido, é isso mesmo, *meu bem*?

Sou invadida por uma gargalhada alta e boba. Rio tanto que meu peito dói. Tamires volta à cozinha, desligando a panela e ralhando conosco, porque quase deixamos tudo queimar para, em suas palavras, "ficar de chameguinho". Nova crise de riso.

— Só pra você saber, todo mundo lá no trabalho sabe, tá? — Ela dá uma batidinha em meu ombro, antes de servir o cuscuz.

— Todo mundo? — João Pedro e eu falamos ao mesmo tempo.

— E digo mais: todo mundo acha vocês dois juntos a coisa mais linda, a começar pela Tereza Cristina. Mas não conta que eu contei, é divertido ver a chefe agindo como se fosse a única pessoa que sabe de vocês dois.

Entalo com a comida, levantando os braços para ajudar a respiração, tal qual meu pai me ensinou desde criança. Apesar de minha médica dizer que nada disso funciona, prefiro seguir os conselhos repassados de geração em geração na família Almeida.

— Mas não é segredo, Tamires, é que a gente é um casal discreto — ele responde, furando a gema do ovo em seu prato.

Engasgo novamente. Não é possível que a bifurcação entre a minha laringe e a minha faringe tenha mudado de lugar justo hoje.

27

— Cadê as páginas corrigidas? — Tereza Cristina barra a minha entrada na sala do João Pedro, me encarando como se possuísse um detector de mentiras acoplado na face. — Já fizeram errata para o portal do ministério? Hoje é quarta-feira, Catarina, não podemos deixar que erros passem uma semana para serem corrigidos, principalmente se queremos ter chances de contemplação.

Congelo. Todas as memórias que envolvem a finalização do projeto estão costuradas aos eventos do fim de semana. A Tereza Cristina sabe que João Pedro e eu somos... me recuso a usar a palavra definitiva. Que ele e eu estamos juntos. De alguma forma. Respiro fundo. Com esta expressão eu consigo lidar. Mas sempre que ameaço abrir a boca o único som que escapa é o eco de uma eloquência vazia.

— Catarina, você estava prestando atenção ao que eu disse? — Ela me cutuca novamente, cruzando os braços sobre o peito, claramente irritada.

Começo a revisar mentalmente o Estatuto do Servidor Público. Será que ela pode me demitir por causa disso? Sei que não pode. Mas preciso de certezas. E a página não vem. E o meu desespero cresce. O que eu respondo sobre essas benditas páginas do mentiroso João Pedro que me colocou nessa enrascada? Eu não sei mentir! Não tenho vocação para Caim ou Jacó.

— Ô, minha chefia! — A voz do meu colega, de dentro do cômodo, vem ao meu resgate. — Acredita que Catarina não tinha o arquivo final no pen drive e tava olhando o errado?

Ufa. Ela vira-se de costas para mim, passando pela porta. Eu a sigo, acomodando-me em frente ao meu laptop, fingindo estar muito ocupada para participar da conversa. É isso. Eu estava ocupada o tempo inteiro com a infinidade de relatórios para corrigir.

— Difícil de acreditar mesmo, logo a Catarina! — Ela dá duas batidinhas em meu ombro direito. Até o seu esmalte verde-menta parece me julgar nesta tarde.

— Pois é, os gênios também têm seus dias ruins, né? — João Pedro continua, mordendo o bocal da caneta. Mais uma tampa a ser jogada no lixo com urgência.

— Sei. — Tereza Cristina permanece em silêncio por alguns segundos, analisando a sala e retornando o olhar para mim e ele. — Você já pode voltar para a sua sala, tá, Catarina? Aqui realmente é muito apertado, como você mesma deixou claro todas as vezes que foi queixar-se lá na coordenação, né? — Mais uma tentativa de usar o seu detector de mentiras visual. Será que ela tem algo que mede mapa de calor? Porque sou acometida por uma forte onda de sudorese, a blusa amarela por baixo da salopete rosa começa a encharcar. Era só o que me faltava. — Agora que o projeto foi submetido, não há mais a necessidade de...

— Mas ela pode ficar aqui? — JPS interrompe, assustando a nós duas.

— Se ela quiser, claro, porque eu ainda preciso de...

— Façam conforme acharem conveniente — ela diz, como quem detecta algo suspeito. — Se você ainda precisa dela, ou de algo com ela, não sou eu quem vai atrapalhar. — Sai da sala, fechando a porta.

— Devo me preocupar por você ser um mentiroso? — Abaixo a tela do laptop, meus olhos em busca dos dele.

— Por que eu mentiria pra você?

— Também não sei, mas nunca se sabe.

Ele aperta os olhos e respira fundo, balançando a cabeça em negativa, parecendo decepcionado.

— Você acha que ela acreditou?

— Claro que não, nem a Bibi acreditaria!

— Mas a Bibi tem um QI elevadíssimo.

— Você entendeu o que eu quis dizer, JPS, criança é fácil de tapear.

— Quem te disse isso? — Ele estica as pernas embaixo da mesa, empurrando a Adriana para trás. Droga, não posso me esquecer de travá-la quando perto dele, não se quiser continuar vencendo as guerrinhas que nossos pés travam sob a mesa. — Você não convive com crianças, nem sabe do que tá falando.

— E você que é um grande conhecedor, né? — debocho, mas ele concorda. — Meu filho, as crianças me amam!

— Tá me chamando de criança? — Suas sobrancelhas iniciam aquela dança.

— Tá dizendo que me ama? — Minhas sobrancelhas decidem entrar no duelo.

Ele suspira, passando os dedos pelo pescoço e puxando o colar de dentro da blusa, brincando com o crucifixo pendurado.

— Ai, Catarina, depois eu que sou devagar pra entender as coisas!

Nova onda de calor. Ele não se mexe um centímetro, mas um sorriso bobo nasce em meu rosto. Ele continua me encarando, é como se seu olhar fizesse cócegas em meu coração.

João Pedro regula a temperatura do forno elétrico em cima do balcão, voltando a atenção para as últimas camadas de molho branco e queijo na lasanha. Assisto a tudo atenta, prestando atenção aos detalhes: do pano de prato pendurado em seu ombro ao fato de ele permanecer de meias o tempo inteiro porque sente muito frio nos pés. Gosto de vê-lo em minha cozinha, abrindo e fechando o mesmo armário várias vezes até encontrar aquilo que procura porque é muito teimoso para perguntar mais de uma vez e se recusa a admitir que não se lembra da resposta. Gosto de vê-lo perambular pela minha casa e reclamar da pasta de dente que eu compro, por achar o gosto muito forte, e da crise de riso que causo nele sempre que o mando parar de roubar o creme dental da Bibi. Gosto das noites aleatórias em que transformamos a mesa da sala num grande cassino e desafiamos Nathália e Bob, que sempre terminam em meninos contra meninas — o que tem sido cada vez mais difícil de acontecer porque a agenda do Bob está cada vez mais cheia, graças a Deus. Gosto de sua companhia. Dos filmes que ele sugere. De deitar-me no sofá, recostar a cabeça em seu peito e permanecer ali por horas, até pegarmos no sono e sermos acordados pela fome.

— Eu estava ouvindo uma música quando soube que estava apaixonado por você. — Ele volta da sala, as mãos escondidas atrás das costas. — Naquele momento eu soube que seríamos um casal, como também sabia que você iria me odiar quando eu te contasse sobre os meus sentimentos e...

— Mas você tá contando mesmo assim. — Mostro-lhe a língua, escondendo o rosto atrás das mãos.

— Vale o risco. — Ele acocora-se em frente a mim, puxando meu braço para que eu pare de me esconder. — Você sempre valeu o risco.

Ele levanta-se e abaixa o tronco para me dar um beijo. Minhas mãos tentam alcançar sua mão escondida, mas João Pedro parece esperto demais nesse momento, porque sai correndo antes mesmo de me deixar encostar em seu braço. Maldito. Sigo em sua direção, gritando alguns palavrões, ele retruca outros, mas continua sem me deixar ver o que está escondendo.

— Quando você encontrar alguém que queira irritar pelo resto da vida, essa é a pessoa certa. — Ele passa por mim, pulando no sofá antes que eu o atropele. — Namore com alguém que você queira irritar pelo resto da vida, Catarina, essa é a regra. — Nova pirraça, novo pulo para se manter seguro.

— Você é insuportável, João Pedro! Eu te odeio! — Tento alcançá-lo, novamente sem sucesso.

— Eu sei que sou. E você também é. Essa é nossa maior prova de amor!

— Isso não é saudável. — Desisto da perseguição.

— *Isso* é nossa própria dinâmica. — Ele joga o corpo no sofá, completamente cansado.

Ao me aproximar, percebo um estojo transparente em sua mão esquerda. Ele me entrega, ainda ofegante.

— Um CD, João Pedro? — Estou decepcionada. — Quem ainda usa CD, pelo amor de Deus?!

— Exatamente. — Ele pisca o olho. — Gosto de ser diferente.

— Um link do Spotify, do Deezer, sei lá, algo normal.

— A primeira música não tem nas plataformas digitais. — Arregalo os olhos, invadida pela surpresa. — Eu sei, eu sei, surpreendente, né?

— Surpreendentemente velho, isso sim. O que eu vou fazer com um CD? Meu laptop nem entrada pra isso tem!

— Aff, Catarina, é impossível te fazer uma surpresa! Você dificulta tudo!

— Eu não dificulto tudo, eu facilito a vida das pessoas quando tenho conhecimento dos planos das pessoas. O erro foi seu de não me consultar antes.

— Consultar você sobre uma surpresa pra *você*? — ele bufa.

— O que teria lhe rendido cem por cento de aproveitamento. — Percebo que ele está visivelmente chateado com a minha reação. — A tal música que você falou que ouviu quando... — Balanço o estojo com o CD no ar. — A música tá aqui?

— É a primeira da lista.

Parto em direção ao escritório, o segundo maior cômodo da casa, chamando-o para vir comigo. Aponto para os compartimentos no armário lateral à mesa branca de fórmica e peço que ele pegue a caixa posicionada ao fundo, atrás de um pequeno quadro com o rosto da Lélia Gonzalez bordado, junto com a outra caixa que está na parte de baixo, próxima à tomada do ventilador

— Pra que você tá me fazendo procurar por caixas, Catarina? — Ele reclama o tempo inteiro, parecendo criança birrenta. — Eu quero meu CD de volta, me devolve. — Finjo que não escuto e continuo apontando para as possíveis caixas que se farão necessárias para que eu desvende o mistério da fatídica música. — Vou embora. — Ele deposita a última caixa sobre a mesa e sai do escritório. — Eu tô magoado com você.

— Eu tô tentando achar o aparelho de DVD aposentado, seu idiota! — grito, mas ele nada responde. Sigo a sua procura, encontrando-o na cozinha, retirando delicadamente a lasanha do forno. O cheiro de queijo invade o apartamento. — Tudo isso pra ouvir seu CD, João Pedro, larga de ser chato!

— Não precisa, porque...

— Eu já falei que eu vou ouvir! — interrompo. — Eu não vou devolver o CD. Ele é meu, é um presente pra mim, você não vai levar de volta!

Ele aproxima-se e, agora, quem foge sou eu. Nem morta vou deixar que ele pegue esse CD. Eu ouvirei essa música nem que seja a última coisa que faça nessa vida. Corro para o quarto e empurro a porta com força, mas ele chega a tempo e passa pela fresta, me alcançando. Jogo travesseiros nas pernas dele, numa tentativa de impedir sua aproximação, mas nada disso é suficiente, João Pedro está diante de mim, retirando a mão do bolso.

— Eu fiz uma cópia num pen drive. — Nova falta de ar.

— Ah! — Ele se apoia em meus joelhos, sentando-se no chão, relaxando as costas na lateral da cama. — Por que você não me falou logo, seu idiota?

— Porque é mais divertido quando você fica com raiva antes. — Ri.

— Eu vou te matar! — Abro os braços, convidando-o para um abraço. Ele obedece ao comando, me apertando com força. — Você tá magoado mesmo? — pergunto-lhe ao pé do ouvido.

— Não... — ele responde baixinho também, dando um beijo em meu pescoço.

— Imaginei.

— Minha atuação foi tão péssima assim? — Ele encosta seu nariz no meu.

— Você não tá pronto pra resposta. *Eu* não quero te magoar de verdade.

28

Mas ela olhou diretamente para você, sorriu e perguntou seu nome
Você não poderia saber que seu coração nunca mais seria o mesmo
[...]
É fácil argumentar
Ela é teimosa e você também
Mas coisas simples podem te trazer de volta
Quando você está no caminho errado
[...]
Ela não é o que você esperava
Ela é mais do que parecia
Ela dá a você mais do que você sabia que queria
Agora o que você está querendo, você nunca, nunca teve antes
Amor real, verdadeiro e imperfeito amor
"She", Hummingfish

Ninguém precisa me perguntar por que ouço tanto a mesma canção. Creio que a resposta é automática: está estampada no rosto em forma de riso fácil. Está em meu cabelo solto, na pasta de dente colorida artificialmente sabor uva recém-adicionada ao meu banheiro, nas pequenas ondas de calor que atravessam a minha pele e apenas respondem ao toque dele. Ele. Novo play na melodia já conhecida. Uma semana. Letra decorada. Cantarolo ao lavar os cabelos, ao digitar listas de controle durante o trabalho. Ele ri. Porque ele, mais do que ninguém, conhece essa canção. Foi ele quem me deu. Após ouvir em um vídeo de casamento que a irmã estava editando. Uma semana e meia. Os versos, velhos conhecidos. Essa canção que é emprestada. Essa canção que é para mim. Que é dele. É minha. Nossa.

O filme vai chegando ao fim, a coelha policial, agora oradora da turma da academia de polícia, inicia o seu discurso. Confesso que estou levemente emocionada. Vai ver esse é o mistério das animações: fazer crianças rirem e adultos chorarem. João Pedro está com um sorriso de orelha a orelha, o que comprova a minha teoria e estabelece os papéis de cada um de nós nessa relação.

— Não sei se viveríamos um felizes para sempre como o deles — digo, entrelaçando seus dedos aos meus. — Ou um divórcio — completo, após uma pequena pausa.

— Para as duas alternativas, só nos resta uma opção.

"Nós temos de tentar. Eu imploro a vocês: tentem", a coelha continua o seu discurso. Eu levanto a cabeça e puxo o crucifixo dele para que ele me olhe e perceba a interrogação em meu rosto.

— Qual opção mirabolante é essa?

— Judy Hopps não te ensinou nada durante o filme inteiro? — Ele dá um beijo na minha testa. — A gente tem que tentar, Catarina. A gente sempre tem que tentar.

"Você sabe que você me ama", diz a raposa. "Eu sei disso? Sim, eu sei", responde a coelha. Neste momento JPS e eu nos encaramos. Não somos Judy Hopps e Nick Wilde, mas, sim, nós também sabemos.

A fresta de luz que entra pela janela do meu quarto faz brilhar as pintinhas das costas que o lençol se esqueceu de cobrir. Ou talvez tenha deixado de fora de propósito, apenas para garantir que eu tivesse mais um sábado feliz logo ao acordar. Observo sua nuca perfeitamente arrumada no travesseiro branco com estampa de minimargaridas e não consigo conter a necessidade de desenhar constelações em sua pele, ligando cada pintinha solitária a outra pintinha solitária e outra pintinha solitária e outra e outra e outra. Com a ponta dos dedos, crio zigue-zagues preguiçosos, percorrendo a coluna retinha que nunca terei, nem mesmo depois de três cirurgias para correção de escoliose; uma é dolorosa o suficiente para uma vida inteira.

João Pedro vira-se devagar, acordando todos os músculos dos braços e das costas, mas mantendo os olhos semicerrados, repletos de sono e preguiça. Os ossos do seu rosto parecem obra de Michelangelo. Esse nariz com certeza foi esculpido. As maçãs do rosto medidas a régua. Deus cuidou de todos os detalhes. Ainda bem. E me presenteou com esse momento para chamar de meu. Ainda bem.

Recolho a mão lentamente, mas ele a segura no ar, recolocando-a junto ao coração.

— Eu não queria te acordar — falo baixinho. Seus olhos entreabertos me encontram. Seus braços me puxam para mais perto, permanecendo entrelaçados a minha cintura.

— Eu gosto de ser acordado por você — ele sussurra, encostando a testa na minha.

— Eu gosto de acordar com você — digo, depois de um tempo.

— Que bom. — Novo abrir e fechar de olhos preguiçosos. — Porque eu não quero não acordar com você daqui pra frente.

— Os sábados não são suficientes, meu bem? — Mantenho a testa colada na dele, mas permaneço de olhos abertos. Não consigo não olhar para ele.

— Uma vida não é suficiente, meu bem.

Brinco com seus cabelos, percorro a estrutura óssea da sua face e dou-lhe um beijo na ponta do nariz, o que o faz rir com os lábios e com os olhos — que agora estão abertos e fixos nos meus. A fresta de luz aumenta sobre o meu rosto, e ele me arrasta para ainda mais perto de si, chegando junto à parede nesse jogo de esconde-esconde com o sol. Há conforto na onda de calor que é formada entre nós, e, antes que eu abra a boca para dizer qualquer palavra que me faça vacilar ou retroceder, ele me beija devagar, afundando todo medo, toda insegurança, todo pudor. Minhas mãos envolvem seu pescoço, seus lábios escorrem dos meus, descendo do pescoço até o ombro direito enquanto a maciez do seu toque desenha minha silhueta e encontra repouso sob o tecido da camisola preta com estampa de lhamas. Como um péssimo jogador de campo minado, seus dedos acariciam exatamente onde pequenas explosões de excitação acontecem. Ponto para mim. Minha satisfação nasce em forma de um gemido quase inaudível, mas capaz de convencê-lo a atirar pela janela qualquer resquício de timidez.

JPS acomoda minha cabeça no travesseiro, ao mesmo tempo que minha camisola é atirada em qualquer canto longe o suficiente para não mais adiar o passeio de sua língua pelos meus seios. Ele lambe meu corpo com a sede de quem peregrinou pelo deserto por dias inteiros. Meus gemidos ganham forma, minhas mãos afundam-se em sua pele, e o vão entre nossos corpos parece ser a lacuna precisa para que seus braços continuem me envolvendo, me proporcionando a segurança de não saber por qual centímetro de pele seus lábios querem valsar. O desejo se desenha no ar, e eu finco as unhas em seus braços, que agora envolvem minhas coxas. Não consigo permanecer de olhos abertos, e a última visão que tenho é do seu sorriso, como quem acabou de ver o arco-íris mais lindo do mundo. Fecho os olhos e me derreto entre os lençóis.

29

— Fechou, João Pedro. — Viro o rosto na direção dele, parado junto à porta da nossa sala. Ele puxa a porta pela maçaneta enquanto me devolve uma cara de dúvida. — Não a porta, menino. — Ele solta a maçaneta, aproximando-se da tela do meu laptop. — O campo pra submissão dos projetos na plataforma. — O hálito de café forte penetra pelas minhas narinas.

Ele dá a volta na mesa, em direção a sua cadeira.

— A porta também. — Aponto com a caneta para o lado direito. Ele suspira em tom impaciente, retornando para fechar a porta.

— Mais alguma coisa, milady? — Ele ensaia uma reverência.

— Hm, deixa eu ver. — Abro o caderninho de anotações na página em que constam os doze sinônimos para a palavra "vulnerável". Ele se assusta, acreditando que seja realmente uma lista de tarefas a cumprir. Como se ele fosse o Hércules e tivesse de realizar aqueles tais doze trabalhos. Bobo demais, como sempre.

— Onde você vai passar o Natal?

— Como foi a reunião?

Perguntamos ao mesmo tempo, o que nos faz rir. Eu amo rir com o João Pedro. Me faz lembrar daquele verso cantado que diz que o riso é mais feliz com o outro. Seria por causa do outro? Talvez. Sei que me sinto assim. E ele sabe. Porque hoje eu consigo dizer.

— O Natal tá muito longe, meu bem — respondo, enfim. E recebo uma careta de volta.

— A reunião foi normal. — Ele sorve o café de olhos fechados, inalando a fumaça que sobe de seu copo térmico.

— Ai, João Pedro, *normal* é uma palavra tão pobre quanto *interessante*. Eu quero detalhes. Quero quem disse o que, como falou e por quê. Eu quero me sentir lá, entendeu?

— Vai na próxima vez. — Ele pisca o olho, voltando a atenção para a tela do celular.

Ai, que ódio!

— Pronto, pedi pra Hanna te enviar a ata, satisfeita? — ele completa.

Não, não estou satisfeita. Custa me dar os detalhes? Minha frustração se transforma em solavancos na cadeira a fim de esbarrar com força nos pés dele. Ele ri, percebendo que me deixou irritada antes das cinco da tarde. Mais uma de suas apostas ridículas anotadas num post-it e coladas na tela do laptop. Mais uma aposta da qual sou a protagonista, sem saber o que está em jogo, até que faça exatamente o que ele escreveu. Que raiva!

— Ela é ótima — ele conclui.

— Quem? A Hanna? — Ele balança a cabeça em concordância. — Eu quero é novidade, meu bem! Ela teve a professora perfeita, por isso assumiu perfeitamente o projeto da escola. Sou muito boa no que faço.

— Ela tem é medo da tirana Catarina, isso sim. — Ele finge desenhar no rosto um bigode pequeno acima do lábio superior.

— Você não ouse me chamar de Hitler! — Ameaço jogar a borracha nele.

— Eu te chamei de Chaplin! — Ele usa os braços como escudo. — Charles Chaplin! Foi uma alusão ao seu senso de humor maravilhoso, meu bem, você que levou pro outro lado!

— Você é ridículo, João Pedro!

— E é por isso que você não vive sem mim.

Nath 10:23
VOCÊ PEDIU O AUMENTO?

Nath 10:25
AMIGA, ME DIZ QUE VOCÊ PEDIU O AUMENTO!

Nath 10:25
EU VOU TE MATAR SE VOCÊ NÃO PEDIU!!!!!

Catarina 10:27
AMIGA...

Catarina 10:27
ENTÃO

Nath 10:27
EU VOU AI AGORA SÓ PRA TE OBRIGAR A PEDIR O AUMENTO

Catarina 10:28
ELE VAI CONVERSAR MELHOR COMIGO

Catarina 10:28
APARECEU UMA LIGAÇÃO IMPORTANTE E EU SAÍ PRA ELE ATENDER

Catarina 10:28
MAS EU FALEI TUDO!

Nath 10:28
YEEEEEEEEEEEEEES!!!!!!!!

Catarina 10:28
QUE ME SINTO CAPAZ DE ASSUMIR COISAS MAIORES

Catarina 10:29
ESSAS COISAS

Nath 10:29
ESTOU ORGULHOSA

Nath 10:29
ESTOU **MUITO** ORGULHOSA DE VOCÊ

Catarina 10:29
OBRIGADA!!

Catarina 10:30
E ELE TÁ ME CHAMANDO AQUI

Catarina 10:30
ME DESEJE SORTE

Nath 10:30
AAAAAAH, VAI LÁ!!!

Nath 10:31
JÁ DEU TUDO CERTO, VOU ACENDER UMA VELA

Catarina 10:31
SE TUDO DER CERTO, TE LIGO PRA COMEMORAR

Nath 10:31
MESMO QUE VOCÊ NÃO ACREDITE EM VELA

Catarina 10:31
SE DER ERRADO, BEM...

Catarina 10:31
VOU ME ISOLAR POR TRÊS DIAS

Nath 10:32
VAI NA FÉ, AMIGA

Catarina 10:32
HAHAHAHA

> **Catarina 10:32**
> AMÉÉÉÉM

> **Nath 10:32**
> LEMBRA DO GIL, A FÉ NÃO COSTUMA FAIÁ

Nunca imaginei que, ao trazer documentação para o setor de licitação da prefeitura, esbarraria com o prefeito nos corredores e seria chamada em seu gabinete. Melhor, que eu teria coragem para, enfim, conversar sobre o trabalho que venho desenvolvendo e elencar os tópicos que venho ensaiando em frente ao espelho durante mais de um ano.

Estou pronta para assumir maiores responsabilidades, penso. *Sei que estou.*

E assumir isso em voz alta, para quem realmente pode estabelecer algumas mudanças definitivas no meu setor sempre me pareceu um futuro distante, já que a coragem de lutar pelo que desejo quase sempre me acenava de longe enquanto partia com qualquer pessoa, exceto comigo. Mas hoje não. Hoje eu estacionei a Adriana na frente dele e relatei todos os projetos em que temos trabalhado, fiz uma retrospectiva do trabalho que o setor está desenvolvendo, enfatizando principalmente as ideias que tenho para que sejamos cada dia melhores. E ele me ouviu com atenção e demonstrou satisfação com a minha ideia. Sinalizou estar feliz ao estender a mão para me cumprimentar antes de eu passar pela porta e voltar ao meu destino.

— Deus, obrigada. — Minha oração baixinha, hoje, pode ser resumida nessas duas palavras. Palavras que sintetizam tudo o que estou vivendo, que revelam a gratidão que estou sentindo.

Olho as horas na tela do celular e percebo uma mensagem de Tamires, avisando que está acontecendo uma reunião entre Tereza Cristina, os estagiários e alguns diretores escolares na cozinha, por conta da mesa ser maior. Meu estômago ronca, reclamando por nós dois da falta de respeito em utilizarem a cozinha para trabalho quase na hora do almoço. Se me dirigir para lá, serei sugada por essa reunião. Melhor não arriscar. Respondo rapidamente que tinha feito purê de batatas e panquecas de carne moída e que ela acabara de ganhar meu almoço pelo aviso pontual para que eu não apareça no setor tão cedo, ao mesmo tempo que cogito qual o restaurante mais próximo, com acessibilidade, de melhor comida e preço justo — o que não é uma decisão fácil.

— Oi, Catarina, o que faz por aqui hoje? — Maurício para ao meu lado, próximo à entrada da prefeitura, retirando a chave do carro da maleta preta de couro. Faço um breve resumo, mesmo que não tenha de dar maiores explicações para ele. — Tá saindo pra almoçar? — ele pergunta, e afirmo com a cabeça. — Gosta de macarrão? — Meu estômago grita só de ouvir a palavra. — Tem um restaurante de massas na avenida Nossa Senhora da Conceição que é muito bom, se você quiser companhia e carona...

Quando percebo, estou afivelando o cinto enquanto Maurício levanta minha cadeira de rodas e coloca-a na carroceria do seu Toro vermelho. Eu deveria estar orando para não chover, evitando que a Adriana tome um banho e Maurício leve uma surra por ser preguiçoso a ponto de não querer aprender como se desmonta a cadeira para o transporte, mas tudo o que consigo pensar é no prato de carbonara que estou prestes a comer dali a pouco.

Nota mental: preciso parar de tomar decisões com fome.

— Até que você é divertida.

— Você também não é tão entediante.

— Eu deveria me ofender?

— Foi um elogio. — Coloco outra porção de sorvete de tapioca na boca. — Igual ao seu elogio ao meu bom humor. — Uma mulher usando saltos finos e vestido azul rendado passa pela nossa mesa. Sinto que nunca mais pisarei neste restaurante por não ser chique o suficiente. — Por que foi um elogio, né, Maurício?

— Claramente, apenas elogios trocados. — Ele esvazia a taça de cristal com Coca-Cola, enchendo-a novamente. — Já que o assunto veio à baila, parabéns pelo último trabalho da repartição, o gestor está todo orgulhoso, apelidou você e o João Pedro de "meninos de ouro".

Arregalo os olhos, assustada com a informação. Ainda bem que vivo sentada, senão era capaz de as pernas falharem e eu cair de bunda no chão, comprovando que não tenho vocação para compor a seleta lista de clientes do La Forchetta. Acredito que a minha promoção seja mesmo uma realidade para o próximo ano. Eu não poderia estar mais feliz, mas finjo costume. Limpo os cantos da boca no guardanapo de tecido com emblema do restaurante, e, antes mesmo de eu conseguir agradecer a Maurício pelas palavras — quem diria — gentis, ele continua:

— Mas também essa ideia do João foi diferenciada, precisamos assumir. Não vejo concorrência para...

— Qual ideia do João?

— Os tais fornos mágicos.

— Solares — corrijo, cerrando os punhos, o gosto adocicado do sorvete tornando-se amargo no meu paladar.

— Exato. — Ele faz sinal para que o garçom traga a conta. — Ele sempre se destaca por onde passa e ainda é humilde o miserável, porque depois daquela superideia do biodigestor residencial a partir de resíduos orgânicos que implantamos nos distritos, não sei se você lembra... — Apesar de minhas sobrancelhas estarem tensionadas e os olhos continuarem muito abertos, encontro forças para confirmar a lembrança. — Ele se dispôs a sair da Secretaria de Administração e trabalhar com vocês, o que, convenhamos, não foi muito inteligente da parte dele, já que o setor de projetos é tutelado a duas secretarias e completamente sem expressão...

— Então essa ideia do biodigestor também foi dele? — interrompo. Como intervenção divina, os conteúdos aprendidos durante as aulas de escutatória me invadem de tal forma que tudo o que consigo fazer é dar prova de escuta. Maurício confirma com a cabeça. — Você tá me dizendo que o João Pedro teve essas duas ideias sozinho?

Respire fundo, Catarina.

— Vocês trabalham juntos. — Ele sorve o último gole de Coca-Cola. — Imagino que você saiba melhor do que eu. — Continuo encarando o Maurício enquanto ele mexe no celular, entregando-me o aparelho. — Essa foi a festa surpresa que fizemos pra ele a fim de comemorar o sucesso do projeto do biodigestor. — A raiva na ponta dos meus dedos só não é tão forte a ponto de furar a tela do celular em minhas mãos. — Ele ficava dizendo que não era bem assim só pra pagar de modesto porque todo mundo sabia que...

Respire fundo, Catarina. O lembrete mental se fazendo mais necessário à medida que o Maurício fala e ao mesmo tempo paga por nosso almoço.

— Inclusive, vou te contar um segredo. — Ele inclina o corpo para a frente e abaixa o tom de voz, como se as pessoas ao nosso redor estivessem interessadas nos bastidores do serviço público. — João tá prestes a ser promovido depois da grande ideia que teve dos fornos, todo mundo na administração achava que ele tinha dado um tiro no pé ao pedir remoção, mas pelo jeito vai ser a forma mais fácil de chegar a um cargo de chefia e...

Tento visualizar todos os momentos durante o tempo em que trabalhamos juntos. O tempo em que abaixei a minha guarda e permiti que ele entrasse. Em que lhe dei acesso ao meu coração, meus sentimentos, mas tudo o que consigo ver em meu campo visual é a boca do Maurício mexendo sem parar, num grande borrão sem som. As memórias passam ligeiras pela minha mente, e me sinto como se estivesse assistindo ao filme da minha vida durante o Juízo Final. É assustador. Não recomendo.

Meu maxilar permanece solto enquanto meu corpo decide se grito ou tomo ar. Não consigo decidir. E não consigo me mover. Também não posso acreditar no que acabei de ouvir. Eu deveria estar preparada para isso. Eu estava preparada para isso. E a culpa é minha por ter duvidado dos meus próprios instintos. A culpa é minha por me aproximar quando meu corpo gritava para permanecer longe, para continuar construindo um muro entre nós. Nós. Não existe nós. Nunca existiu. Tudo não passava de um plano diabólico para me vender por dez moedas de prata. Igual ao Judas.

30

— Não se acostuma, hein? — Ele deposita uma latinha de Coca Zero na mesa, abaixando-se para dar um beijo em minha testa. Meu corpo desvia, e minha mão impede que a dele termine o movimento antes de puxar o prendedor e soltar o meu cabelo. Ele trava.
— Aconteceu alguma coisa?
Cínico. Eu não estou acreditando que ele tem a coragem de continuar mentindo.
— Aconteceu alguma coisa, João Pedro?
— Não sei, Catarina, aconteceu? — Ele acomoda-se em sua cadeira, levando os braços para trás e apoiando as mãos atrás da cabeça.
— Então é isso? Você vai fingir que tá tudo bem? — falo, magoada.
— Melhor, vai continuar fingindo?
— Eu ainda não estou entendendo o que você tá querendo dizer, meu bem. — Seu tom parece intrigado.
— Você é um cretino, *meu bem*.
Minhas duas últimas palavras o despertam. Ele percebe a raiva em minhas palavras, endireitando o corpo num sobressalto, como uma corça em alerta, pronta para fugir do predador.

— Catarina, o que está aconte...

— Eu fui almoçar com o seu amiguinho Maurício. — Seu semblante vai de assustado a aliviado. — E descobri que, olhe só, a minha ideia dos fornos solares não é minha; é sua! — E então de aliviado a intrigado. *O que ele acha que está fazendo?* — Bem que eu desconfiei de você ter aceitado tudo rápido demais, ninguém ouve as minhas ideias sem refutar ou abandonar por medo de não serem exequíveis, mas você? Não, você abriu espaço nessa sala minúscula só pra continuar sugando tudo o que eu tinha pra oferecer. Mas isso acabou, João Pedro. — Parto em direção à porta. — Acabou de vez!

Ele levanta-se num pulo e bloqueia a minha passagem, seus olhos estão confusos, mas seus movimentos são rápidos. João Pedro acocora-se próximo a mim, sinto meu sangue ferver.

— O que quer que ele tenha dito não é verdade, Catarina! — Ele segura as minhas mãos, minha pele repele a dele instintivamente.

— Vocês trabalharam juntos desde a porra do começo da gestão, e quer que eu acredite nisso? — grito. Ele se desequilibra e cai desajeitado no chão. — Eu me odeio por ter te dado o benefício da dúvida. — Avanço minha cadeira em sua direção, esbarrando com força em suas pernas, ele arrasta-se para o vão onde a Adriana não alcança, e eu odeio ainda mais essa sala medíocre. — E me odeio por ter acreditado que você tinha mudado!

— Catarina, fica calma, me fala o que tá acontecendo, pelo amor de Deus! — Jogo meu caderno na direção dele, e ele cai de pé no canto da sala. — Eu posso explicar!

— Eu não quero ficar calma! — grito. — Fiquei calma por tempo de mais! Eu não deveria ter aceitado trabalhar com você desde o começo, porque eu já te odiava há muito tempo, desde quando a sua secretaria roubou a porra do projeto ao qual eu me dediquei por meses! Meses! — Meus olhos enchem-se de lágrimas e meu rosto vira um escoadouro.

— Eu me odeio por ter deixado você se aproximar de mim. — Levo as mãos à cabeça, completamente transtornada. — E me odeio ainda mais por ter parado de te odiar e ter me apaixonado por você e ser uma completa idiota e...

— Vocês resolvam os problemas pessoais de vocês noutro lugar. — Tereza Cristina invade a sala, colocando-se entre mim e João Pedro, interrompendo o meu monólogo. — Estamos em atendimento, há pessoas lá fora assustadas com os seus gritos, Catarina! Pelo amor de Deus, isso aqui não é a casa da mãe Joana!

— Mas não é pessoal! — berro.

— Não é? — Ela vira-se para mim, mãos na cintura e olhos impacientes. — Não interessa a raiz do problema, eu preciso que vocês ajam como pessoas civilizadas!

— Você sabe o que fez! — Fulmino João Pedro com o olhar, ele permanece acuado no canto da sala, apoiado no armário de madeira. — E eu te odeio por isso! — Novas lágrimas nascem em meus olhos.

Tereza Cristina bate na mesa, clamando por atenção. Não consigo tirar os olhos de João Pedro, mas minha voz retrocede em respeito a ela.

— Eu não quero saber quem traiu quem — ela recomeça, em tom moderado. — Quantos anos a terceira pessoa tem... — Respira fundo, como quem tenta apagar uma memória distante que surge sem avisar, como quem tenta aconselhar a respeito de algo que está impresso em sua vivência. — Apesar de ser doloroso, passa. — Olha para ele e para mim, demorando o olhar em mim. — Um dia passa.

— Ninguém traiu ninguém aqui! — João Pedro defende-se.

— Não traiu, João Pedro? — Atiro nele o porta-canetas, uma régua, a calculadora científica, e só não continuo jogando o restante dos objetos que estão sobre a mesa porque minha coordenadora age como escudo humano e empurra a mesa contra a parede, afastando-a de mim.

João Pedro nada diz, apenas rebate os objetos, porque é praticamente impossível desviar deles numa sala tão pequena. Ele está cercado. Deus mandou gritar antes de derrubar as muralhas de Jericó. Há muito as minhas muralhas caíram.

— Catarina. — Tereza Cristina coloca a mão em meu ombro, me oferecendo compreensão. — Eu já fui traída também, não vale a pena o desgaste. — Tento falar, mas ela impede. João Pedro exprime alguns sons no canto da sala, mas a Tereza está determinada a finalizar seu pensamento, levantando a mão na direção dele para que neste momento apenas a voz dela ecoe por estas paredes. — É por isso que eu fico apreensiva quando colegas de trabalho começam a namorar, nunca se sabe o que pode acontecer, só conhecemos o princípio de tudo, por isso precisamos ser precavidos e não misturar as coisas, aqui não é lugar. Este não é o momento.

— Mas não é nada disso, Tereza! — protesto.

— Vocês não estão namorando?

— Estamos! — ele responde.

— Estamos? — Sinto a raiva me consumindo novamente. — Estamos, João Pedro? — Não fosse a Tereza Cristina entre nós, eu teria avançado sobre ele e sabe-se lá o que teria acontecido. — Então me explica que tipo de *namorado* é esse que rouba a ideia da *namorada* pra pagar de maioral na rodinha dos amigos. Me diz, João Pedro! — Aumento o volume da minha voz, para desespero da nossa chefe.

— Eu nunca fiz isso! — ele protesta. — Eu não roubei ideia nenhuma!

— Roubou ideia? — Nossa coordenadora parece confusa. — Eu não estou entendendo mais nada! — Ela desliza os dedos pelo celular por alguns segundos, mas mantém-se como uma barreira física entre nós dois, temerosa pelo que pode suceder.

— E o seu amiguinho Maurício é mentiroso por acaso? — Meu rosto está encharcado de lágrimas, passo as costas da mão com força pelo nariz, impedindo que fluidos escorram por lá também. — Você falou pra ele que a ideia dos fornos foi sua!

— Catarina, eu não disse isso! — Ele tenta aproximar-se de mim, mas me afasto para trás o máximo que posso e esbarro em uma cadeira cinza de metal. Eu odeio essa caixa de fósforos que ele chama de sala! — Eu juro pra você que eu não falei isso ao Maurício e...

— E quanto a minha ideia do biodigestor residencial que foi implantado nos seis distritos da cidade, hein? — Meu peito sobe e desce freneticamente, meu estômago pesa, sinto ânsia de vômito, sinto o rosto queimar. — Você não tem vergonha de ter recebido a minha proposta e ter implementado o projeto como se fosse da sua secretaria? Vocês roubaram o meu trabalho! Sabe quanto tempo eu fiquei pensando sobre o assunto? Quantas pesquisas eu fiz? Pra vocês chegarem no final e usarem como se fosse de vocês? Pra você levar o crédito pelo meu projeto?

— Catarina, sobre isso...

— Não venha defender o seu protegido, Tereza! — Direciono minha raiva para ela. Como ela ousa não ficar do meu lado? Não é ela quem entende o que é ser traída? É esse tipo de apoio que ela tem para me oferecer? Dispenso.

— Eu não vou aceitar insubordinação, Catarina!

— Ele sabe o que ele fez! — Viro o corpo na direção dele. — Você sabe o que fez! E fez de novo! — O choro toma conta de mim, não consigo controlar. — Você iria se aproveitar de mim quantas vezes mais? Responde, João Pedro! Maldita hora em que eu confiei em você!

— Catarina, deixa eu te explicar! — ele tenta, mas é interrompido por mim novamente.

— Eu te odeio! E me odeio mais ainda! — Sinto como se minha cabeça fosse explodir.

Tereza Cristina coloca minha bolsa em meu colo e fixa um post-it na parte da frente. Apoia as mãos na parte traseira da Adriana e me empurra para a cozinha, a fim de pegar um desvio pela saída de emergência. Antes de sair, ordena que o João Pedro permaneça ali e arrume toda a bagunça até que ela retorne. Com apenas um olhar, ela dispersa os curiosos que estavam próximos da porta a fim de compreender meus gritos em tempo real. E nada disso me abala. Eu só preciso sair daqui. E ela sabe.

Chegando à entrada do setor, um senhor baixinho está encostado num carro branco. Tereza conversa rapidamente com ele e sinaliza para que eu entre no veículo porque ele vai me levar para casa. Obedeço. Aos poucos, começo a repassar as cenas vividas há pouco, e a vergonha dá ordem de despejo à coragem e à raiva, iniciando seu processo de mudança. Estou mortificada. E devo estar com uma aparência péssima, porque o motorista do táxi me olha assustado. Um olhar de pena eu sei reconhecer. Ele não sente muito pelo fato de eu estar numa cadeira de rodas, ele sente muito por transportar um zumbi — fato confirmado após eu encarar meu reflexo no retrovisor interno: meu rímel está todo borrado e, não bastasse criar as famosas olheiras de panda, escorreu pela bochecha esquerda. Era só o que faltava.

Tamires é chamada para desmontar a Adriana e fazê-la caber no porta-malas. É neste momento que percebo que continuo sem ouvir nenhum som, minha mente apenas repete as cenas mais recentes do meu grande ataque de fúria. Nunca imaginei que o filme da minha vida seria *Fúria sobre rodas*. Lamentável.

O olhar triste da minha amiga procura alento no meu, mas não resta muito de vida em mim para poder responder-lhe com o mesmo carinho que ela me oferece. Murmuro um "tá tudo bem" e finjo não estar quebrada por dentro. Minto que estou apenas amassada, que logo tudo vai voltar ao normal. Por acaso sou a rainha dos disfarces? Preciso ser. Como posso enfrentar o julgamento das pessoas amanhã? Minha mente pede que eu pense nisso quando o amanhã chegar. Obedeço.

Repito meu endereço ao taxista, que liga o rádio num programa de músicas antigas demais para que eu não saiba ao menos um verso. Mas não tenho vontade de cantar. Tenho vontade de sumir. Mas não posso sumir. Não devo. Ao guardar o celular na bolsa, vejo o recadinho colado pela minha coordenadora. Em letra cursiva apressada, o aviso:

> *Retorne apenas na segunda-feira, 07/12.*
> *Isso ou falta administrativa por insubordinação.*

Meu cérebro está cansado demais para pensar em como respondê-la, porque tudo o que fiz foi ser leal à instituição. Espero que João Pedro seja banido de lá. Minhas lágrimas, enfim, testemunham o brotar de ideias num solo regado depois do golpe certeiro que recebi. Cansei de ser compreensiva. Cansei de pensar em segundas chances e de tentar o "setenta vezes sete" de Jesus Cristo. Não posso tomar mais uma rasteira. E não vou.

Pesco o celular na bolsa e começo a digitar no bloco de notas:

"O servidor João Pedro da Silva, administrador, regime de contratação cargo comissionado assessor especial, símbolo CC4, lotado no setor de projetos sociais, descumpriu o inciso II do artigo 160, da Lei Federal de número 8.112/90, que versa sobre os deveres dos servidores públicos, no que trata sobre 'manter conduta compatível com a moralidade administrativa'. O referido supra descumpriu esta normativa mais de uma vez, sendo a primeira enquanto assumia cargo de chefia na Secretaria de Administração, *explicar melhor depois*, sendo reincidente, uma vez que, novamente, tornou a assumir uma postura amoral, RESUMIR OS FATOS. Este, por sua vez, também descumpre diariamente o inciso IX, de mesmo artigo, que versa acerca de 'assiduidade e pontualidade ao serviço'."

O táxi para em frente ao prédio. Desligo o celular, ignorando todas as mensagens e chamadas perdidas. Deles. *Dele*. Vagarosamente, faço a transferência do banco do carro para a cadeira e, enquanto observo os andares serem sinalizados pela fonte luminosa no painel do elevador, sou chicoteada por mais memórias. Dele. De seu sorriso, a dança das sobrancelhas, a pintinha na bochecha, os braços ao redor da minha cintura, o cheiro impregnado em todos os cantinhos da minha casa. Nova crise de choro. Dessa vez, sem público. Infelizmente, eu sou uma plateia muito pior.

Ao sair do elevador, uma voz pede que eu segure as portas. Aproximando-se de mim, duas crianças me observam curiosas. O olhar do adulto que as segue é de preocupação. Ignoro. Mas não tanto quanto gostaria. Uma das meninas está fantasiada de Anna, personagem de *Frozen*. A outra carrega uma pelúcia do Olaf, o boneco de neve falante e engraçado. Personagens do universo dele. Ele. Mais memórias me invadem. Sinto que o choro vai me afogar quando tudo o que eu gostaria era de não mergulhar. Em mim. Nele. Nas lembranças de nós.

Enganoso o meu coração, por ter confiado em quem veio como praga do Egito.

31

Acordo atordoada. Meus olhos buscam por rastros de luz, mas tudo o que conseguem receber é o escuro. Estou pintada de escuro, mergulhada numa tinta preta que impede que me vejam, impede que eu veja; meu corpo, prestes a cair do sofá. Por quanto tempo eu dormi? O movimento automático leva a mão para checar as horas na tela do celular. Ele não liga, e eu não entendo o motivo. Aperto o botão lateral repetidas vezes até que uma luz rosada explode em minha cara. Sou bombardeada por notificações em aplicativos de mensagens, em chamadas perdidas, em mensagens de texto. Os ícones pipocam mais rápidos que meu próprio pensamento e me dou conta de que tudo aquilo realmente aconteceu. Não foi um pesadelo. Foi real.

Sou abraçada pela vontade de gritar, de chorar, de voltar a dormir para poder esquecer. Mas quanto mais eu tento, menos eu consigo. Porque as cenas se repetem de novo e de novo e de novo. Meu celular vibra, e o primeiro impulso é jogá-lo contra a parede para ele parar de me pedir que eu continue pensando. A vibração cessa. E volta. Eu não tenho condição alguma de esboçar qualquer sinal de vida. Espio rapidamente e vejo o nome do meu pai na chamada. Não pode ser. A vida não pode exigir que eu lide com a minha família nesse momento. Não também. A vibração cessa. E volta. Por quê? Por acaso Deus e o Diabo voltaram a bater um papo hoje, e eu fui escolhida para Jó? Logo eu, senhor? Jó era um homem de reputação ilibada, de uma fé inabalável, de um coração gentil e compassivo. E eu sou... eu.

Respiro fundo.

— Desculpa, pai, eu não posso falar agora. — Parafuso um sorriso falso nos lábios a fim de forçar as minhas palavras a saírem um pouco menos derrotadas.

— Oi, inha, é ligeirinho! — A alegria dele me dá vontade de chorar. De novo. Como eu vou conseguir falar com ele? Pior, como eu vou conseguir mentir para ele? — Como vai ser o Natal? Aqui ou aí?

Novo golpe. A mesma pergunta que ouvi um pouco mais cedo. *Dele*.

— Posso te responder durante a semana? — Ordeno às lágrimas que voltem pelo mesmo caminho que vieram. Não posso explodir agora.

— Tá tudo bem, inha? Tô te achando...

— Cansada — interrompo —, tô muito cansada. — Seguro a granada com as duas mãos por mais alguns segundos, não quero atingi-lo com estilhaços. — Reverti minhas horas extras em folga e comecei a estudar hoje. Vou prestar aquele concurso federal e...

Xeque-mate. Este é o assunto sensível na minha família: minha vida de concurseira. Na realidade, a pausa dela. E a grande culpada sou eu. Por viver dizendo que o concurso municipal era o início da minha busca por estabilidade e que eu tentaria algo maior. Já tive meu momento megalomaníaco. E infelizmente minha repetição se fez regra lá em casa. Meus pais me olham como se eu tivesse um grande talento intelectual e o estivesse desperdiçando em Monte Tabor. A única maneira de ser deixada de molho é essa, e não é que eu esteja feliz por mentir para ele, mas eu preciso que eles saibam que está tudo bem comigo — mesmo que não esteja. Porque não está.

Meu pai me abençoa e, antes de desligar, grita pela minha mãe para contar a grande novidade. Imagino seu chinelo de borracha arrastando na cerâmica polida em direção à varanda, a fim de olhar o céu e agradecer a Deus por ter me recolocado no propósito ideal ou qualquer frase do tipo. A minha tristeza se vestiu de felicidade e foi visitar papai. A minha tristeza não consegue vestir a mesma roupa para ficar aqui comigo. Somos apenas ela, eu e o escuro.

 Antes de desligar o celular, novos números são somados à quantidade de mensagens do João Pedro. Uma lança atravessa meu peito. E a barragem ocular é rompida. Meu choro é gritado, meu corpo se contorce, meu estômago dói. Parece indigestão, mas é tristeza. Parece um funeral. De defunto vivo, que é pior ainda. Porque dói mais. E dói em lugares que eu nem sequer supunha existir. Dói na dobrinha do braço, naquele lugar em que furam a gente quando colhem sangue para exames laboratoriais, porque é onde ele brinca de caminhar pelas minhas veias altas. Dói na curva do pescoço, porque é onde ele descansa a cabeça enquanto assistimos à TV. Dói no meio da testa, porque é onde ele sorri com os lábios. Dói o alto da cabeça, porque é onde ele afunda a mão todas as vezes que convida meus cabelos para brincar de voar. Caminhava. Brincava. Sorria. Afundava. Eu preciso aprender a conjugar o João Pedro no passado.

 — Catarina? — Ouço ao longe o que parece ser a voz da Nathália, o que é impossível, porque estou sozinha em casa faz três dias. Será tempo suficiente para começar a ouvir vozes? Saudades das maritacas da rua! Ao menos os gritos delas iriam me fazer ouvir menos as vozes da minha cabeça. — Catarina, eu tô entrando, não se assusta, cadê você?

 Definitivamente, não são vozes internas, essa é bem real. Enrolo a toalha no cabelo e grito que estou saindo em instantes. Meu semblante não está dos melhores, mas, se há alguém capaz de me entender neste momento, é a minha melhor amiga. Ao sair do banheiro, percebo Nathália fuxicando as sacolas plásticas em cima do sofá, analisando cada detalhe bagunçado da casa.

 — Você trouxe acarajé? — O cheiro vindo da sacola de papel marrom é inconfundível.

— E cerveja. — Ela balança uma caixa vermelha e branca com doze latinhas.

— Como você adivinhou que eu estava precisando? — Parto em direção ao sofá, abrindo espaço entre as sacolas com desodorante, analgésicos, hidratante, creme para pentear e escova de cabelo, mas ela permanece parada em frente ao escritório. Novas análises, mesmo silêncio.

— Eu fiquei preocupada e peguei a chave com a Tamires, porque achei que tivesse acontecido alguma coisa grave com você. — Balanço a cabeça em negativa, ela senta-se ao meu lado. — Você estava em casa anteontem quando eu interfonei? — Assinto. — Por que você desligou o celular? — Pego um acarajé da sacola e dou uma mordida. Alguns pedaços de tomate verde picado caem na embalagem de isopor, mas pesco com os dedos, jogando-os na boca. — Você não vai brigar comigo por achar que isso aqui é uma invasão?

— Eu tô cansada de brigar — falo de boca cheia, fazendo sinal para que ela me passe uma latinha de cerveja.

— Por que você tá dormindo no escritório? — Seu tom é preocupado.

— Porque meu quarto tem o cheiro dele.

— É por isso que... — Ela aponta para as sacolas com as minhas compras mais recentes.

— Eu não consigo entrar no quarto para pegar o meu desodorante, Nathália! Eu vou ficar fedendo?

— Catarina...

— Não. — Sinto as lágrimas se formando novamente e, mais uma vez, exijo que elas retrocedam.

— Amiga, a gente precisa conversar. — Ela chega mais perto, depositando a mão na minha perna.

— Não, eu tô farta de palavras. — Mordo mais um pedaço do meu bolinho de feijão frito no dendê. — Eu cansei de falar, eu só quero ficar sozinha.

— Você já falou com o Joã...

— Por favor, Nathália, não fala o nome dele! — berro

Nath respira fundo, procurando as palavras certas, mas não as encontra, porque permanece em silêncio. Bebemos três, quatro latinhas, buscando a compreensão naquilo que não dizemos, assentando sentimentos. Ela aperta a minha mão esquerda com a força necessária para me afirmar que não tem problema não estar nada bem, principalmente por não estar nada bem. Eu me desmancho em lágrimas. E me permito sofrer na presença da única pessoa do mundo que poderia me abraçar sem me julgar, sem me pedir para não chorar. Com ela, eu posso chorar acima do limite permitido pela lei da poluição sonora. Com ela, posso estar quebrada sem receber automaticamente uma lista de afazeres para me recompor.

Apoio o corpo junto ao dela e me perco na luminária do teto e na pequena teia de aranha que desce em forma de fio. Tão fininha que, dois segundos atrás, era imperceptível. Igual ao meu sofrer, que enterro um pedacinho a cada dia, na tentativa de me enganar dizendo para mim mesma que ele não mais existe, mas que surge em detalhes cada vez mais precisos sempre que permaneço em silêncio e me permito olhar para dentro.

— Todos estão preocupados com você — ela recomeça, me fazendo um cafuné.

— Você falou com ele? — pergunto baixinho. Ela finge que não escuta. — Você o viu? Como ele está?

— Você quer realmente saber?

— Não sei. Ele disse que não fez o que fez — recomeço, depois de uma longa pausa.

— Ele parecia sincero?

— Não sei.

— Não sabe ou não quer admitir que talvez haja a possibilidade de...

— Você também tá do lado dele. Tá todo mundo do lado dele. — Amasso mais uma latinha, abrindo outra em seguida.

— Você sabe que isso não é verdade, amiga. Você só tá magoada demais para conseguir enxergar.

— Ele vive falando que eu não sei aceitar ajuda, que eu não consigo enxergar um palmo à frente do meu nariz, e eu não aceito que ele esteja certo. Porque ele não está certo, né, amiga? — Nathália permanece calada.

— Essa é a parte em que você concorda comigo e fala que ele tá errado.

— Então... — Desencosto dela imediatamente, derramando cerveja no sofá e no chão, meus reflexos visivelmente comprometidos pela quantidade de álcool.

— Você esqueceu que ele roubou minhas ideias? Duas vezes?! Isso não é suficiente pra você? — Estou revoltada.

— Amiga, não é bem assim. — Custo a acreditar no que estou ouvindo. — E não sou eu quem vai te dizer isso, vocês precisam conversar.

— Eu não tenho nada pra falar com ele! Eu já disse tudo o que precisava.

— Exatamente. Você disse tudo o que precisava. Mas não ouviu aquilo que era necessário.

— E você sabe, porque ele te contou, mas não quer contar pra mim? Que porra é essa, Nathália? Você é amiga de quem?

— Cat, você sabe que tem dificuldade de escutar os outros e que precisa digerir sozinha, descobrir sozinha como reagir às coisas. Eu vim checar se você tava viva porque eu te amo. E ele tá tentando fazer a mesma coisa, porque também te ama!

— Dispenso.

— O meu amor ou o dele?

— Ele não me ama, Nathália, acorda! Ele queria um banco de dados de saque vinte e quatro horas.

— Sabe a Edna, da engenharia? — ela pergunta, e assinto. — Ela foi comigo ao setor de vocês e, pra minha surpresa, conhecia o Jo... — Ameaço a minha amiga de morte caso ela complete o nome. — Ele, porque ela prestou serviço para o município naquele projeto do biodigestor e...

— Espera aí, ele não foi suspenso?

— Catarina, presta atenção ao que eu tô falando, porra!

— Por que eu fui suspensa e ele não? Que proteção é essa? Eu tenho direitos! — Levanto o indicador no ar, perdendo o apoio do braço direito, escorregando da minha posição e caindo nas almofadas. — Eu conheço os meus direitos!

Nathália vai até o chão, sentando-se na minha frente, me ajudando a encontrar uma posição confortável para continuar bebendo meio deitada, meio sentada. Ela segura em meus ombros e gruda seus olhos aflitos nos meus.

— O João Pedro... — Sua mão cobre minha boca antes que eu proteste. Estou indefesa e silenciada em minha própria casa, um completo absurdo. — Não roubou sua ideia, amiga. Do contrário, quando a Secretaria de Administração usou a sua ideia, ele reuniu a equipe para dizer que precisavam dar os créditos ao seu setor e chamar vocês para a execução, mas o secretário não aceitou e o rebaixou por isso. Disse que, se ele pensava tanto no outro setor, que fosse trabalhar lá.

Estou confusa. O que a Nathália quer dizer com isso? Não. Não pode ser.

— Você tá me dizendo que ele é o Percy Jackson? — exclamo, e o rosto da minha amiga se contorce em dúvidas. — Só que um rouba raios e o outro, créditos. Só que na verdade um não roubava raios, só levava a fama... então o outro também não roubava créditos?

— Luke Castellan culpado desde sempre. — Ela sorri. E queria muito ser contagiada por seu sorriso, mas não consigo.

— Mas isso não quer dizer que ele pode voltar pra minha vida — sussurro.

— Por que não?

— Porque eu odeio o Jo... *ele*.

— Você odeia o JPS ou odeia não conseguir odiá-lo?

— Não quero responder.

— Você nem consegue entrar no seu quarto porque não consegue sentir o cheiro dele, pelo amor de Deus, amiga! — Ela levanta-se do chão, irritada. — Do que mais você precisa?

— De tempo. — Ela respira aliviada, como quem vê uma luz no fim do túnel. — Uma hora o cheiro sai.

— Catarina, você tá se ouvindo?

— Eu preferia não estar, mas você continua me obrigando a falar e falar e falar, quando eu só queria chorar e chorar e chorar.

— Eu já sei que você tá viva, e já te contei o que você precisava saber para desfazer o mal-entendido, então eu vou embora. — Volto o meu olhar para a teia de aranha no teto. — Agora é com você. Eu só espero que você não demore demais sendo cabeça-dura.

— Igual a você.

— Pois é, eu estou falando por experiência própria.

— E eu estou vivendo a minha própria experiência.

Nathália deposita a chave da minha casa no móvel junto à TV e me devolve um olhar indecifrável. Não é raiva, mas também não é dó. Não é somente frustração ou tristeza. Acho que minha amiga está sofrendo ao me ver sofrer. E eu estou sofrendo ao fazê-la sofrer junto comigo. Mas permanecemos assim, encarando uma a outra, com lágrimas nos olhos, com nós na garganta, em silêncio.

Ela bate a porta, e eu me enrolo em um novelo de dor.

32

A volta ao trabalho me faz pensar no personagem do Dias Gomes cumprindo a sua promessa, que mais parecia penitência. A diferença reside na vontade do protagonista: Zé do Burro não desistiu até subir as escadarias da igreja, vencendo todos os obstáculos à sua frente. Mas eu continuo parada em frente à rampa, inventando desculpas para voltar pelo caminho de onde vim.

— Uma hora você vai ter que subir.

Reconheceria esta voz até embaixo d'água. O que é suficiente para começar a me mover com pressa.

— Uma hora você vai ter de falar comigo.

Hoje não. O que foi mesmo que a minha mãe me disse sobre a cena do drama coreano que ela viu sem querer e acabou amando? "Depois significa antes de morrer." É isto. Termino o caminho repetindo uma única palavra de seis letras: depois. Isso me dá a calma necessária para ligar o automático. Aqueles não foram os primeiros gritos que essas paredes já ouviram e, com toda a certeza, não serão os últimos.

— Nenhuma piadinha por eu não estar atrasado hoje?

Continuo subindo. Depois eu penso. Depois eu processo. Depois eu tento. Hoje não.

Passo pela porta, respondo aos bons-dias e desvio dos olhares curiosos, seguindo para a sala da coordenação. Se há palavras a serem ditas hoje, todas elas têm endereço. Duas batidinhas na porta e entro, acomodando-me em frente à mesa.

— Bom dia, Catarina. Eu preciso que você corrija todo o material da pasta "Relatórios e memoriais descritivos" e que verifique o andamento dos contratos de repasse dos projetos sociais, organizando-os em planilhas separadas. Acredito que quinze dias são suficientes. — Com um olhar gentil, Tereza Cristina me entrega o HD externo.

— Tereza, eu queria pedir desculpa por...

— Você acha que quinze dias não são suficientes? — Balanço a cabeça em negativa. — Pensei em encerrar o ano sem essa pendência, mas se você precisar de ajuda... — Meus movimentos ficam apressados a ponto de balançar o rabo de cavalo alto. — Eu iria sugerir a Hanna. Qualquer necessidade, pode requisitá-la, já que as aulas da rede municipal encerraram na sexta-feira, e ela não mais está indo à Conceição Evaristo.

— Obrigada, mas não era isso que eu queria dizer. — Junto as mãos no colo, olhos baixos, pintados de vergonha. — Ensaiei a noite inteira para te pedir desculpa pelo meu comportamento — continuo baixinho. — Prometo que não vai mais se repetir, eu sinto muito por ter agido de uma maneira tão infantil e ter gritado com você.

— Comigo — ela pontua.

— Sim, contigo. — Ela arqueia uma sobrancelha e leva o indicador de unha azulada próximo ao lábio grosso tingido de vermelho.

— Está tudo bem. Vamos garantir que nada disso se repita, a começar por não mais falar sobre isso, combinado? — Concordo visualmente. — Há assuntos que é melhor colocarmos uma pedra gigantesca em cima, para impedir que voltem à superfície, o que me faz lembrar do meu segundo emprego. Já te contei de quando fui funcionária da Honda?

Colocar uma pedra em cima do assunto. Se eu mato o assunto, não preciso me preocupar com ele. Se eu tenho uma pedra na mão, antes de atingir o assunto, eu vou querer fazer as vezes de Davi e lançá-la na testa do meu oponente. Melhor não pensar em pedras. Melhor deixar para depois. Como tudo e todas as coisas no dia de hoje. Hoje não. Quem sabe antes de morrer. Melhor. Depois.

Faz dois dias, e ninguém encontra o meu caderno com capa de flamingos. A última vez que ele foi visto foi *naquele dia em que não se deve pensar*. Um título longo demais para um dia que também pareceu eterno. Esse deve ser um sinal divino para me lembrar que faz vários dias desde a minha última oração. A última vez que falei com Deus foi *naquele mesmo dia*. Também. Mas me recuso a traçar paralelos. Limpo a mente e pesco os fones na bolsa. É impossível trabalhar na minha sala antiga. Como eu conseguia trabalhar aqui antes de...? Antes. Depois. Adiciono mais essa preocupação à lista mental que só parece crescer.

 Debruçar-me no trabalho é importante. Faz com que eu funcione como um reloginho tal qual meu intestino quando tomo Activia de ameixa. Faz com que eu não pense muito no que não deve ser pensado. Porque pensar implica sentir. E tudo o que eu não quero é sentir velhas coisas como se fossem novas, sentir coisas novas em relação a velhas pessoas.

 O relatório de número dois chega ao fim junto com o pacote de amendoim. Passo o dedo pela embalagem, grudando todos os pedacinhos espalhados pelo papel metálico interno, levando-o à boca. Congelo. Desde quando eu parei de repudiar esse tipo de ação? Aperto a bisnaga de álcool em gel nas mãos, o suficiente para deixar os meus dedos grudando. É melhor do que tornar a levá-los à boca. Desde quando eu sou essa versão? Começo a pensar na quantidade de cristaizinhos marrons no açucareiro em cima da mesa. Quanto tempo faz que eu não reponho?

 Puxo um bloquinho de notas improvisado com folhas de papel ofício impressas de um lado e que seriam descartadas, e começo a listar:

- *passar o dedo nas embalagens de amendoim*

- *comer amendoim!!!*

- *reduzir açúcar do café*

- *drinque de melancia com Jurupinga*
- *comprar creme dental infantil*
- *assistir a filmes da Disney sozinha*
- *assistir a séries sozinha!!!!*

Solto o lápis, assustada. Releio a lista algumas vezes até perceber que eu não sou mais a mesma. Meu pai sempre diz que deixamos todo dia um pouquinho de nós na pessoa que amamos. E, se a pessoa ama de volta, aceita esses pedacinhos soltos. Eu não pedi por essas migalhas. Destaco a lista e jogo dentro da bolsa. Preciso ler todos os dias aquilo que aprendi a fazer para desaprender a fazer. Parte de mim diz que é cedo demais. Parte de mim diz que é tarde demais. Estou dividida e não gosto disso. Porque as minhas certezas são aquilo que me fazem mais forte, confiante.

Minha falta de foco retorna, e eu percebo que sou uma completa bagunça. As coisas nunca são como dizemos que são. Eu acrescento beleza e feiura ao que me cerca, a depender do meu humor. E não consigo deixar para depois. Hoje não.

A minha colega sonoplasta aumenta o volume inesperadamente. Ótimo, posso ser resgatada dos meus pensamentos. "The Winner Takes It All" invade a sala. *Ah, não.* Eu acho que esse é o meu problema. Eu quero tudo. Não apenas uma parte. Eu tenho a mania de sempre entrar de cabeça, de não me contentar com as beiradas. De explodir. E não voltar para arrumar a bagunça, porque ela é sempre do outro. Mas e quando ela permanece aqui? E vai comigo em todos os lugares? E gruda na pele igual a tatuagem?

Em algum lugar lá no fundo
Você deve saber que eu sinto a sua falta
Mas o que eu posso dizer?
As regras têm que ser obedecidas

As regras têm que ser obedecidas. Hoje, sim. Não depois.

— Oi, Jesus. Então, faz um tempo que a gente não conversa, né? — Eu preciso começar por algum lugar. O meu depois é agora.

33

À s sextas-feiras, quase ninguém tem disposição para continuar rendendo até o fim do expediente. Parece que quatro da tarde é o novo cinco da tarde, porque os computadores são desligados e as pessoas saem de suas salas para se aglomerarem na cozinha ou na área externa. Praticamente não tem atendimento porque o público também respeita esse pacto silencioso de encarar as dezesseis como se fosse dezessete horas. O que eu mais amo neste dia é o fato de eu conseguir me isolar de todos nesta uma hora em que permaneço a mesma enquanto todos os outros parecem viver num horário de verão particular.

Salvo os arquivos corrigidos, desconecto o HD externo e, certa da necessidade de manter a mente ocupada, encerro a indecisão entre abrir o Pinterest ou tentar voltar à leitura do conto de ano-novo daquelas autoras sulistas de quem tanto gosto. Num clique rápido para abrir a nuvem de leitura da Amazon, retorno a *Ponta do Sol* e me permito viver a vida de Luiz Fernando e Alice, já que tudo o que não quero é pensar na minha.

— Eu gosto de você.

Penso estar alucinando ao imaginar o João Pedro parado em frente a mim, mas este cheiro é real demais para ser um holograma. Ele aprendeu a se materializar. Eu ainda não consigo ficar invisível. A vida é muito injusta às vezes.

— E eu gosto de trabalhar em paz. — Seu semblante me diz que ele não vai desistir tão fácil. — Tá, eu gosto... de pizza.

— Não foi isso o que eu disse. — Ele cola a cadeira cinza-metálico na mesa, senta-se e a puxa para o mais perto de mim possível. O barulho dos pés da cadeira rangendo no chão é insuportável. Ele é completamente insuportável.

— Dá no mesmo. — Dou de ombros. — Você disse algo que gosta, e eu disse algo que gosto. Posso voltar a trabalhar agora?

— Catarina, presta atenção, eu gosto de você. — Ele agarra meu pulso e passeia a ponta do dedo pela palma da minha mão. — Você.

Ordeno ao meu corpo que pare imediatamente de inventar sentimentos. Eu me recuso a sentir alguma coisa.

— Eu aprendi a tolerar você também, João Pedro. — Descarrego uma caçamba de terra em meu coração, não há sentimento que sobreviva. — Do contrário, a gente não estaria conversando agora como pessoas civilizadas.

— Caralho, eu vou ter de dizer de outra forma? — Ele aperta a minha mão, lembrando-me que permaneci unida a ele todo esse tempo sem me dar conta. Ordeno ao meu corpo que pare de se sentir confortável perto dele, puxando a mão e cerrando o punho.

— João Pedro, por favor, não faça o que eu acho que você está querendo fazer.

— Por quê?

— Isso vai contra os nossos princípios. — Tento imprimir seriedade em todas as palavras. Tento parecer o mais distante possível. Espero que ele não perceba que são apenas tentativas. — A gente se odeia.

— A gente não se odeia. — Aquela dança com as sobrancelhas é iniciada. — A gente se atormenta.

— É a mesma coisa.

— A gente se atormenta porque a gente se ama, caralho.

— Claro que não!

— Eu te amo, porra. — Ele chega mais perto. — É isso, eu amo. — Sua voz soa aliviada, como quem finalmente se livra de um pigarro chato que o acompanhava havia décadas. — Eu amo você.

— Retira o que você disse — ordeno

— Não!

— Retira o que você disse agora! — falo mais alto.

— Não! — ele responde na mesma intensidade. — E você me ama também!

— Não!

— Você disse isso semana passada enquanto jogava coisas em mim. — A pintinha em sua bochecha tenta me distrair, abaixo a cabeça para olhar para o chão, fixando o olhar na sujeira dos seus cadarços outrora brancos.

— Eu disse que estava apaixonada, é diferente — sussurro.

— É a mesma coisa. — Ele apoia a mão em meu queixo, me obrigando a olhar para ele.

— Se fosse a mesma coisa tinha o mesmo nome. — Foco no cabelo cheio de gel dele, eu me recuso a encará-lo.

— Catarina, isso é um mero detalhe linguístico. — Ele muda de posição, buscando o meu olhar a qualquer custo.

— Fala isso pro Pasquale, fala. — Ele não pode me petrificar com o olhar, ele não é parente da Medusa. E eu preciso me convencer disso.

— Não desvirtua o assunto, Catarina. Eu te amo. Você me ama. — Suas mãos pairam sobre os meus joelhos.

— Você não pode falar isso e achar que está tudo bem — digo, enfim, fitando-o.

— Eu estou falando isso justamente porque não tá tudo bem, porque eu preciso que você entenda que meus dias são melhores porque estou todos os dias com você, mesmo que você tenha se mudado da nossa sala. — Abro a boca, mas sou silenciada antes mesmo de dar voz às palavras. — E que aos sábados e domingos, eu invento qualquer desculpa, qualquer assunto só pra você brigar comigo, e eu sentir meu coração bater de novo porque você não consegue não dizer nada quando está morta de raiva.

Foi assim que eu ouvi você assumir que gostava de mim. E se é assim que eu consigo ouvir você dizer o que realmente importa, eu tô disposto a te atentar pelo resto da vida.

— Ninguém quer passar o resto da vida com um jiló. E você sabe que eu sou um jiló! — digo, depois de muito encarar aquela dança das sobrancelhas.

— Sim, mas...

— Mas nada! Eu já te contei por que essa teoria foi comprovada em trezentos e dezenove países.

— Catarina...

— É o quê? Você sabe que é verdade, porque pouquíssimas pessoas gostam de jiló, e eu sou amarga igual e até de verde eu tô vestida hoje, que é pra completar ainda mais a lista de ironias da vida. Eu poderia ser um chuchu, que também é verde e vai bem com tudo, porque tem um gosto suave, eu poderia ser uma batata, que todo mundo ama em todas suas versões, mas eu sou um jiló. Eu já me aceitei como amarga e difícil de gostar. E tá tudo bem. A gente já consegue conversar normalmente como gente educada, então, de verdade, tá tudo bem. Não me pede mais nada que isso.

— Eu não quero ser uma pessoa civilizada, Catarina! — Seus olhos passeiam pelo meu rosto, pairando em minha boca.

— E eu só quero paz. — Abaixo a cabeça novamente para nova análise de cadarços. Por que será que ele não está usando aquela botinha marrom?

— Tempo, talvez? — Ele desce da cadeira e se senta no chão, inclinando a cabeça e usando-a para tampar meu campo de visão.

— Pra quê? — Os fios de barba ameaçando nascer... Aperto as mãos com força a fim de evitar qualquer movimento involuntário, abortando o desejo de meus dedos de passearem por seu rosto.

— Pra que você me dê a chance de não desistir da gente. — Ele rouba um beijo rápido antes de ficar de pé.

Sinto como se uma tempestade estivesse deixando meu corpo. O temporal dentro de mim parece desfazer-se, mas não sei o que dizer. Porque eu já disse coisas demais. Já machuquei pessoas demais. Me feri. E ele percebe. Porque ele sempre percebe. O que mais odeio em João Pedro é o fato de ele estar sempre atento ao que acontece comigo, a capacidade que ele tem de ler as minhas entrelinhas.

— Posso te fazer só mais uma pergunta? — Minha cabeça diz que sim, meu corpo diz que não. Ele ri da confusão em que me transformo e fala mesmo assim. Porque sabe o que quero falar, mas também sabe que prefiro calar. — Logo jiló, Catarina? Tudo bem que batata é exigir demais porque, convenhamos, batata é batata. — Levanta a mão próxima ao rosto, como quem pede desculpas pelo que diz, mas não deixa de dizer mesmo assim. — Mas você não poderia se comparar com outra coisa, tipo coentro?

— E quem em sã consciência não gosta de coentro? — pergunto. Ele coloca a mão por dentro da blusa lilás de gola polo e puxa algo retangular. João Pedro está com o meu caderno de flamingos, o mesmo que joguei nele durante a briga, o mesmo que passei a semana inteira procurando.

— Exatamente. — Ele deposita o caderno em cima da mesa. — Se não tiver coentro, tudo perde a graça. — Pisca, me deixando sozinha com uma granada desse porte no colo.

⁓🦽⁓

Estou tão distraída com os últimos acontecimentos que pego o ônibus errado, levando o triplo do tempo para chegar em casa. Checo meus e-mails, vejo quem o site do sorteio online separou para mim e corro para o caderno com capa de flamingos, enfim a salvo e de volta a minha bolsa, para anotar que preciso providenciar uma Havaianas tamanho quarenta e dois. Acho que esse estagiário gosta de anime. Penso que a nova coleção do Naruto vai ser uma boa. É isso, está decidido.

Abro na página sinalizada pelo fio de cetim vermelho, e, antes que eu pegue uma caneta na bolsa para fazer a anotação, a letra do João Pedro me assusta. Pelo garrancho, mas também pela surpresa. Ele anotou eventos de quase duas semanas ao longo das páginas? Viro outra e mais outra e os comentários datados do João Pedro parecem multiplicar-se. Começo a rir, mas a vontade que tenho é de chorar. Porque ele perdeu o tempo dele pensando em... mim? Porque eu só consigo odiá-lo aqui dentro e durante o tempo em que não penso nele, o que é quase nulo, porque todas as coisas me fazem lembrar dele. Da gente. Abro a janela ao meu lado para respirar melhor, mas a minha falta de ar não é falta de oxigênio. É excesso de orgulho. É falta dele.

Volto as páginas e começo a leitura dos garranchos dele:

02/12 As pessoas ficaram com medo de falar comigo hoje e corriam quando eu chegava. Fiquei me sentindo o Stuart Little na presença do Snowbell, o gato dublado pelo Miguel Falabella, saca?

03/12 Nathália veio aqui hoje. Sabia que a Edna agora trabalha pra eles? Fiquei feliz por ela, é uma boa engenheira. Mas fiquei retado quando ela saiu e deixou a gente na mão ano passado. Conversei com sua amiga sobre os desentendimentos. Espero que você a ouça, pelo menos, já que não quer me ouvir.
PS. deixamos a JC com dor de cabeça porque hoje ela estava parecendo um zumbi, coitada. Mas pelo menos ninguém ouviu ordens hoje. Grande dia.

04/12 Os meus estagiários levaram bronca da JC por não terem lembrado daquele maldito relatório. Eu sei o que você vai dizer e assumo que nem eu tava lembrando, tá bem? Não precisa vir com "eu avisei" e aquela cara de sabichona. Não precisa jogar na cara. Aquilo é um suco. E eu que tô tendo de fazer, pra piorar tudo. Acho que você estaria rindo se estivesse aqui.
PS. marcaram a data do amigo secreto do Natal pro dia 23. Todo mundo vai ganhar Havaianas pra não ter briga, não esquece de conferir o e-mail do sorteio. Você calça o que mesmo? Trinta e sete?

05/12 Saí pra caminhar e quando cheguei ao Calçadão, dei meia-volta em direção a minha casa. Passar pela frente da sorveteria me lembrou de você. Hoje é sábado, e eu deveria estar aí. A gente iria assistir *Anastasia*, sabia? Dica da Bibi. Se encontrar com ela, finja que ainda não me odeia, ela não precisa saber dessa parte.

PS. Bibi entrou de férias!

06/12 por que seu celular ainda está desligado? É perigoso, Catarina. Quando você pretende ligar? Melhor, me ligar?

07/12 você tá parecendo a Branca de Neve hoje com essa saia amarela e a blusa jeans. Tá linda, como sempre. Será que aceitaria uma maçã? Capaz de pensar que eu envenenei. bocó

Hanna que vai finalizar o relatório dos meus estagiários, hahahahaha se lascou, o começo que fiz ficou horrível, se lascou mais ainda.

O que você disse para JC? Porra, Catarina, eu vou fazer trabalho externo a semana inteira e no sol? Um a zero pra você, vai ter volta.

08/12 você viu que já tem data para o resultado do projeto? Sai dia 15, Catarina! Imagina se a gente ganha essa merda? Ainda não saiu a data oficialmente, mas eu tenho meus contatos. Esse sou eu te contando em primeira mão, apesar de você ainda não estar falando comigo. Mas você soube em primeira mão, hein? De nada.

09/12 hoje tá um calor da porra, e eu tô aqui debaixo do sol acompanhando os trâmites da reciclagem. Agora eu entendo por que eles usam aqueles panos na cara, eu tô suando mais que cuscuz. JC ainda não permitiu que eu volte ao escritório, será que é pra me castigar? Ora, ora, quem é a protegida agora?

10/12 acabei de saber que amanhã eu também vou trabalhar fora, realmente, é castigo

PS. esse calor me faz lembrar que eu prometi à Bibi que a gente sairia pra tomar sorvete quando ela ficasse de férias. E ela já tá. Ela foi pra um sítio de uma tia nossa porque não pode ficar sozinha em casa e lá tem amiguinhos, mas ela quer uma data, e eu não sei o que dizer. Vocês duas são mais inteligentes que eu, pensa aí.

11/12 hoje eu vou devolver o seu caderno, desculpa pelo sequestro. Faz dois dias que não como fritura pela manhã. Sim, eu tive uma recaída, mas voltei aos trilhos. Queria te contar porque acho que você gostaria de saber. Bibi continua me perguntando quando a gente vai ao parquinho. Ela acha que me engana, porque antes era sorveteria... Inventei que você tá muito ocupada até o Natal. Será que até lá você e eu já teremos conversado? Se você ainda quiser me matar, espera o dia 26 porque eu tenho planos com a minha sobrinha, tá? Mas eu não quero que você me mate, porque eu também tenho planos com você. Eu quero que você volte a falar comigo, porque tá foda te ver e fingir que não te vi. E como é que eu vou continuar fazendo isso se eu te vejo até quando você não está aqui?

— Quem receber o seu amor vai ser muito feliz — falo baixinho, alisando as folhas rabiscadas em tinta preta.

O que me dá raiva é a saudade irracional que eu sinto dele. O que me dá mais raiva é não conseguir fazer o que quero por não saber o que fazer com os meus próprios sentimentos, apesar de conhecê-los de cor. Será que preciso medir o que tenho por aquilo que não posso ver? Talvez. Hoje eu só quero voltar para casa e chorar até diluir meu desespero.

34

Depois de a ligação do meu pai me acordar no meio da tarde, ganho forças para lavar a louça que tem se acumulado na pia desde ontem. Recorro ao YouTube em busca do DVD ao vivo d'Os Travessos de 2004, mas sou atacada em meio a detergente, pratos, copos e panelas sujo, porque o Rodriguinho resolve fazer a grande pergunta que eu também não sei responder: *por que você não larga de bobeira e vem me dar um beijo?* O grito da plateia ecoa num grande "demorô" e, como se todo aquele público fosse a voz da minha consciência, enxugo as mãos num pano de prato com estampa de galinhas, uma das lembranças trazidas de Porto de Galinhas, e pauso a música.

Não, não vai mais demorar. Nessa tal área cinza em que me encontro, tudo parece claro demais. Abro o aplicativo de mensagens, procuro pelo João Pedro e digito que estou com saudades. Mas surto quando vejo que ele está online e apago a mensagem antes que ele possa ler.

> **Catarina 15:23**
> ⊘ Você apagou esta mensagem

> **JPS 15:24**
> Naaaaaaaaaaaaaaaaaao

> **JPS 15:24**
> Catarina, por que você apagou???

> **JPS 15:24**
> Nada a ver, vei

> **JPS 15:25**
> Manda de novo, eu sei que você ainda tá aí

> **JPS 15:25**
> catarinaaaaa

> **JPS 15:25**
> ▶ ○------------------------
> 03:29

> **Catarina 15:29**
> Apaga isso agora!!!!!!!

> **JPS 15:29**
> Não

> **JPS 15:30**
> Não tenho medo de sentir o que sinto

> **JPS 15:30**
> Nem de dizer

> **JPS 15:30**
> Lide com isso

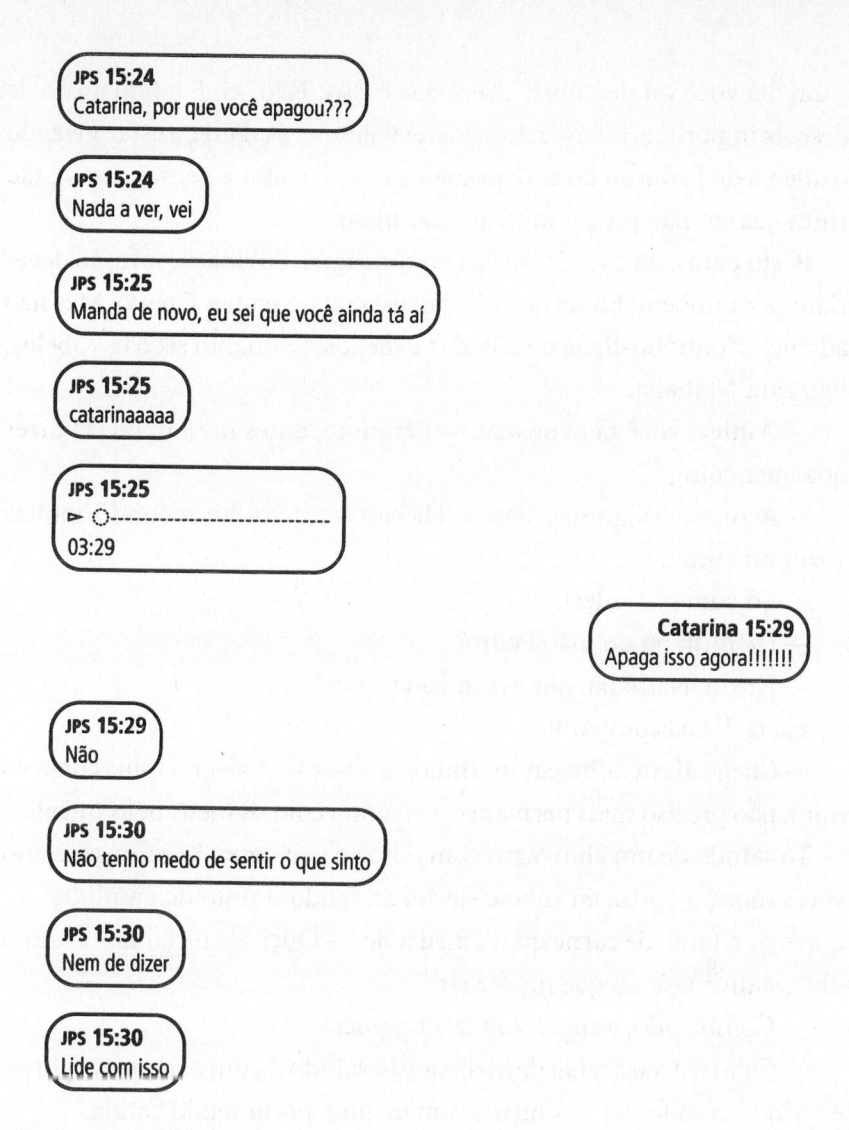

Largo o celular em cima da mesa, como se eu tivesse levado um choque ou algo do tipo. Por que eu não consigo fazer o que preciso? Por que travo sempre que chego perto demais da linha de chegada? Eu nunca fui assim! Ter um histórico de relacionamentos deveria ser suficiente para me dar respostas para todas as perguntas no campo dos sentimentos. Pelo visto, não é. Capaz de eu estar vivendo aquele momento que minha mãe tanto falava: "Amar alguém não é exatamente isso que você conhece, e um dia você vai descobrir". Será que é isso? Não sei. E tenho medo de descobrir, porque, assim, não poderei voltar atrás. Pareço estar vivendo o dilema de Paulo ao fazer o que não quero. E voltar a pensar nisso é tão ruim quanto não me permitir pensar nisso.

Parto para o banho. Se sujeira sai com água, dúvida e confusão deveriam sair também. Eu sei que não sai, mas posso tentar. E tento. Mas não adianta. Continuo cheia de dúvidas e medos. Enquanto seco os cabelos, ligo para Nathália.

— Amiga, você tá ocupada? — pergunto, antes mesmo de ela dizer qualquer coisa.

— Aconteceu alguma coisa? — Há bastante barulho ao fundo, muitas vozes misturadas.

— Tô com saudades!

— De mim ou do João Pedro?

— Nossa, Nathália, que arrombada, você!

Ela ri. E eu acompanho.

— Chego aí em quinze minutinhos, amiga. — A alegria toma conta de mim, não preciso mais permanecer sozinha com os meus pensamentos. — Tô saindo de um churrasco com o Bob e vou deixá-lo em casa, como vocês moram perto, eu subo e ele vai andando o resto do caminho pra queimar o tanto de carne que comeu hoje. — Ouço ele reclamando dessa última afirmação, o que me faz rir.

— Combinado, amiga! Vou fazer pipoca!

— Catarina, eu acabei de dizer que tô saindo de um churrasco, porra, eu não tô com fome! — Ouço o som de uma porta sendo batida.

— É só não comer, minha filha, oxe!

— Até nestante, amiga! — Mandamos beijos e nos despedimos.

Vou até a lavanderia pendurar a toalha e puxo do varal um vestido preto com estampa de girassóis pequenos. No caminho de volta, abro os armários e vou colocando em cima da bancada próxima à pia um pacote de milho de pipoca, óleo de cozinha e sal. O interfone toca. O entregador da minha pizzaria preferida avisa que há uma pizza de lombinho com catupiry esperando por mim lá embaixo. E que é presente. É assim que a Nathália não está com fome, né? Ridícula! Garanto que a carne do churrasco estava bem passada, coisa que ela odeia.

No elevador lotado, as pessoas salivam só de sentirem o cheiro da iguaria que trago no colo, o que me faz manter a embalagem lacrada e o olhar reticente, anulando minha presença nesta caixa metálica. Parto direto para a cozinha e começo a gravar uma mensagem para a minha amiga ao mesmo tempo que levanto a tampa da caixa de pizza para roubar uma fatia. Nath vai me perdoar se eu começar a comer sem ela.

Escritos em hidrocor de tinta preta e letras maiúsculas na parte interna da tampa, os seguintes dizeres:

OUVE A PORRA DO ÁUDIO, CATARINA!!!

É um presente dele. Ele. Sempre ele. Não penso duas vezes e o obedeço. Grudando o celular na orelha para não perder sequer as suas pausas para respirar enquanto ouço sua mensagem. Porque eu preciso escutar até o que ele não diz. Principalmente o que ele não diz.

"A parte boa desses aplicativos de mensagens é contar se a pessoa leu as mensagens recebidas ou ouviu os áudios. E você não ouviu nenhum dos catorze áudios que enviei ao longo dessas semanas. Eu sei que te mandei inúmeras mensagens, me expliquei, e você me ignorou. Sei que sua amiga te explicou tudo o que aconteceu, mas eu queria que você ouvisse por mim. Então eu vou tentar de novo. E eu espero que você ouça até o final.

"Catarina, eu nunca, nunca, nunca quis roubar suas ideias, pelo contrário, eu quero é que muita gente conheça esse poço de criatividade que você é! Quando eu estava na outra repartição e surgiu aquela parada do biodigestor, eu achei topzera e fui investigar sobre você e te achei mais topzera ainda. Eu fiz todos os procedimentos com o seu nome, com o local de origem sendo o setor de projetos, mas também fui surpreendido quando recebi o resultado. Aquilo não estava certo, e eu fui questionar, mas meu chefe permaneceu irredutível e me disse que, se eu queria tanto fazer daquele jeito, que fosse trabalhar com você a partir dali. E eu fiquei virado, claro, mas fui. Porque qualquer lugar é lugar quando se recebe salário para pagar as contas no fim do mês. Eu não imaginava que você estava tão seca comigo por causa disso! Como o Maurício disse, ele achava que aquilo era meu, mesmo eu negando, porque o idiota do secretário de administração tirou o corpo fora e espalhou lá dentro que fui eu, entendeu? Só pra piorar tudo. E o Maurício me chamava de modesto quando eu dizia que não tinha nada a ver com aquilo, entende? Isso tá confuso, desculpa, mas eu preciso falar!"

Minha garganta dá um nó. Sinto as mãos formigarem e a boca secar.

"E eu queria tá te contando coisas minhas, sobre como voltei a morar aqui, os empregos loucos que tive em São Paulo ou como pensei que morreria antes da cirurgia de apendicite. Eu deveria estar marcando contigo pra te apresentar a minha irmã ou pra tomar sorvete, ir ao parquinho e ver dois filmes com a Bibi. Sim, a lista só aumenta, ela é terrível! Eu deveria estar fazendo piada da minha péssima aptidão para fazer bolos, porque eu já tentei, ou explicando por que nunca te trouxe aqui em casa, mas eu estou gastando, talvez, a última vez que você vai me ouvir falar pra explicar essas coisas, que deveriam ter sido esclarecidas desde o primeiro dia. Mas você se mostrou fria demais para ouvir, e por isso me lembrou a Elsa de *Frozen* o tempo inteiro. E eu adorei você ser marrenta e resolvi te atentar por causa disso. E no fundo você gostava de ser atentada, eu vi isso. E brincar de te atentar me fez parar de brincar, me fez me apaixonar por você. De verdade. Sem que eu percebesse. Catarina, você me fez comer jiló depois de preparar igual ao seu avô. E gostar! E sempre lembrar de você quando vejo um! E quando eu paro pra pensar, nem sei o nome dos seus pais! Como que pode amar alguém e não saber com quantos anos essa pessoa aprendeu a ler? Eu chuto que foi aos três anos, porque você é ninja!"

E me sinto péssima por, mais uma vez, ser oito ou oitenta. Eu preferi silenciar quando tudo apontava para o diálogo. O que me levou a explodir quando tudo o que eu precisava era ouvir. Respiro fundo, continuo **ouvindo**. Enfim, ouvindo.

"Minha avó dizia que, quando a gente quer conhecer alguém de verdade, a gente deve comer sal junto. Isso significa convivência, mas você pegou de primeira, porque é inteligente. E diz que a gente sabe que ama alguém quando come um quilo de sal junto a esse alguém, e o sentimento permanece intacto. Mentira, maior. E tudo o que eu queria era dividir um quilo de sal com você. Porque eu quero comprovar a teoria da vozinha. Porque eu quero continuar dividindo quilos de sal com você pelo resto da vida. Minha mãe era hipertensa e usava pouquíssimo sal ao cozinhar. Minha irmã e eu aprendemos a cozinhar com ela, então aqui em casa o sal rende bastante... O que significa mais tempo de convivência... Rendendo...

"Você quer dividir um quilo de sal comigo? Eu espero que sim. Porque comer sal contigo é tudo o que eu mais quero."

As lágrimas escorrem pelo meu rosto, sinto o coração ameaçar sair pela boca, o estômago pesar; mas percebo um peso saindo de minhas costas. Será que é essa a sensação de alma leve? Será que amar alguém e ser amado de volta é viver esse liquidificador de emoções ao mesmo tempo?

— Ai, Jesus, enfim eu entendi a matemática celestial por trás das referências! — grito, exultante. — Eu sempre achei que o João Pedro era uma cilada por ter nome bíblico, mas não havia pensado que menos com menos dá mais! E ele tem dois! É isso, né, Deusinho? — Elevo os olhos para o teto, na tentativa de manter contato visual com o divino. — Um nome bíblico anula o outro! Tava na cara o tempo inteiro! Como eu fui burra! O João Pedro, realmente, é tudo, menos comum! Obrigada por me ajudar a ver!

Imediatamente, penso no versículo que diz que a fé, sem obras, é morta. Eu preciso agir.

> **Catarina 16:18**
> Eu estou morrendo de saudades de você

Ele visualiza. E eu não vou permitir que o meu *online* espere por seu *digitando*. Tem tanto do João Pedro que eu também não sei, que não tive tempo de saber! Mas que eu preciso descobrir. Porque eu quero saber. A começar pelo endereço dele. E eu sei exatamente quem pode me ajudar. Aviso a Nathália, pelo interfone, que ela mantenha o carro ligado junto à entrada do prédio porque não vou poder recebê-la, não hoje. E sei que ela vai gostar de saber que tudo o que preciso é de uma carona.

— Amiga, esse chinelo não combina com esse vestido, tá ligada, né? — ela diz, assim que me aproximo do carro.

— Eu não tenho tempo pra esses detalhes bobos agora, Nathália, foco! — Inicio a transferência da cadeira para o banco do carro, afivelando o cinto.

Minha amiga desmonta a Adriana e coloca no porta-malas. Ao acomodar-se no banco do motorista, desata numa crise de riso.

— Por que você tá abraçada com um pacote de sal? — Sua voz em tom julgador.

— Rua Adalberto Brandão Mesquita, um-nove-cinco, porta amarela. — Continuo repetindo baixinho para não esquecer. — Eu preciso que você me leve lá agora.

— E o sal?

— Nathália, eu explico depois, eu preciso chegar nesse endereço agora, porra!

— É onde eu acho que certas pessoas moram?

Aperto o quilo de sal com mais força enquanto confirmo visualmente a resposta. Os olhos de minha amiga brilham e um sorriso de felicidade invade seu rosto. Antes que qualquer uma de nós diga alguma coisa, o carro arranca, e eu acho que, finalmente, vou parar de sentir saudades dos nossos ontens.

35

Em frente à porta amarela, passa um filme em minha cabeça. Do primeiro momento em que o vi pessoalmente, com suas botas de combate que, instantaneamente, me deixaram pronta para a guerra. A primeira briga, o primeiro trabalho juntos, o primeiro dia trabalhando na caixa de fósforos, todos os apelidos com nomes de princesas, o primeiro beijo.

No filme das nossas vidas, não há mais espaço para vilões. Não há espaço para separações, distância. Eu não quero ser a pessoa que assiste a tudo inerte, porque tem medo de dar o próximo passo. E eu nunca dou o primeiro. Mas não quero ser quem impede a caminhada. Porque se há alguém com quem pretendo caminhar é ele.

O vento sopra forte e eu tomo emprestada toda a coragem que ele carrega, toda a força que levanta a poeira do chão e leva pipas de papel em voos altos. Nathália me pergunta, pela quarta vez, se eu não quero que ela espere. A resposta é a mesma: *não, eu preciso fazer isso sozinha.*

Duas, três, quatro batidas na porta, e a ruiva vestindo aquela mesma roupa preta da primeira vez que conversamos abre a porta. Será que é uniforme? Mais um acréscimo na lista de coisas que não sei. Como é mesmo o nome dela? Antes mesmo de forçar a minha mente a lembrar, murcho. Seu olhar analisa cada parte de mim, e eu deveria ter obedecido a minha amiga e calçado outro tipo de sandália ou trocado de roupa ou prendido o cabelo. Definitivamente, eu deveria ter prendido o cabelo, do contrário não estaria brigando para tirar fios que insistem em parar junto a minha boca.

Ela olha dos pés ao topo da minha cabeça, da cabeça à planta dos meus pés. E me pede um segundo, encostando a porta e me deixando sozinha na calçada. Grande dia. Só que não. O que mais poderia dar errado? Melhor nem perguntar isto em voz alta ou é capaz de começar a chover. Sempre chove na ficção. Mas isto é realidade, e na vida real nem tudo sai como o esperado. Porque a gente nunca considera o fator vida. E este é muito, muito mais certeiro que o tal fator previdenciário, para começo de conversa.

Analiso a rua em que me encontro, buscando pontos de ônibus próximos a calçadas acessíveis, mas não encontro. Me sinto ilhada nessa rua esburacada e de postes colocados nos piores lugares possíveis. Mas não me restam alternativas. Não parece que ela vá voltar, a coragem que recolhi para vir até aqui quer ir embora, e eu acho que vou acompanhá-la. Mas ela retorna, escancarando a porta e apoiando as mãos no encosto de uma cadeira de escritório de tecido floral com rodinhas. Ela sorri desajeitada e me oferece ajuda para fazer a transferência de uma cadeira à outra para, enfim, poder entrar no imóvel.

Será que era sobre isso que ele havia falado no áudio? O gesto dela me comove, porque nunca foi julgamento por eu ser quem sou, ela estava pensando em como permitir que eu me juntasse a eles, estava buscando uma forma de, literalmente, me deixar entrar.

— Eu não imaginei te ver aqui na porta.

— Eu não imaginei bater na sua porta.

Ela ri e me estende a mão. Aos poucos, conseguimos nos entender nesse jogo de mãos, e, antes do que imaginava, estou sentada na cadeira de quatro rodinhas pequenas, como um dia Bibi me explicou na escola, dando instruções de como fechar a Adriana.

— Não sei se você lembra, mas meu nome é Lia. — Ela me entrega o pacote de sal e a minha bolsa, o rosto intrigado, mas sem maiores questionamentos. — É um prazer, enfim, conhecê-la melhor, Catarina.

— Você lembra de mim!

— Como não? Você tem dois fãs aqui em casa. — Ri. — Nenhum dos dois está presente no momento, mas...

— O João Pedro não está? — De repente, todo o trabalho de me garantir acesso à casa deles se transforma numa prisão, porque o que é que eu vou fazer na casa dele sem ele? Meu corpo grita por fuga, mas como?

— Vocês são mais parecidos do que imaginei, porque, olhe só, tiveram a mesma ideia. — Ela empurra a cadeira em que estou pelo corredor apertado, depositando a Adriana no canto e fechando a porta atrás de si. Definitivamente, estou presa. — Acho que nesse momento ele também deve estar batendo na porta da sua casa.

Meu rosto é todo confusão. Mas não deixa de ser engraçado. De repente acrescento mais uma informação em minha tabela mental: sou mais rápida que ele, ponto para mim.

— Eu tenho um trabalho daqui meia hora, você se importa de me esperar um pouco? Preciso terminar de me arrumar porque não posso chegar atrasada, mas vou ligar pro Peu e avisar que você tá aqui, tá bom?

Antes de dizer que eu mesma faço isso, ela pega o celular no bolso e entra no que parece ser o seu quarto, falando com ele. Estou sentada junto ao sofá vermelho, o mesmo que aparece na foto que ele usa como proteção de tela. Permaneço encarando todos os detalhes da casa dele, desde o espelho próximo a uma grande mesa de madeira, ainda cheia de livros e cabos de tamanhos distintos, ao aparador embaixo do painel de TV, repleto de fotos de família, uma mais afetuosa que a outra.

Me perco nos detalhes das cortinas, realmente parecidas com o meu vestido azul de florezinhas e sorrio sozinha, abraçada ao meu pacote de sal.

— Vocês vão fazer as pazes, né? — Lia senta-se ao meu lado, agora com duas belíssimas tranças estilo boxeadora. Nem se eu levasse a manhã inteira conseguiria fazer algo tão bem-feito.

— Acho que sim — digo, e ela ri. — Eu nunca sei o que me aguarda quando tô perto do seu irmão.

— Ele tem mesmo esse poder de dar giros de trezentos e sessenta graus na vida da gente.

— Comigo foram setecentos e vinte...

— O Peu gosta muito de você. Você sabe disso, né?

— Eu gosto muito dele também — admito, e ela permanece me encarando como quem perguntasse "Sério? Não parece", e eu mereço receber essa alfinetada. — Eu só sou mais devagar pra processar as coisas.

— Te entendo. Eu sou muito difícil em aceitar ajuda, sabe? — Meu olhar compreensivo é compreensivo demais, porque consigo ouvir essas mesmas palavras sendo ditas por mim. — E o Peu, que já havia assumido a casa quando a nossa mãe morreu... espera, ele te contou isso, né? Eu acho que sim porque ele te contou a teoria da vovó. — Ela aponta para o quilo de sal em meu colo. — Mas... contou, né? — Assinto. Ela parece aliviada. — Ele me fez terminar os estudos, me incentivou a começar a faculdade e ainda me ajuda a criar a minha filha. A Bibi é apaixonada por ele.

— A sua filha que é apaixonante! Nossa, no dia em que fui à Conceição Evaristo, ela era a menina mais inteligente da turma, sem exageros.

— Ela também só falava em você! Vou te contar um segredo — ela fala baixinho, como se não estivéssemos sozinhas em casa. — Quando eu quero brigar com os dois por fazerem birra ou me desobedecerem, eu não chamo mais pelos nomes, eu apenas digo que o clubinho da Catarina tá de castigo.

É impossível não rir.

— Sabe, Catarina, o Peu é um pai pra mim e pra minha filha. — Há um barulho de descarga de carro ao longe. Lia levanta-se, indo até a mesa, recolhendo alguns cabos e depositando-os numa bolsa preta grande que estava sobre a cadeira. — Quem receber o amor dele vai ser muito feliz. — A porta é aberta, posso ver o JPS no final do corredor. Lia para próxima a mim, antes de seguir até a saída. — E eu espero que você o faça feliz.

— Você precisa dizer que me ama. — Ele recusa o pacote de sal.

— Você sabe a resposta.

— Eu quero ouvir de você.

— João Pedro, eu te trouxe um quilo de sal — protesto. — Igual a sua avó falou! Você sabe o que isso significa!

— Sei, mas eu quero ouvir você dizer, Catarina. — Ele acocora-se em minha frente, apertando as minhas mãos.

Foco na pintinha que ele tem na bochecha. Reparando bem, algumas sardas bem clarinhas começam a se tornar cada vez mais nítidas. Eu inclino o tronco para a frente com cuidado, soltando minhas mãos das dele e apoiando o braço no encosto da cadeira de escritório em que estou sentada. Com a mão esquerda, percorro seu rosto com delicadeza, seus olhos se fecham, mas ele todo ainda brilha.

— Eu encontro o amor da minha vida todo dia em você — digo baixinho. — É como se você fosse um gênio da lâmpada e me concedesse desejos infinitos. Sempre que um desejo se realiza, você me dá a certeza de que eu terei mais outro e outro e outro. — Nossas testas estão grudadas. — Desejos que eu nem sabia que tinha, até te conhecer. E saber que com você é real, que você me dá a certeza de que é real...

E eu fecho os olhos para vê-lo melhor. Meus batimentos cardíacos entram na dança da respiração dele. Seu nariz encaixa no vão do meu rosto, e nesse tetris de adulto a boca de João Pedro encontra a minha. Nosso beijo não tem pressa, porque tudo o que precisamos reside entre nós dois. Meus dedos percorrem seu rosto e me comprovam que ele está aqui. Comigo. Ainda bem. Desenho seu sorriso mesmo de olhos fechados, e seu gosto me invade por inteira. Seu toque alterna entre gentileza e fome, indeciso entre eu ser uma porcelana chinesa raríssima ou um opiáceo fortíssimo. Eu o entorpeço. Ele me inunda. Eu gosto de nadar nele. Ele gosta de me respirar.

— Eu amo você. — Nossos sussurros encontram-se no ar, evidenciando sincronismo até mesmo nas palavras. Definitivamente, somos um.

É como o encontro de céu e mar na linha do horizonte, ele e eu nos tornamos nós ao darmos nós em braços, pernas e línguas. Sinto um formigamento na barriga, um fogo que se alastra por meu corpo sempre que as ondas do mar do João Pedro batem apressadas em minhas falésias. Ele me pega no colo, e quando percebo estamos em seu quarto. Fui convidada ao seu lugar secreto.

— Sabia que eu não entro no meu quarto desde aquele dia?

— Que você brigou comigo? — O cabelo dele cai sobre a testa, ele nunca esteve tão lindo.

— Eu acho que quis deixar meu quarto intacto pra não exalar o seu cheiro — confesso.

— Então eu acho que preciso voltar lá. Já deve tá quase sumindo, não podemos deixar isso acontecer. — Ele me coloca em sua cama, empurrando com o pé uma pilha de roupas recentemente passadas a ferro que estava no canto inferior.

— Pois é, seria um crime. — Enrosco meus dedos em seu colar, puxando-o para mais perto de mim.

— Isso é você me dizendo que o espírito das trevas tem passe livre definitivo? — Ele desamarra o laço frontal do meu vestido.

— Como é que a gente vai dividir esse bendito quilo de sal se você ficar da porta pra fora? — suspiro, soltando a corrente fina em seu pescoço.

— Eu sou criativo, Catarina, não duvide das minhas habilidades. — Ele alterna seus beijos entre minha boca e pescoço, depois percorre meus mamilos com a língua.

Eu poderia permanecer assim o dia inteiro.

— Se tem uma coisa de que não duvido é das suas habilidades.

Aninhado entre meus seios, costuramos diálogos imaginários com os olhos. Meus dedos passeiam pelos cabelos dele, bagunçando-os ainda mais. Nossas respirações desritmadas começam a caminhar pelo compasso dos nossos corações.

— Eu poderia encarar esse seu sorriso sacana pela vida inteira — digo, e ele ri, relaxado, fechando os olhos por alguns segundos.

— Essa é você fazendo planos comigo, meu bem? — A velha dança das sobrancelhas. Afasto os fios de cabelo de sua testa para ter uma visão privilegiada deste momento. Hoje, as sobrancelhas dele dançam conforme a música que eu toco.

— Essa sou eu costurando as minhas linhas imaginárias nas suas linhas imaginárias, meu bem. — Acaricio o seu rosto, demorando um tempo maior nas sobrancelhas grossas. — Obedecendo ao meu colega implicante de trabalho que dizia que eu tinha de começar a enxergar aquilo que estava embaixo do meu nariz, expandir meus horizontes.

— Em você, há horizontes.

Eu o beijo mais uma vez. E sinto todo o meu gosto em seus lábios. João Pedro ameaça mover-se, mas eu ainda não estou pronta para conhecer outra sensação que não seja sua pele na minha, seu cheiro tornando-se meu. Ele afasta meus cabelos do rosto e me encara com uma ternura que jurei não ser possível existir. Parece que ele está disposto a nunca mais sair de mim, parece que ele descobriu como chegar a minha alma. E todos os meus toques desgovernados são uma prece silenciosa para que ele, definitivamente, em mim faça morada.

36

— Mas hein, namorada de cantor famoso, vocês vão ficar em Salvador até que dia? — Aumento o volume da chamada de vídeo.

— Eu já te contei tudo com detalhes, Catarina, pelo amor de Deus! Eu quero saber como foi depois de você se convidar pra testar a acessibilidade da casa dele! — O rosto de Nathália está vermelho, fruto de um sábado inteiro na praia.

— Uma merda!

— Não acredito! Eu jurava que vocês tinham feito as pazes e...

— Fizemos!

— Mas você falou que...

— A acessibilidade é uma merda! O João Pedro precisa começar uma reforma urgente!

— Por causa de você? — Faço uma careta, mostrando-lhe a língua. — Você tá fazendo planos para o futuro? Eu ouvi direito?

— Na verdade, o decreto 9.451 de 26 de julho de 2018 mostra o regramento para os empreendimentos residenciais incorporarem recursos de acessibilidade e... — Nathália é acometida por uma crise de riso. — Mas sim, amiga, a sua amiga aqui não tem mais medo de fazer planos. — Encaro o teto do quarto, reparando os locais onde a tinta está descascando.

— Planos com ele?

— Até agora só usamos duas pitadas de sal!

— Lá vem você com essa história de novo! — Ela revira os olhos.

— Nós temos uma teoria a comprovar, Nathália! Imagina se a vó dele estiver errada?

— Mas como é isso, vocês dividiram o pacote como um filho em situação de guarda compartilhada?

— Esqueceu que é impossível me locomover na casa dele? Todas as nossas refeições são aqui.

— Ele tá aí agora, Catarina? — Assinto. — E você tá falando comigo?

— Você sabe que você é o meu primeiro amor, Nath.

— E o João Pedro é o segundo *amor*?

— Amiga, ele tá usando moletom e cozinhando sem puxar as mangas! — Nathália parece confusa. — Nath, eu olhei agora mesmo, as mangas continuam limpas! Quem é que cozinha assim e permanece limpo na região dos punhos?

— Qualquer pessoa que tenha o mínimo de coordenação motora?

— Não fode, Nathália, eu tô falando sério!

— Eu também tô! — ela protesta. — Daqui a pouco vai me dizer que o João Pedro é o novo Rodrigo Hilbert...

— Eu te odeio, sabia?

— Eu sei. Eu também.

João Pedro toma o celular da minha mão e coloca junto ao dele, entre suas pernas, no banco do motorista. Patético. Estou sendo retaliada por não permitir que cheguemos atrasados ao trabalho.

— Tinha esquecido que você era fiscal do tempo. — Olhos fixos no caminho a nossa frente.

— Ser pontual agora é errado?

— Eu já falei que a gente não vai chegar atrasado, porra, vai dar tempo!

— E eu falei que a gente tem comida em casa! Tinha massa de cuscuz e de tapioca peneiradas já. Era só colocar o cuscuz pra cozinhar ou fazer o beiju, João Pedro, menos de cinco minutos tava tudo pronto! — Estico o braço e belisco sua perna. Ele me olha atravessado.

— E eu falei que a gente iria comer o melhor pão na chapa da cidade!

— A gente tá é saindo da cidade! — Ele entra numa estrada de chão batido.

— Isso se chama atalho, Catarina.

— Ah, por isso eu não conhecia, nunca pego atalhos.

— Falou a fodona certinha.

— Eu quero saber as horas! Me dá meu celular!

— Não pode usar celular no carro. — Ele vira à direita. Mais estrada de chão batido.

— O motorista não pode usar.

— E, se o motorista não pode usar, os passageiros têm de ser solidários a ele.

— Nada a ver, João Pedro! — protesto.

— Meu carro, minhas regras.

— Não pedi carona, pedi? — Novo beliscão, esse com mais força, o que o faz dar um leve pulinho.

— Quer ir andando daqui? — Ele freia.

— Você iria deixar a sua namorada sozinha na beira da estrada? — Faço um beicinho, ele me devolve um sorriso pelo retrovisor interno.

Abaixo o vidro do carro e aproximo o rosto da janela, olhando para o alto. Infelizmente, não domino a ciência de mirar o céu e saber as horas. E anotaria no bloco de notas para pesquisar sobre isso mais tarde, mas precisaria do meu celular também. O João Pedro é muito irritante.

— Deixa eu colocar uma musiquinha pra gente ouvir, então!

— Desiste, eu não vou te entregar. A gente tá quase chegando.

E, realmente, não demorou muito até chegarmos numa lanchonete minúscula, no meio do nada, de paredes verdes e uma pomba branca pintada na entrada.

— Lanchonete Shalom? — Ele começa a cantar os primeiros versos de "Bandeira branca", o que me faz gargalhar. — Tem certeza de que esse lugar tem selo da vigilância sanitária?

— Não julgue o livro pela capa, Catarina. — Ele distribui nossos celulares pelos bolsos da calça e parte para pegar a Adriana.

— Se eu julgasse, a gente não estaria aqui — digo, abrindo a porta do carro.

— Exatamente. Você iria perder todo esse conteúdo. — Ele ensaia uma dancinha constrangedora ao mexer os quadris e deslizar a mão pelo peito, e eu agradeço a Deus por não ter ninguém assistindo a essa cena.

O pão na chapa é realmente incrível. E a dona Lúcia também. Enquanto tomávamos nosso café com leite, felizmente de frente a um grande relógio de parede com a imagem de Jesus Cristo, que sinalizava ser sete e quinze, conheci a história dessa mãe de oito filhos que educou todos graças aos seus deliciosos cafés da manhã e jantas para os trabalhadores da pedreira localizada ali perto. Metade de mim se encantava por suas histórias enquanto a outra metade adicionava mais uma observação à lista mental sobre o João Pedro: ele transforma qualquer lugar em uma grande aventura. E eu amo ser convidada para dentro desse seu mundo.

De volta ao carro, assim que ele põe a chave na ignição para dar a partida, uma luz acende em seu bolso esquerdo. João Pedro estica a perna e mergulha a mão nele, pescando o celular e atendendo-o.

E ele congela. E joga o celular na minha direção, assustado. O aparelho cai próximo à marcha. Uma voz feminina continua falando enquanto nos entreolhamos, posso ouvir meu nome ser repetido duas, três, quatro vezes, até ler o nome da Tereza Cristina na tela e perceber que ele atendeu o meu celular.

Pego o telefone e respondo, agindo de forma natural e ignorando toda a cena que acabou de acontecer. Mas Tereza Cristina pede que eu coloque no viva-voz. Obedeço.

— Bom dia pra você também, João Pedro — diz a voz saída do celular em meu colo. — Não entendi por que você ficou calado.

— É que... — Ele coça a cabeça, mas é interrompido pela nossa coordenadora, graças a Deus.

— Dessa forma eu evito fazer duas chamadas. É o seguinte, como vocês estão *juntos*... — Ela fala esta última palavra de uma forma engraçada, como se estivesse feliz. — Preciso que passem na cooperativa de reciclagem antes de virem para cá. Há alguns documentos a serem entregues, e a Catarina é a melhor indicação para realizar uma conferência. — Sopro um beijo para o João Pedro, com todo o meu ar de superior. — João, avisa a eles que a partir de hoje você está liberado do serviço externo e amanhã os estagiários voltarão para lá. — Agora ele é quem faz cara de esnobe, segurando a gola da camisa e puxando-a como se estivesse se abanando. — Pelo visto não há mais motivos para continuar separando vocês dois, né?

Silêncio. Nenhum dos dois sabe o que dizer. Felizmente a Tereza Cristina sempre tem palavras suficientes. E continua nos dando instruções como se fosse apenas questão de tempo estarmos juntos novamente. Melhor, estarmos juntos definitivamente.

37

Quando João Pedro para o carro para eu descer, um novo filme passa pela minha cabeça. Eu descendo a rampa, olhos embaçados pelas lágrimas, inundada pela raiva e desejando a morte do dono da mão que me oferece ajuda para que eu me sente na Adriana. Como as coisas mudam apenas com o passar das horas. Os sentimentos invadem, as certezas fixam residência e constroem alicerces no amor e na cumplicidade.

Ele me pede que eu o espere estacionar para que subamos juntos, mas isso seria dar muita bandeira. Como seria a reação dos demais ao nos verem em paz ao lado um do outro? Não sei. Mas espero. E limpo da mente qualquer suposição.

Subimos a rampa lado a lado, João Pedro segurando uma pilha de papéis para ajustes. Para variar muito, o trabalho deles na cooperativa dispunha de muita ação e pouca escrita. Eu realmente preciso fazer uma reunião com todos os estagiários para ensiná-los como se deve redigir os relatórios de acompanhamento de atividades.

Estranhamos a porta principal estar fechada. Será que alguma reunião importante está acontecendo na recepção? Sugiro darmos a volta pela lateral e entrarmos pelos fundos, a fim de não atrapalhar o que quer que esteja rolando, mas ele não me ouve. E eu continuo seguindo seus passos.

Gritos, balões coloridos e uma chuva de papel picado caem sobre nós assim que entramos. Toda a equipe do setor de projetos está reunida e não para de nos parabenizar seja com tapinhas nas costas, nos ombros e na cabeça, seja com sorrisos grandes demais acompanhados por gritos agudos demais. E eu não sei como reagir ou se devo agradecer os parabéns porque nunca imaginei que a Tereza Cristina fosse contar a todo mundo que o JPS e eu estamos juntos. Pior, que faria uma festa surpresa com direito a mesa de salgados e latinhas de Coca Zero para celebrar o nosso namoro. Será que a gente brigava tanto a ponto de incomodar os demais, de forma que selar a paz é motivo para confetes e bexigas?

João Pedro parece não se incomodar, o que não me espanta. Ele acomoda a pilha de relatórios na primeira cadeira que vê pelo caminho e já está servindo-se com o que me parece ser bolinhas de queijo e orégano, uma bomba de óleo e gostosura. Decido me afastar ao máximo dele, se nossos colegas já sabem sobre a gente, ao menos eu assumirei a responsabilidade de manter o decoro administrativo.

— Eu estou muito orgulhosa de vocês, meus filhos. — Tereza Cristina nos chama para perto dela, diluindo meu plano de manter meu corpo distante do dele.

Encolho os braços junto ao tronco assim que estaciono ao seu lado, mantendo a coluna ereta, os olhos fixos no horizonte. Sou a personificação do decoro.

— Tecnicamente não é café da manhã, tá? — Ele empurra duas coxinhas na boca, feliz demais por ter uma desculpa para ingerir fritura antes das dez.

Viro o rosto e demonstro a seriedade da situação, mas a única coisa que ele faz é virar-se para a mesa atrás de minha cadeira e comer mais coxinhas. Um caso perdido. Mais uma vez, terei de fazer tudo sozinha.

— Vocês não imaginam a minha felicidade ao atualizar o site do Ministério e...

— A gente ganhou? — interrompo, minha voz de tão surpresa sai esganiçada. Todos a nossa volta balançam a cabeça positivamente, completamente bêbados de felicidade. — Porra, João Pedro, a gente ganhou!

Viro a Adriana de frente a ele, e quando percebo estamos abraçados no meio da sala. Adeus, decoro. Este é o momento em que todos desaparecem e permanecemos apenas os três. Ele. Eu. E nosso abraço. Ajoelhado, seus braços em volta de minha cintura evidenciam a capacidade de ele encaixar-se em mim em qualquer posição que eu esteja. Minha cabeça encaixa no vão do seu pescoço e meus cabelos se espalham pelo seu rosto.

Ao nos soltarmos devagar, permanecemos nos encarando por alguns segundos, tempo suficiente para decodificar o turbilhão de sentimentos dentro da gente. Seus olhos estão marejados, os meus brilham mais que o sol. João Pedro dá um beijo na ponta do meu nariz, e, não fossem os gritinhos tímidos de algumas pessoas, eu continuaria presa a este momento, na tentativa de eternizar todos os detalhes. Eu amo a capacidade que ele tem de transformar as pequenas coisas em coisas grandes. Ele me lembra da Pam, personagem de *The Office*, porque ele revela, sempre e todos os dias, a beleza singela contida nas coisas ordinárias.

Tereza Cristina emplaca um novo discurso, tomando a frente e passeando pelo cômodo extenso, balançando seu longo vestido branco de um lado a outro, como quem está disposta a ser distração suficiente para que nós dois tenhamos tempo de nos recompor. Ela faz um histórico desde o início do setor e todos os feitos ao longo dos anos, e a certeza que todos temos é de que comeremos salgado gelado e beberemos refrigerante quente porque não parece que ela vai parar de falar tão cedo. A certeza que eu tenho é de que nada disso seria possível sem o João Pedro. Sem nós. Nossos dedos se entrelaçam e permanecemos assim pelo resto da manhã

38

Depois da carta oficial com os cumprimentos pela vitória e o convite do ministro do Desenvolvimento Social para irmos a Brasília receber o reconhecimento devido, o telefone do setor de projetos não para de tocar. Tereza Cristina parece um canivete suíço pelo tanto de utilidade que tem: ela consegue finalizar pendências e agilizar ações em pouquíssimas horas. Tem a sabedoria milenar de quem pisou na lama do dilúvio. Imagino que ela seja descendente do MacGyver. E o João Pedro concorda.

Por falar nele, eu espero uma recompensa imensa por ter acordado antes do sol para participar da bendita sessão de fotos para o *Notícias urgentes* — mais uma decisão tomada pela Tereza Cristina sem consultar previamente os maiores interessados, aliás. Ela apenas nos deu a tarde de quarta e a manhã da quinta-feira de folga e nos pediu sorriso no rosto e respostas claras quando entrevistados. Respostas que, obviamente, foram dadas por mim. E eu deveria ter estranhado João Pedro ter concordado, sem maiores questionamentos ou tentativas de barganha, em me deixar responder a tudo praticamente só. Confesso que esperei uma briga estilo Jacó e o anjo, mas foi tão fácil quanto o próprio Jacó roubando a primogenitura de Esaú.

E é por este motivo que estou no carro com o João Pedro, às cinco e quinze da manhã, indo à Vila Primavera, ao encontro de Lia: JPS negociou com o responsável pelo site de notícias que responderíamos quantas perguntas fossem necessárias, caso sua irmã fosse contratada como fotógrafa da matéria. Não apenas me deixou presa durante as três horas de entrevista, sendo duas delas sozinha com o Norton Abrantes e sua necessidade de gravar e regravar a mesma coisa quinhentas vezes, como vai me fazer aparecer com cara de sono nas fotos da matéria que, instantaneamente, vão circular pelos aplicativos de mensagens. Grande dia, só que não.

Chegando à casa de eventos, o mesmo local em que aconteceu a festa de aniversário da Áurea, sou transportada a um conto de fadas. Na entrada, um túnel alto e longo, composto por rosas brancas, anunciam que, na noite anterior, houve uma grande festa de casamento no lugar. Lia nos conta que, ao ser incumbida de fotografar o cenário pós-festa, um pedido especial da noiva, pensou que este seria o cenário ideal para as nossas fotos para o site e que, tal qual a história da Cinderela, esse jardim encantado logo perderia seu encanto, então precisamos ser rápidos.

Ela nos posiciona no salão principal, junto à imensa cortina preta de tecido fino e presa nas laterais. Entre o tecido da cortina entreaberta, uma extensa mesa de mogno com castiçais de cristal e arranjos de peônias cor-de-rosa. Acima das nossas cabeças, um opulente lustre pendente de cristal e ouro, descendo em forma de chuva. Ela nos fotografa com a cortina aberta e fechada, nos manda olhar e agir segundo as suas instruções e vai somando novas instruções à medida que os cliques acontecem.

Sem se preocupar em nos dar uma palavra de incentivo sobre o ótimo trabalho como modelos, apenas faz sinal para que a sigamos para a área externa. E é o suficiente para eu estar maravilhada. Mesas e cadeiras estão dispostas sob uma área com teto aramado e coberto por galhos, com luzes pendentes, arranjos de flores mesclando rosa e branco e nova utilização de cortina, de mesmo tecido, mas em tom claro, ao redor.

Do outro lado da passarela feita com espelhos, uma parede inteira coberta por folhagem natural e salpicada de rosas brancas é nossa próxima parada. João Pedro tira os óculos escuros do bolso, colocando-os no rosto, incomodado pela luz do sol. Lia nos arruma junto ao cenário, pedindo que eu vire a cadeira num ângulo de vinte graus, como se eu fosse capaz de medir isso precisamente, e cruze as pernas, levantando meu queixo para uma posição que a faz implorar para que eu não me mova. João Pedro, parado ao meu lado, me encara com cara de bobo, sibilando que estou linda. Aperto os olhos para conseguir enxergar, para acolher seu elogio. Lia posiciona-o junto a mim, com metade de seu corpo atrás da Adriana, dando ordens de que ele permaneça estático. Antes de afastar-se para eternizar o momento, ela estende a mão.

— Preciso mesmo tirar os óculos? — Ela confirma. Sob protestos, ele entrega o acessório à irmã.

— Você tá achando que é quem? Christopher Uckermann?
— Quem?
— Do RBD.

Lia pede que eu relaxe, mas que não me mova. Como alguém é capaz de fazer isso? Lembro-me de todas as radiografias e tomografias feitas durante minhas quase três décadas, nenhuma delas foi feita sem o mínimo de tensão corporal. A Lia acha que eu sou quem? Gisele Bündchen?

— Por quê?
— Ele amava fazer show de óculos escuros, uma presepada só.
— Por quê?
— E eu sei lá, João Pedro!
— Mas tu não é fã?

Será que todas as fotos estão ficando horríveis e ela não para de apertar aquele botão para tentar, ao menos, salvar uma que seja? Mais cliques são dados. Mais instruções repassadas. Estou me sentindo muito profissional, porque todos os "muito bom" são para mim, enquanto o João Pedro recebe uma enxurrada de reclamações acerca de sua desobediência.

— Meu Deus, agora fã tem de dar conta das breguices dos artistas também?
— Vai ver o cara tinha fotofobia, Catarina!

Esbarro a Adriana nas pernas dele, o que o faz dar um pulinho, assustado.

— Eu mandei vocês ficarem quietos! — grita Lia.

— Desculpa! — gritamos de volta.

Mais algumas poses, agora ele sentando-se num pufe branco, ao meu lado.

— Peu, pelo amor de Deus, o sinal do Ronaldinho não!

— Que tal essa? — Ele inclina o corpo para a frente, apoiando o cotovelo direito na coxa e o queixo no punho.

— Lia, por favor, faz seu irmão parar!

— É impossível, Catarina, eu tento desde que nasci!

JPS desce do pufe e senta-se no chão, próximo a mim, dando um beijo em minha perna.

— Peu, deita aí rapidinho!

Imediatamente, ele levanta a minha cadeira numa altura suficiente para colocar as pernas sob a Adriana. Eu tomo um susto com o movimento e peço para ele parar, mas quando percebo, Lia está abrindo alguns botões da camisa do irmão e falando para eu chegar para a frente, colocar o pé direito sobre o peito dele e fazer cara de dominadora. Sou possuída pelo espírito do gás hilariante, porque não consigo parar de rir. Eles são completamente sem-noção.

— Vai, Catarina, eu sei que você sempre quis pisar em mim pra valer!

— Você não me provoque!

Eu o ameaço com o punho levantado, como uma mãe que promete uma surra ao filho assim que ele se aproximar dela, e sou surpreendida pela Lia empurrando os meus ombros para uma posição que, em suas palavras, valoriza o meu busto.

— Se permite, meu bem!

— A gente tá trabalhando, *meu bem*.

— Tecnicamente, já acabamos. — Sou corrigida pela fotógrafa exigente que posiciona as mãos dele em minha tíbia. — Agora eu estou apenas atualizando o meu portfólio.

— Quê?!

— O Peu disse que você tinha topado! — Ela chuta a parte lateral da coxa do irmão.

"Surpresa", leio os lábios do João Pedro e minha reação imediata não é gritar ou fazer uma cena. Sinto meu corpo, enfim, relaxar.

— Tive uma ideia! E se o João Pedro subisse em minha cadeira, colocando a barriga em meu colo e as pernas para trás, como se a gente fizesse aviõezinhos?

— Porra, será que dá certo? — Ele anima-se.

— A gente só sabe se tentar, não foi isso o que você me disse, meu bem?

Na volta para a casa, sentadas no banco de trás do carro, Lia e eu vamos olhando as fotos pelo visor da máquina fotográfica. Ela é tão talentosa! Ela me confidencia que todas as fotos feitas no ambiente interno foram para tirar a nossa tensão, porque nenhuma delas vai ser utilizada. Respiro aliviada, porque encontrei milhares de defeitos em praticamente todas. Até chegarmos às fotos com luz natural. Quero revelar todas elas para espalhar pelos cantos da casa. Nós dois sentados nos balanços cobertos por peônias em tom de rosa bem clarinho, sentados na grama, deitados no tapete formado por pétalas de flores, ele me carregando nas costas e girando no ar. De pé, encostado na parede de folhagem natural, comigo entrelaçando as pernas em sua cintura enquanto seus braços me sustentam no ar e nós nos beijamos. O olhar de Lia traduz aquilo que reside no silêncio das horas, evidencia o sentimento que é dele e meu, que é nosso. E eu, que sempre amei dar nós naquilo que sentia, para evitar sentir o que sentia, sinto um imenso desejo de, hoje e todos os dias, afirmar que eu amo... nós.

39

Em todos esses anos frequentando o Ponto do Acarajé, nunca vi tanta gente como hoje. Talvez por ser a última sexta-feira útil do ano ou pelo fato de o local permanecer aberto apenas até o domingo, uma vez que a família da Nath sempre entra em recesso culinário a partir do dia 21 de dezembro. O que sei é que tenho dificuldade de trafegar entre tantas pessoas desde a calçada até alcançar a minha mesa, que felizmente me apresenta ao longe duas das minhas pessoas preferidas no mundo inteiro.

Alguns pedidos de desculpa seguidos de esbarrões na canela daqueles que fingem não me ouvir pedindo licença não são suficientes para que eu ande sem maiores dificuldades pelo resto do caminho. Tenho de agradecer a Bob, que está no tablado de madeira, por pedir ao público presente para abrir passagem para mim ao iniciar os acordes de Sarajane, cantando: *Vamos abrir a roda, enlarguecer, tá ficando apertadinho, por favor, abre a rodinha, por favor, abre a rodinha.*

— Mulher, o que é isso? — Estaciono rente à mesa, inclinando o corpo para a frente para que o João Pedro repita o movimento e venha ao meu encontro me dar um beijo rápido.

— Bob foi anunciar nas redes sociais que tocaria aqui essa noite e deu nisso. Minha mãe tá louca recrutando mais duas baianas para ajudar, porque a equipe dela não vai dar conta! A noite tá só começando e já batemos o recorde equivalente às vendas de uma semana inteira!

— Esse cara tem estrela demais! — João Pedro me serve um copo de cerveja, bebendo o restante na própria garrafa. — A Nath já te contou que ele foi chamado pra participar dos Ensaios de Verão do carnaval?

— Todos! Desde a Melhor Segunda-Feira do Mundo, do Harmonia, passando pela Terça do Olodum, até a última edição do Baile da Santinha, com o Léo Santana. — Seus olhos brilham, o orgulho que ela sente do Bob pode ser visto a quilômetros de distância.

— Então quer dizer que ele vai ter de ir pra capital semana que vem, praticamente, né?

O garçom passa por mim, pedindo que eu espere mais um pouco para receber meu acarajé. Enquanto isso, vou roubando pedaços dos pratos dos meus companheiros de mesa, nada satisfeitos com a minha atitude.

— Nós vamos. — Nath empurra o prato do João Pedro em minha direção, como um aviso silencioso de que eu não poderei pegar mais nenhuma migalha do seu. Ele não protesta, apenas chega a sua cadeira para mais perto de mim para que possamos intercalar garfadas. — Tenho de me cuidar, amiga, o povo é muito assanhado, e o Bob é lerdo demais, nossa mãe do céu! — Ela aponta para o tablado. — Olha praquilo ali, Catarina, daqui a pouco arrancam a roupa dele!

— Larga de exagero, Nathália!

— Não é exagero, é zelo! E meus dois meses de férias vieram a calhar, eu não posso permitir que ele viaje sozinho com aquele empresário, ele é muito tapado das ideias.

— Por que você não vira empresária dele, Nath?

— Oxe, JPS, eu não tenho saúde pra isso! — Ela come os últimos camarões que estavam no prato. — Mas vou ter uma conversa séria com o Márcio Victor, sabe? Ele apadrinhou o Bob, então ele vai ter de ter uma conversa mais séria ainda com o *empresário*. — Ela debocha dessa última palavra, nos fazendo rir.

— Nath, pede pro Bob falar com o Márcio Victor e arrumar abadá zero-oitocentos pra gente, na moralzinha aí — João pede, e dou uma cotovelada em suas costelas. Ele se contorce de dor, mas parece não perceber a inconveniência. — É o quê, meu bem? Nathália é minha cunhada, a gente já tem um alto nível de amizade pra pedir esse tipo de coisa.

— Quantas pessoas já pediram abadá? — Faço sinal para que o garçom traga mais cinco cervejas.

— Com esse pedido, acho que umas quarenta.

— Ah, nem foram tantas, vai — ele minimiza.

— Só hoje — ela completa, piscando o olho. — Quando que vocês vão a Brasília?

— Dia quatro, amiga! — Minha voz é toda empolgação.

— Se você não voltar dessa viagem com uma promoção ou o dobro do seu salário, eu vou te bater! — ela ameaça.

— E eu ajudo! — ele complementa, levantando sua garrafa no ar. Os dois brindam.

— Ai, gente, é que...

Eles me encaram, mas não tenho palavras para completar a frase. Creio que este é meu mecanismo de defesa. Uma tentativa de justificar até mesmo o que não pode ser justificado, como o fato de eu me acostumar facilmente às situações, deixando a minha zona de conforto confortável até demais. Felizmente, o sample da Annie Lennox ecoa ao fundo, e todo o Ponto do Acarajé é transformado num grande coral.

Ao olhar para Nathália, hipnotizada pelo cantor que, mesmo em frente a uma multidão, só tem olhos para ela, sorrio pensando no tempo em que nos sentávamos nesta mesma mesa e reclamávamos do homem que declara o seu amor em forma de canção e do homem que segura a minha mão sob a mesa.

O tal programa diferente que o João Pedro propôs para o fim de semana não foi nada daquilo que imaginei. Pensei que buscaríamos a Bibi no sítio para, enfim, tomarmos o tão aguardado sorvete, mas estamos entrando em um estúdio de tatuagem.

 O rapaz da recepção faz sinal para que sigamos à sala esterilizada e, no corredor que dá a acesso a ela, vou me encantando com todas as fotos de partes do corpo de antigos clientes. João Pedro aponta para o canto superior esquerdo da parede lateral. Emoldurada, a foto do seu tornozelo que tem ilustrado o Pico do Jaraguá junto a um cacto.

 Ele abraça o rapaz gordo de óculos de grau e com tantos desenhos pelos braços que é quase impossível encontrar algum centímetro de pele sem tinta. O rapaz me cumprimenta, e enfim conheço o famoso Boca, seu amigo de infância e maior tatuador da cidade.

 Os dois reúnem-se junto à copiadora térmica e analisam o desenho finalizado, satisfeitos com o resultado. Eu vou observando, pelo reflexo do grande espelho na parede do lado direito, as prateleiras com instrumentos de higienização, como álcool líquido, borrifadores, desinfetantes e demais materiais de limpeza, uma autoclave para esterilizar instrumentos e armários de madeira e vidro, contendo objetos perfurocortantes, maquinas, agulhas, toalhas de papel, tintas, luvas de procedimento e recipientes de risco biológico. Há duas grandes lixeiras metálicas com tampa próximas à maca preta estilo hospitalar e à cadeira preta estilo dentista, ambas forradas em plástico transparente.

 Na parede ao fundo, um quadro aramado com diversos desenhos, o que acredito compor o portfólio do tatuador. Pergunto onde devo permanecer e sou chamada para perto dos dois, ouvindo o final da conversa.

— Não, mas ficou topzera mesmo, vei, você brocou demais!

— Lembra daquela nossa dúvida inicial, entre as espécies morro-grande, rio-do-verde, tinguá e comprido-verde-claro? — João Pedro balança a cabeça em concordância. — Então, ficou muito melhor quando você me confirmou que não era do redondo, daí eu eliminei as duas primeiras opções, saca?

— Catarina ligou pro avô dela pra confirmar.

— Confirmar o quê?

— O jiló que seu avô gosta de comer. — Ele parte para a cadeira, acomodando-se nela.

— Não me diz que você...

— Olha só, Catarina. — O tatuador aproxima-se de mim, decidido a me explicar o desenho, orgulhoso de sua pesquisa e, por conseguinte, de sua obra. — A gente vai fazer o jiló tinguá, de formato alongado, sendo a extremidade próxima ao caule ereto mais fina do que a outra, que é bojuda. — Seus dedos, protegidos por luvas cirúrgicas pretas, perfazem o contorno do risco. — O fruto estará sobre essa folha de tamanho médio com três miniflores autógamas em formato de estrela, não vai ter pintura, só o contorno mesmo, bem minimalista.

— Peraí, você vai tatuar isso aí? — Giro a cadeira e encaro o João Pedro.

Estou incrédula.

— Não mandei você traçar analogias com um vegetal tão contraditório. — Ele tira a camisa e joga para que eu a apanhe no ar.

Boca higieniza a pele exposta da parte externa do braço.

— É a primeira vez que vejo alguém tatuar um jiló — Boca diz, transferindo o desenho para a pele do JPS. — Eu não imaginava que alguém pudesse gostar tanto disso.

— Nem eu — João Pedro responde.

— Que sorte a minha — falamos juntos.

Epílogo

❦

Lia e eu entramos pelo portão lateral à porta amarela, seguindo pelo quintal até o fundo da propriedade, entrando pela porta pivotante Blindex que dá acesso à cozinha.

— Quando vocês vão contar o tempo como pessoas normais?

Ela deposita as bolsas de lona em cima do balcão próximo à pia, recolhendo as demais que estão penduradas na parte de trás da Adriana, enquanto começo a tirar as compras das bolsas para que ela arrume nos armários sobre o balcão.

— A gente gosta de brincar de mercadores do Ver-o-Peso.

— Mas sério, cunhadinha, há quanto tempo vocês estão juntos?

— Oito quilos de sal.

— São quase dois anos, né? — ela pergunta, e confirmo com a cabeça.

— Caminhando pro quilo de número nove! — Dobro as bolsas, guardando-as na gaveta vizinha ao gaveteiro de talheres.

Não apenas a casa deles ganhou uma reforma, como a disposição dos móveis tornou a residência acessível, aposentando a cadeira de escritório de rodinhas que me trouxe até aqui pela primeira vez.

A caminho do sofá da sala, Bibi e João Pedro estão estudando, sentados à pequena mesa redonda branca, com tampo de MDF e cadeiras no estilo poltrona, de mesma cor e assento acolchoado. Faço um carinho no cabelo dela, preso num rabo de cavalo alto e completamente torto, evidenciando o autor do penteado, e dou um beijo no braço dele, que impede a minha passagem até que segure a minha mão e beije-a.

— Então, Bibi, imagina que o tio Peu é um conjunto numérico. — Bibi desenha um círculo. — E que a tia Catarina é o outro conjunto numérico. — Desenha mais um, próximo ao primeiro. — Vamos pensar numa coisa que ela e eu temos em comum, deixa eu ver... — Leva a mão ao queixo. — *Shrek* é o nosso filme preferido, então...

— *Shrek* não é meu filme preferido!

— *Shrek* não é o filme preferido dela!

Bibi e eu falamos ao mesmo tempo. Da cozinha, Lia ri. João Pedro revira os olhos.

— Que público difícil, foi só um exemplo, gente! Credo.

— Utilize exemplos críveis, João Pedro, tipo, Catarina e eu trabalhamos na Secretaria Municipal de Projetos Sociais, muito mais fácil a Bibi entender.

— Mas temos funções diferentes, senhora diretora de projetos. — Ele faz uma reverência.

— Isso é irrelevante, um detalhe que não faz diferença pro exemplo. — Faço a transferência da Adriana para o sofá e começo a me acomodar.

— Catarina... — Ele aproxima-se do sofá, sentando-se ao meu lado, me ajudando no posicionamento estratégico de almofadas. — Depois da Tereza Cristina, você é a pessoa que manda na porra toda, eu sou um mero lacaio que faz tudo o que você mandar. — Levo a mão ao seu rosto, apertando-lhe a bochecha. — Então, tecnicamente, faz toda a diferença.

— E agora você presta atenção em tecnicalidades?

— Eu não queria prestar, né? — Seus dedos passeiam pelo alto da minha cabeça, soltando o meu cabelo e colocando a xuxinha elástica no pulso direito.

Perdi mais uma. Ele ainda vai acabar com a minha coleção de elásticos de cabelo.

— Então a gente poderia pensar em outra coisa, tipo...
— Cerveja?
— Meu Deus, vai colocar bebida alcoólica numa tarefa da escola? — Dou-lhe um tapa de leve.
— Por isso eu falei do *Shrek*! Eu pensei num exemplo lúdico o tempo inteiro! — Ele acomoda-se na poltrona maior do sofá em L e põe duas almofadas em seu colo, me convidando para deitar. Meu corpo obedece prontamente.
— Eu já terminei — Bibi fala, fechando o estojo.
— O quê, meu amor? — ele pergunta, confuso.
— O dever, ué.
— Mas a gente nem...
— Vocês são muito devagar, eu tava com pressa!

Bibi levanta-se da mesa e me entrega o caderno de matemática, partindo ao encontro da mãe. João Pedro e eu analisamos seus desenhos e legendas. Nas palavras de Bibi, João Pedro e eu somos dois círculos equidistantes, cheios de desenhinhos de raios, flores, sóis, bolinhas, exclamações e interrogações. Num segundo desenho, somos os mesmos, mas com um detalhe, a interseção dos conjuntos traz um coração: a nossa interseção é o amor.

Com a cabeça encostada em seu peito e sua mão repousando em minha barriga, tudo está em paz. Na parede atrás do sofá alguns quadros estão pendurados. Um deles, o meu preferido. Meus cabelos estão soltos, estou usando um vestido curto branco com bordados de dente-de-leão espalhados pelo tecido e sandália de salto de cortiça com tiras amarelas. Ele usa calça de alfaiataria cinza, tênis pretos de cano alto e camisa social preta de mangas dobradas, fechada até o colarinho. Seus cabelos bagunçados, com alguns fios sobre a testa. Nós estamos em um tapete de pétalas de flores nas cores branco e rosa, eu sentada em seu colo, seus braços abraçando a minha cintura, minha cabeça apoiada em seu ombro enquanto nossos olhares costuram segredos de um dia perfeito, de um futuro repleto de novos e novos quilos de sal.

Um cheiro familiar invade minhas narinas. Mas não é o cheiro de seu perfume que remete a noite quente, a beijinho, a licor de cacau ou a biscoitos natalinos condimentados. É aquele mesmo que senti quando nossos corpos se encontraram pela primeira vez enquanto ele me carregava no colo para subir as escadas no dia em que achei que fosse morrer por rever o meu passado, sem saber que, comigo, estava o meu futuro. O meu presente. Sinto o mesmo cheiro que grudou em meus travesseiros e que sou capaz de sentir ao pensar nele, mesmo se ele estiver distante de mim: é cheiro de hospitalidade. Com o João Pedro meu coração sente-se em casa. No João Pedro eu encontrei morada.

Agradecimentos

Em 23 de setembro de 2019, fui apresentada ao "buscador de livros" do site Smart Bitches e procurei por um romance "hate to love com personagem com deficiência". Um doce para quem adivinhar a resposta. Eu deveria mesmo estar surpresa por não ter encontrado livros com a temática? Fiz buscas similares, mudando o gênero para "new adult" e acrescentando o tema "slow burn", mas continuei lendo a mesma mensagem: "Por favor, tente novamente ou talvez você tenha que escrever o seu". Estas últimas palavras, confesso, latejaram em mim tal qual unha encravada, mas eu acreditava que *Dois* fosse o único livro que seria capaz de escrever… até que Catarina e JPS invadiram o meu imaginário e, durante o segundo semestre de 2020, nasceram.

Três mulheres foram determinantes para que *Interseção* fosse finalizado e aqui, enfim, começam os meus agradecimentos, iniciando pelas três mulheres em questão: Bianca, Nathália e Julia.

Bianca Melo viu a história ser idealizada enquanto conversávamos no Telegram em meio a áudios confusos e figurinhas da Soraya Montenegro. A dinâmica dos nossos "trutis mail" foi essencial para que eu ganhasse a confiança de dar voz àquilo que sentia, àquilo que nem sabia sentir.

Muito obrigada, Trutis, pela parceria zelosa que fortalecemos e por me mandar para o "porão da Beyoncé" até que *Interseção* fosse concluído: você é incrível e todos os seus apontamentos foram cirúrgicos, até mesmo aqueles áudios gritados, tamanha a empolgação; principalmente *eles*.

Nathália Campos incentiva a minha escrita desde antes de eu perceber que poderia criar histórias, e isso significa demais. Surtando em tempo real e em caixa-alta, ela apadrinhou meus protagonistas de uma forma tão própria que tudo o que eu posso dizer é que Catarina e JPS têm muita sorte por tê-la. E, assim, a Nath da vida real foi vestida de ficção porque a minha amiga é a inspiração para a amiga da Catarina em todos os seus trejeitos, emoções, comportamentos e falas. Nath, obrigada por me emprestar qualidade, por se emprestar à história, por acreditar em mim. Que um Bob apareça logo em sua vida porque esta fui eu manifestando para o universo o roteiro redondinho para você encontrar o seu grande amor!

Julia Cameron é a terceira ponta deste triângulo porque *Interseção* não seria finalizado sem que eu lesse *O caminho do artista*. Eu travei na metade do processo de escrita do livro e passei praticamente dois meses sem conseguir escrever. Nada parecia bom o bastante porque eu não me sentia bem o bastante. Olhar para dentro e entender os meus processos criativos, na rotina matutina de meditação escrita, me ajudou a compreender que a força criativa é quem toma conta da qualidade, eu apenas preciso me concentrar na quantidade; na rotina pactuada comigo mesma. Com ela, eu percebi que amo os processos: de criar, de escrever, de lapidar. Com ela, aprendi que "não há uma flor que anule a existência da outra". A ela, o meu muito obrigada.

Colocar *Interseção* no mundo, ainda que de forma independente, contou com o suporte, o apoio e o zelo constantes de outras três mulheres: Gábi, Lalá e Debora.

Gabriela Graciosa Guedes é o tipo de amiga que todo mundo deveria ter. Talentosíssima em tudo o que se propõe a fazer, ela me presenteou não apenas com sua presença diária em minha vida (graças a Deus por isso!), mas também com sua generosidade em revisar o meu texto e torná-lo a melhor primeira versão que ele poderia ser. Gábi, todos os seus apontamentos, dicas e sugestões foram essenciais para *Interseção* ser o que é e eu desconheço palavras para conseguir agradecê-la da maneira que quero; que você merece. Que as suas histórias continuem ganhando o mundo, que as minhas histórias continuem passando pelo seu crivo antes de conhecerem o mundo. Que possamos continuar escrevendo juntas.

Larissa Fávero tem talento escorrendo pela ponta dos dedos e consegue captar até o que não digo, porque sempre me apresenta exatamente o que imaginei após desenhar meus personagens. Não é à toa que a apelidei de "minha ilustradora oficial", uma parceria que pretendo fazer durar por bastante tempo. Obrigada, Lalá, por tanto carinho com os universos que crio e por dar vida a eles de uma forma tão linda, tão sua, tão nossa.

Debora Theobald foi um achado: daqueles preciosos demais e que parecem acontecer apenas uma vez na vida (graças a Deus que foi nessa vida e que ela surgiu na minha vida!). Uma escritora talentosíssima, emprestou seus olhos a minha história, mergulhando no universo de JPS e Catarina de uma forma tão única que me fez ler e reler suas mensagens e ouvir seus áudios com comentários repetidas vezes. Eu não consigo colocar em palavras o quanto sou grata por seus apontamentos, seus gritos emocionados ao ler cada capítulo (que me encheram de alegria!), por sua companhia diária, que sempre me incentiva a ser melhor, a continuar criando histórias. Muito obrigada por ser uma amiga (e uma beta!) tão especial! *Saranghaja!*

À minha família de sangue e de coração: muito obrigada por vibrarem comigo as minhas conquistas e serem as melhores pessoas do mundo! Bu, Celle, Maysa Maria, Kinha, Goi, Thallinhus, Suzi, Taís, Leco, Ju e Cris; minha navinha, meu esquema de pirâmide, minhas fofoqueiras de Ssangmundong, meu Clone Orange Roar Club, minha OTH Family: obrigada por existirem! Eu amo vocês.

Não posso deixar de agradecer a todas as pessoas que leram *Interseção* quando ele ainda era apenas um e-book publicado de forma independente, a todo o carinho que recebi em forma de mensagens afetuosas, fan art e resenhas apaixonadas; obrigada por alegrarem os meus dias e por pararem um pouquinho da correria do dia a dia para me presentearem com tanta gentileza! À Rafaella Machado, aqui alcançando toda a equipe que trabalhou direta ou indiretamente para que *Interseção* ganhasse forma, um abraço apertado e carinhoso: muito obrigada por enxergar potencial em minha escrita e escolher levá-la cada vez mais longe! Que possamos, cada vez mais, ter espaço para contar histórias de amor diversas.

Por fim, agradeço a você que encontrou a minha história, que chegou até aqui. Muito obrigada pela escolha, por este encontro. Que você possa olhar para dentro e repetir as palavras da Julia Cameron (sempre ela!): *Cuidar de mim, como se eu fosse um objeto precioso, vai me deixar mais forte.*

Até a próxima!

Este livro foi composto na tipografia Minion Pro,
em corpo 11,5/16, e impresso em
papel off-white no Sistema Cameron da
Divisão Gráfica da Distribuidora Record.